中国诗词大会

第六季

中国诗词大会

第六季

上册

《中国诗词大会》栏目组 编著

中华书局

图书在版编目（CIP）数据

中国诗词大会.第六季/中央电视台《中国诗词大会》栏目组
编著 —北京:中华书局,2021.5（2022.1 重印）
ISBN 978-7-101-15091-9

Ⅰ.中…　Ⅱ.中…　Ⅲ.诗词-诗歌欣赏-中国　Ⅳ.I207.2

中国版本图书馆 CIP 数据核字（2021）第 032884 号

书　　　名	中国诗词大会第六季(全二册)
编 著 者	中央电视台《中国诗词大会》栏目组
责任编辑	傅　可
出版发行	中华书局
	（北京市丰台区太平桥西里 38 号　100073）
	http://www.zhbc.com.cn
	E-mail:zhbc@zhbc.com.cn
印　　刷	北京盛通印刷股份有限公司
版　　次	2021 年 5 月第 1 版
	2022 年 1 月第 3 次印刷
规　　格	开本/710×1000 毫米　1/16
	印张 22¾　插页 2　字数 60 千字
印　　数	35001-50000 册
国际书号	ISBN 978-7-101-15091-9
定　　价	78.00 元

目 录

第五期

长风破浪会有时，直挂云帆济沧海。

序 言

　　《中国诗词大会》是我非常喜欢的一档节目。因为通过节目能够看到现在这么多人喜爱古典诗词，这真是一个文化振兴的好现象。不但是我自己，我在日本的侄子、远在美国和加拿大的学生们，也常常通过手机和电邮纷纷给我传来节目的讯息。这个节目办得非常好，对于推广我们的古典诗词、引发大家阅读诗词的兴趣确实是很有帮助的！作为一个九十六岁的老人，看到社会上各行各业、方方面面的人士都对古典诗词抱有浓厚的兴趣，我真是高兴，觉得自己于上世纪70年代末回国教授古典诗词的选择没有错！

　　中国古人做诗词，是带着身世经历、生活体验，融入了自己的理想志意而写的，他们把自己内心的感动写了出来，千百年后再读其作品，我们依然能够体会到同样的感动，这就是中国古典诗词的生命。

　　《中国诗词大会》出彩之处就在于立意高远，内容环节不仅有古典诗词的背诵、古代文化常识的识记，更重要的是在传递我们民族代代相传的诗词文化中特有的精神品格。《弟子规》里言："不力行，但学文。长浮华，成何人。"《中国诗词大会》既不推崇娱乐至上，也不倚重记问之学，虽然是一档竞赛节目，但谦谦君子、鸿儒谈笑展现出的是我们民族的气度与风貌；重在参与、播撒种子体现出各年龄段诗词爱好者的胸襟与担当。参赛选手们的言行，践行了中国古典诗词中的品格与修养，彰显了中华优秀传统文化中的精髓与妙义。

　　《荀子·劝学》云："小人之学也，入乎耳，出乎口。口耳之间，

则四寸耳，曷足以美七尺之躯哉！"今日的我们诵读千载以上的诗词，为的不仅仅是能背会写，更重要的是去体会那一颗颗诗心，与古人的生命情感碰撞，进而提升自己当下的修为。

《中国诗词大会》自 2016 年开播，到今年已经是第六季了，报名人数不断增多，节目形式不断创新，社会反响也非常广泛。这让我想起两句诗："好将一点红炉雪，散作人间照夜灯。"我非常高兴看到各行各业的人们对古典诗词拥有浓厚兴趣，使我更加坚信：中国的古典诗词绝对不会消亡。古典诗词凝聚着中华文化独一无二的理念、志趣、气度、神韵，是我们民族的血脉，是全体中华儿女的精神家园。只要是有感觉、有感情、有修养的人，就一定能够读出诗词中所蕴含的真诚的、充满兴发感动之力的生命，这种生命是生生不息的。愿中国的古典诗词可以成为更多人生命中的指路明灯！

叶嘉莹

辛丑立春

第一期

风雨送春归，飞雪迎春到。
已是悬崖百丈冰，犹有花枝俏。

　　大地花开，又是新春。我们迎来了《中国诗词大会》
第六季！我们将在清晨的霜露里，遥望"蒹葭苍苍"；在
对酒的短歌里，感受"慨当以慷"；在王维的长河里，高
唱大漠的豪壮；在苏轼的明月里，祝福长久的安康。回首
2020 年，我们众志成城，抗击疫情，我们攻坚克难，扶
贫帮困，展望 2021 年，我们将迎来中国共产党建党一百
周年，向着第一个百年的奋斗目标奋力前行。这是"天翻
地覆慨而慷"的伟大今朝，是"不畏浮云遮望眼"的一往
无前。让我们在《中国诗词大会》第六季的舞台上，"把
酒祝东风，且共从容。"

第一环节

大浪淘沙

1. 以下两个选项中，读音正确的是？
A. 鹅、鹅、鹅，曲（qǔ）项向天歌
B. 鹅、鹅、鹅，曲（qū）项向天歌

答案：B

咏鹅 唐·骆宾王

鹅、鹅、鹅，曲项向天歌。
白毛浮绿水，红掌拨清波。

嘉宾点评

蒙曼："曲"字除了歌曲的"曲"是三声，剩下的都是一声。

2. 李商隐有诗句"庄生晓梦迷蝴蝶，望帝春心托杜鹃"，请问"杜鹃"指的是下面哪一项？

A. 杜鹃花

B. 杜鹃鸟

答案：B

锦瑟　唐·李商隐

锦瑟无端五十弦，一弦一柱思华年。
庄生晓梦迷蝴蝶，望帝春心托杜鹃。
沧海月明珠有泪，蓝田日暖玉生烟。
此情可待成追忆，只是当时已惘然。

嘉宾点评

康震：这个"杜鹃"肯定不是杜鹃花。"望帝春心"中的"望帝"是古蜀国一个国王，他本人名字叫杜宇，传说他去世之后化作了一只鸟，这只鸟就是杜鹃鸟。他关爱百姓，慨叹民生艰难、众生皆苦，总是悲鸣至吐血，这便有了"杜鹃啼血"这个典故。

3. 以下两个选项中，正确的是？
A. 无为在歧路，儿女共沾巾
B. 无为在歧路，儿女共沾襟

答案：A

送杜少府之任蜀州　唐·王勃

城阙辅三秦，风烟望五津。
与君离别意，同是宦游人。
海内存知己，天涯若比邻。
无为在歧路，儿女共沾巾。

4. 白居易诗句"云鬓花颜金步摇，芙蓉帐暖度春宵"中的"金步摇"指的是以下哪一项？

A. 头饰   B. 鞋子

答案：A

长恨歌（节选）唐·白居易

云鬓花颜金步摇，芙蓉帐暖度春宵。
春宵苦短日高起，从此君王不早朝。
承欢侍宴无闲暇，春从春游夜专夜。
后宫佳丽三千人，三千宠爱在一身。

嘉宾点评

蒙曼：看到"云鬓花颜"就应该知道这是头上的东西。步摇是经丝绸之路，从西域传过来的。"云鬓花颜金步摇"，能在脑海中浮现这样的画面：当杨贵妃戴上这样的首饰的时候，步摇上的坠子会随着脚步起伏摇动，完美展现女性的婉约之美。

第二环节
两两对抗赛

一、挑战多宫格

1. 请从以下九个字中识别一句诗词。

中	山	无
春	江	色
青	有	南

答案：山色有无中

汉江临泛　唐·王维

楚塞三湘接，荆门九派通。
江流天地外，山色有无中。
郡邑浮前浦，波澜动远空。
襄阳好风日，留醉与山翁。

2. 请从以下九个字中识别一句诗词。

山	无	远
江	色	水
有	南	看

答案：远看山有色

画　唐·佚名

远看山有色，近听水无声。
春去花还在，人来鸟不惊。

嘉宾点评

康震："远看山有色，近听水无声"，多么富有禅意的诗句。所以很多人推测是王维的作品。对王维的诗，古人有四个字的评价，叫"词秀调雅"。什么意思呢？就是说词语非常秀美，格调非常雅致。

王维在《汉江临泛》中最有名的一句是"江流天地外，山色有无中"，和这句"远看山有色，近听水无声"是不是很像？"江流天地外，山色有无中"这句很空灵，是一般人写不出来的。江水怎么能流到天地之外，山色怎么能变得若有若无呢？

这句诗的意思就是说，这江流磅礴、滚滚向前，放眼望去看不到尽头，从画面上看来，仿佛是流到天地之外去了，这就是王维的浪漫。但是前面又有"楚塞三湘接，荆门九派通"一句，让整首诗又壮大又空灵，同时略带些醉意，所以最后说"留醉与山翁"。这就是盛唐的诗。

3. 请从以下九个字中识别一句诗词。

毕	竟	黄
江	流	入
河	东	海

答案：黄河入海流

登鹳雀楼 唐·王之涣

白日依山尽，黄河入海流。
欲穷千里目，更上一层楼。

4.请从以下九个字中识别一句诗词。

江	流	入
河	东	海
川	荒	大

答案：江入大荒流

渡荆门送别 唐·李白

渡远荆门外，来从楚国游。
山随平野尽，江入大荒流。
月下飞天镜，云生结海楼。
仍怜故乡水，万里送行舟。

嘉宾点评

康震：我说说《登鹳雀楼》，大家都知道这首诗的作者是王之涣。一般认为王之涣现存的诗有六首左右，而且基本都是精品。但实际上这里面有一个悬案。盛唐时候有一个人叫芮挺章，这个人编了一个诗集叫《国秀集》，这本诗集里面确实有《登鹳雀楼》，但是作者并不是王之涣，作者叫朱斌。更奇怪的是《国秀集》里面也选了王之涣的诗，然而没选《登鹳雀楼》。这个《国秀集》的编选是在王之涣去世后不久，按理说名气这么大的诗，如果是王之涣写的，作者名字是不会写错的。

龙洋：这么说这诗不是他写的？

康震：这点确实很蹊跷。唐代人自己选编的唐诗，应该比咱们更了解真相。《登鹳雀楼》是什么时候被标为作者是王之涣的呢？是从北宋的一个诗文总集《文苑英华》开始的。

这有两种可能：第一，北宋时鹳雀楼还在，在鹳雀楼上可能无论是石刻还是书写，这首诗落款名字是王之涣，北宋编书的人到那儿去把它抄录下来了，这个可能性比较小。再有一个可能是从别的地方转抄过来的。所以学术界对这个事一直有疑问。

但是在我看来，无论是朱斌还是王之涣，有一点是肯定的，那就是这诗一看就是盛唐人写的。这首诗实实在在展示了盛唐气象，弥漫着盛唐气质。这首诗写得非常壮阔，没有揪细节，就是写宏观景色，要义只有一个："欲穷千里目，更上一层楼。"至于楼多高，那都没关系，只要往上走，就能看得远。这就是盛唐壮阔的气象。

蒙曼：大家看这句"黄河入海流"，其实是不可能看到的。因为山西的黄河是南北向的，而黄河东流入海一定得是东西走向。所以这里不是楼上的视角，而是天上的视角，是站在天上往下看的，是俯视的视角。

而李白的"山随平野尽，江入大荒流"，这是平视的视角。李白坐在船上，顺流而下出川，回头看时，山已经退去了，到湖北这一带视野逐渐开阔，也就是"山随平野尽，江入大荒流"。在船上的视野相对来讲是窄的，看见外面楚天空阔，楚地无边的感觉，觉得入大荒了。两首诗都是盛唐气象，气象都特别宏大，但一个是俯瞰的，一个是平视的。

龙洋：其实好的诗词真的会引发我们无限的联想，心发感动，我们今天再去看这种描写大江大河的诗句时，既能体会诗词之美，又能感受到中国的山水之美。

康震：以往人们认为写诗靠感性，其实其中是有理性的。"山随平野尽，江入大荒流"，这句诗的视角是平的，也就是横的；接下来"月下飞天镜，云生结海楼"，这个视角是仰视的，也就是纵的，一横一纵，其实有着深刻的理性布局。

二、联想对对碰

1. 请根据以下三个关键词，和一个提示字，说出诗词名句：

关键词：水果　旷达　苏轼
提示字：辞

		辞					

百人团版：

不	作	三	日	长	百	辞	枝
荔	南	人	担	岭	啖	颗	常

答案：日啖荔枝三百颗，不辞长作岭南人

惠州一绝 宋·苏轼

罗浮山下四时春，卢橘杨梅次第新。
日啖荔枝三百颗，不辞长作岭南人。

2. 请根据以下三个关键词，和一个提示字，说出诗词名句：

关键词：苏轼　树林　遇雨
提示字：鞋

			鞋				

百人团版：

竹	一	马	鞋	蓑	怕	平	芒
胜	烟	雨	生	杖	任	轻	谁

答案：竹杖芒鞋轻胜马，谁怕？一蓑烟雨任平生

定风波　宋·苏轼

　　莫听穿林打叶声，何妨吟啸且徐行。竹杖芒鞋轻胜马，谁怕？一蓑烟雨任平生。　料峭春风吹酒醒，微冷，山头斜照却相迎。回首向来萧瑟处，归去，也无风雨也无晴。

嘉宾点评

蒙曼：苏轼自己说过："问汝平生功业，黄州惠州儋州。"这三个地方都是他人生中重要的关节点。他先是被流放到黄州，然后又被贬到惠州，最后再去到儋州，越走越远。但是他的心境却是越来越轻松了，所以在黄州他写道："竹杖芒鞋轻胜马，谁怕？一蓑烟雨任平生。"后来到了惠州，他又写道："日啖荔枝三百颗，不辞长作岭南人。"可见苏轼的心态日趋轻松，但我想跟大家说个背后的故事，不要以为苏东坡一开始就是这么旷达的。在乌台诗案的时候，他差一点掉了脑袋，而且在狱里也是惴惴不安，还给他弟弟苏辙写过诀别诗。

　　那么最后是谁救了他呢？可能有些人看过一个热播的电视剧叫《清平乐》，《清平乐》是讲宋仁宗和曹皇后的故事。曹皇后是千古贤后，在苏东坡的问题上是起了很大作用的。

　　乌台诗案发生时，仁宗的孙子神宗已做了皇帝。太皇太后曹氏已经病得很重了，即将去世。她把宋神宗叫到面前说，当年仁宗皇帝在世的时候，有一天很高兴地回到宫里，对我说为子孙找到了两个宰相，正是苏轼和苏辙两兄弟，而我听说苏轼现在被下狱了，是不是有人冤枉他呀？而且因为写诗就把人抓到监狱里，是不是有点过分？我现在都病成这个样子了，希望天下都祥和一点，不要再有戾气让我的病情加重。

　　在这个背景下，宋神宗才把苏轼定了轻罪，将他贬到黄州去了，这才有了苏轼的另一番人生经历。我们现在看到的苏轼作品，大部分都是他在被贬黄州之后创作的。所以说没有当年曹太后的保护，就没有我们现在看到的男神苏东坡。

3. 请根据以下三个关键词，和一个提示字，说出诗词名句：

关键词：黑　梅　画
提示字：好

						好

百人团版：

要	人	清	不	留	好	满	叶
颜	乾	知	色	坤	气	只	夸

答案：不要人夸颜色好，只留清气满乾坤

墨梅　元·王冕

吾家洗砚池边树，朵朵花开淡墨痕。
不要人夸颜色好，只留清气满乾坤。

4. 请根据以下三个关键词，和一个提示字，说出诗词名句：

关键词：画　植物　禽鸟
提示字：暖

		暖				

百人团版：

枝	竹	江	花	暖	水	三	先
春	鸭	桃	知	波	外	两	晴

答案：竹外桃花三两枝，春江水暖鸭先知

惠崇春江晚景二首（其一） 宋·苏轼

竹外桃花三两枝，春江水暖鸭先知。
蒌蒿满地芦芽短，正是河豚欲上时。

嘉宾点评

蒙曼：这两首诗都是题画诗，题画诗最早出现在什么时候？有人说是魏晋南北朝时期，更多的认为是在宋朝。题画诗是中国特有的一种诗歌门类，也是一种丰富画面意蕴的手段，对创作者的要求很高。

怎么叫要求高呢？第一，题画诗，画中必须有诗意，比如说肖像画就很难作题画诗。而我们中国的画家往往都是诗人，因为文人画在宋朝后成了画中主流。

另外一点就是中国的诗往往自带画意，诗人也是画家，像王维、苏轼都是著名的画家。所以诗中有画、画中有诗，最后才出现了题画诗。题画诗首先要对风景的把握特别准确，诗要把画表达出来；另外还要对画进行升华。比如王冕的《墨梅》，"朵朵花开淡墨痕"虽表现了景物的特点，但是还不够，一定要写出"不要人夸颜色好，只留清气满乾坤"，才能把水墨画的特色和梅花的风骨都表达出来。

《惠崇春江晚景》也是，"竹外桃花三两枝，春江水暖鸭先知"，光有竹子、桃花、蒌蒿、鸭子还不行，要讲"春江水暖鸭先知"。这是一个人生道理——你亲身去实践了，亲身去体悟了，才能知道这个事情的所以然，知道深浅。所以题画诗在中国古代诗歌中是独树一帜的。

康震：王冕这个人挺有意思，关于墨梅他画了很多，而且他画的墨梅上都题这首诗，导致这首诗有很多不同的版本。比方说现在写的是"只留清气满乾坤"。故宫博物院有他的另外一幅画，那幅画上有他自己写上去的诗，用的是流动的"流"。留下的"留"，给人的感觉是"只有香如故"。而流动的"流"，那就是这股清气还在到处荡漾。可见在题画诗中，作者可能根据情境的不同，随时进行调整。

习近平总书记讲话时引用过王冕的这首诗，要义就在于——我的事情我自己做主，我不受别人评判的干扰。王冕就是这样，他考进士没考中，就把书都烧了。他的老师王艮是当时非常著名的大学者，挺同情他，觉得他穿得太烂，给他买了双鞋子，还给他在衙门里找了一个差事。然而他就是不去，鞋也不要。他戴一高帽子，穿一绿蓑衣，腰下绑一木剑，这副打扮在街上一边走一边唱歌，就是要跟平常人不一样。

助力千人团·煎堆

大家好，我们现在正在炸的这种食品叫煎堆，从我的奶奶，一直传到我的儿子，我们家传承煎堆手艺到现在已经四辈了。大家都说圆圆满满是生活的追求，但我觉得，生活正像是经过油炸的煎堆，经过历练而圆满，才能让我们感动和铭记。今天是我们家的一个大聚会，四世同堂，我想请《中国诗词大会》的各位选手帮帮我，结合煎堆的形象，用一句诗词来描绘千家万户的团圆生活。

何霞：我给的答案是"但愿人长久，千里共婵娟"。因为我看煎堆的外形是圆形，很像满月，在我们的文化中，月圆的时候就是团圆的时候。现在大家工作、学习都比较繁忙，可能因为各种原因不能在一起，但是大家可以望着同一个月亮，心中一样有着团圆的美好和愿望。

王子豪：我选的是王阳明在中秋时写的两句诗："吾心自有光明月，千古团圆永无缺。"我选这句诗一共有三点理由。

第一，这首是王阳明五十岁时回余姚给七十岁的父亲过寿，大家团圆时，望月心情舒畅而作。刚才那位朋友他们家是四世同堂团聚在一起，我推测当时王阳明家大概率也是四世或五世同堂，同样是合家欢乐的场景。

第二，"煎堆"应该是南方的叫法，在北方叫作"麻团"。它原本是一团非常柔软的白面，但是经过了千磨万击和油锅煎炸，于是结上了一层坚硬的表皮。这和人是一样的，每个人刚开始的时候也都是非常柔弱的，但是经过生活的磨炼之后，往往会形成坚硬的外壳，然而和这个食物一样，内心却是柔软的。在麻团的里面会有豆沙，或是其他甜的东西，而煎堆的内部可能是空心的，但不管是什么，它都象征着我们的心中永远会留存着一个空间给自己在乎的东西。王阳明在乎的是光明，而对于我来说，我想还是与亲人团聚的时刻最让自己舒心、幸福。

第三，我在军校的时候有个战友是福建人，他和我说过煎堆的来历。他说其实这是客家人曾经用以招待远方客人的食品，它并不是什么珍馐，而是用非常普通的食材制作的能招待客人最好的东西。作为一种简单的甜品，它流传到北方后就成了麻团。春节将至，有很多岗位上的人会因为各种各样的原因无法与家人团聚，有在执勤的警察和军人，有在铁路线上的工作人员，有在医院里救死扶伤的白衣天使，也有可能是正在为国家建设或者为自己求学而努力拼搏的人。我想即使暂时不能相见，但大家吃着这种象征团圆的食物，又何尝不是一种团圆的感觉呢？

第三环节

个人追逐赛

一、身临其境

1. "敢问路在何方，路在脚下。"看到这幅瀑布的照片，大家肯定感到非常眼熟。没错，1986年版的《西游记》就是在这儿拍的，这里就是四川阿坝藏族羌族自治州九寨沟县九寨沟的珍珠滩大瀑布。我们都还记得，唐僧师徒四人牵着马，从这珍珠滩瀑布上面经过。请问，下面的三个选项当中，哪个选项的诗句，与"敢问路在何方，路在脚下"的含义最为接近？

A. 路漫漫其修远兮，吾将上下而求索
B. 出不入兮往不反，平原忽兮路超远
C. 蓬山此去无多路，青鸟殷勤为探看

答案：A

嘉宾点评

康震：选项 B，"出不入兮往不反，平原忽兮路超远。"这句诗是战国时代著名的爱国诗人屈原，在《九歌·国殇》中的两句。平原漫漫、路途遥远，一旦去了就再也不能回还，这是非常悲壮的诗句，可见这句的意思不可能是"敢问路在何方，路在脚下"。

选项 C，"蓬山此去无多路，青鸟殷勤为探看。"这句出自李商隐的《无题》。这句意思是说，对方离我并不远，我写封信给她，先表达情意，看看她的心情如何。

选项 A，"路漫漫其修远兮，吾将上下而求索。"是说道路非常漫长、遥远，但是我依然坚定理想，上下而求索。唐僧师徒四人去往西天拜佛求取真经，体现的正是"路漫漫其修远兮，吾将上下而求索"的这种坚定而执着的精神。

2. 2020 年 11 月，"嫦娥五号"探测器顺利发射。作为我国探月工程"绕、落、回"三步走中的最后一步，它首次完成了在月面自动取样的任务，并首次从月面起飞返回地球。探索月球是中国人一直以来的梦想，从 2004 年开始，我国就启动了探月工程，并为它起了一个非常浪漫而富有诗意的名字——嫦娥工程。十六年来，从"嫦娥一号"到"嫦娥五号"，在无数航天人的创新和拼搏中，中国人"奔月"的梦想正在逐渐成为现实。以下古诗词中，都对嫦娥提出了一个问题，请问哪一个问题是我们的"嫦娥五号"能够回答的？

A. 借问嫦娥月中桂，可曾凋谢洒寒蟾

B. 借问嫦娥，当初谁种婆娑树

C. 试将杯酒问嫦娥，月殿迢迢路几何

答案：C

嘉宾点评

蒙曼：嫦娥工程确实特别了不起。"嫦娥一号"完成的任务是绕月，

"嫦娥三号"完成的任务是落月,"嫦娥五号"完成的任务是从月上回来,那是不一样了。以前就是落在那儿,现在是把这个东西再带回来,这就不是单程票了。所以这是很大的工程。

我们知道了"嫦娥五号"是去做什么,再看这几句诗就明白了。这几句诗其实都不太有名气,但是都能看出信息来。比方说"借问嫦娥月中桂,可曾凋谢洒寒蟾",出自明朝邓云霄的《落花诗》,意思是问一问桂树,桂花有没有洒下来,有没有洒在寒蟾身上?可是我们也知道,桂花也罢,寒蟾也罢,这都是想象出来的东西,我们即使到了月球上,也不可能看到桂花,也不可能看到蟾蜍,所以"嫦娥五号"完成不了这个任务。

再看第二个,"借问嫦娥,当初谁种婆娑树",这是宋朝杨无咎的《点绛唇·和向芗林木犀》,其实还是写桂树。他问嫦娥,当年是谁种了这么一棵树?这还是一个文学上的事情,因为即使"嫦娥五号"到了月球上,也不可能看到桂树,也不可能知道是谁种的桂树。

只有第三个明代夏原吉的《问嫦娥》,这个是"嫦娥五号"能回答得了的,"试将杯酒问嫦娥,月殿迢迢路几何"——我们地球到月球有多远呢?这是"嫦娥五号"最容易完成的一个任务,因为上面有科学仪器能够记录。

在这几首诗中我们能发现什么问题?那就是人类既需要科技,也需要文艺。我们既需要有想象出来的桂树、蟾蜍,也需要真的知道"月殿迢迢路几何"。

二、趣味知识题

1. 毛泽东词句"往事越千年,魏武挥鞭,东临碣石有遗篇",请问以下哪一项诗句出自"东临碣石"的遗篇?

浪淘沙 北戴河

大雨落幽燕，白浪滔天，秦皇岛外打鱼船。一片汪洋都不见，知向谁边？

往事越千年，魏武挥鞭，东临碣石有遗篇。萧瑟秋风今又是，换了人间。

A. 老骥伏枥，志在千里
B. 秋风萧瑟，洪波涌起
C. 对酒当歌，人生几何

答案：B

嘉宾点评

康震：这三首诗还真有点关联性，《龟虽寿》和《观沧海》是一组诗里面的。曹操当时北征乌桓，而北征乌桓不是个孤立的事件，一开始曹操是攻打袁绍的。袁绍死了以后，他的两个儿子就跑到北边去，跟乌桓勾结在一起，这对曹操来说是个很大的威胁。所以曹操北征乌桓，主要是为了消灭袁氏家族的残余势力。在他率军回师的时候写了《步出夏门行》，这一组诗有四首，第一首是《观沧海》，第四首就是《龟虽寿》，这两首诗大体同时，但是略有先后。

而《短歌行》不在《步出夏门行》里面，是更晚一些创作的。《短歌行》到底是写在什么时间，学术界一直有争论，但大体来讲一般都认为是在建安十二年（207）到建安十五年（210）期间写的。当然一般人都认为这应该是在赤壁之战前夕，曹操在船上横槊赋诗，这是因为在《三国演义》和苏轼《赤壁赋》里面渲染过。但不管怎么说，这三首诗组合起来，我们能窥见历史上真实的曹操。《观沧海》主要写的是自然，而且写得实在太好了："日月之行，若出其中。星汉灿烂，若出其里。"曹操是一个将军和政治家，他应该写人事的，然而没有。在《观沧海》里面写的全部都是宇宙、日月和自然的运行，诗中不仅气象宏大，而且充满了哲思。我觉得这是曹操比同时代其他政治家更为突出的特点，很多人都有谋略，很多人都能打仗，很多人都能统兵，但是谁能作哲人之思，谁又能抒诗人之情，谁又能展现真性情？除了曹操，别人可能也有，但没有他这么鲜明。

《龟虽寿》回到了生命之思。生命很短暂，所以孙悟空想要长生不老，李太白也想长生不老。但曹操在《龟虽寿》里说的是，人终有一死，连那神龟也有一死，然而我要以何种心态去对抗呢？这就是"老骥伏枥，志在千里；烈士暮年，壮心不已"，只要我继续奋斗，我的生命就始终在延续。

到了创作《短歌行》的时候，曹操的心态又发生了重大变化。人生苦短，对酒当歌，但是他始终没有忘记使命，那就是"周公吐哺，天下归心"。毛泽东评价曹操是一个大丈夫、真男子。"惜秦皇汉武，略输文采；唐宗宋祖，稍逊风骚。一代天骄，成吉思汗，只识弯弓射大雕。"可见他觉得这些人都不完美，但是他却说"东临碣石有遗篇"，而且还对应"萧瑟秋风今又是，换了人间"。从某种程度上讲，毛主席实际是把曹操作为一个历史的坐标和参照系，并且以这样比较尊崇的语态来写，这在毛主席的诗里很少见。所以我觉得这是英雄惜英雄。

2.孙悟空正在菩提祖师这里学本领。没想到，师父用戒尺把他的头打了三下，一句话没说，倒背着手走进屋里去了。据说下列李白的诗句中，有一句的意思与孙悟空将要发生的事情一致，请问应该是哪句呢？

A.仙人抚我顶，结发受长生

B.西上莲花山，迢迢见明星

C.虎鼓瑟兮鸾回车，仙之人兮列如麻

答案：A

嘉宾点评

康震：选项中的这三句诗都是李白写的，而且这三首诗都跟神仙有关，跟道教有关，应该说这三首诗非常有代表性。

选项C大家最熟悉，出自《梦游天姥吟留别》。当时唐玄宗不打算重用李白，李白就于天宝三载（744）离开长安。那时候他的心情很坏，然后就一路向东到了洛阳，还跟杜甫见了面，然后又跟岑参等人在一起过了一段快活的时光。后来他又到了山东，曾一度出家修道，希望用宗教来纾解自己。

他还打算到南方去继续求仙，去之前给朋友写了这首《梦游天姥吟留别》。李白写这首诗的时候才四十多岁。

到了"西上莲花山，迢迢见明星"的时候，安史之乱已经爆发了。李白当时是在安徽宣城，他在这首诗的结尾说"俯视洛阳川，茫茫走胡兵"，也就是天下已经大乱了。

选项A的这首诗名字特别长，叫《经乱离后天恩流夜郎忆旧游书怀赠江夏韦太守良宰》，这是李白这辈子写的最长的一首诗，可以看作是他的自传。

安史之乱爆发后，李白跟错了人，成了永王李璘的幕僚。后来唐肃宗以李璘阴谋叛乱为名，派兵围剿，李璘兵败后，李白也被抓了起来，后来又被赦免了。当时李白住在江夏，就是现在的湖北武昌，这诗是写给江夏太守韦良宰的。这韦良宰的家族非常显赫，李白这会儿是逮谁就给谁写诗，表白心迹，他还是希望朝廷能重用他。

其中这一句"仙人抚我顶，结发受长生"，就是说他从小就信了神仙，寻求长生，他在另外一首诗中说自己是"十五游神仙"。后来又见了司马承祯，司马承祯夸了他几句，说他有仙风道骨，可以"神游八极之表"，他特高兴。后来见了贺知章，贺知章又说他是"谪仙人"，这一路走过来，很多人都对李白十分推崇。

这三首诗，展示了李白一生中非常重要的三个阶段。其中选项A的这两句诗跟孙悟空求长生的意思比较贴近，只不过落脚点不太一样。

龙洋：您说到这儿我觉得这道题特别巧妙，把李白和孙悟空联系到了一起。我觉得李白很像孙悟空，首先都是天造奇才，一身的本事；然后都特别骄傲。一个说自己是仙人，一个说，我乃花果山水帘洞齐天大圣孙悟空；第三都想做官，一个上天做了弼马温，就是马待诏，一个到玄宗身边当了个诗待诏；第四都为了自由付出过沉重的代价。

蒙曼：你这感觉特别好。《西游记》很长，但是我最喜欢看的就是前七回，前七回就是猴子的故事，从第八回开始就到了西天取经的环节了，猴子的风采被掩盖掉了不少，但之前猴子是真有风采的。

3.下列诗句中描写的建筑，哪一项是嫦娥所居？

A.骊宫高处入青云，仙乐风飘处处闻

B.瑶池阿母绮窗开，黄竹歌声动地哀

C.怕万里长鲸，纵横触破，玉殿琼楼

答案：C

嘉宾点评

蒙曼：这几句诗对应了不同神仙。"骊宫高处入青云，仙乐风飘处处闻"，这可能是大家最熟的，因为《长恨歌》。骊宫是位于骊山的华清宫，唐玄宗和杨贵妃在那儿住，跟嫦娥没关系。

第二个"瑶池阿母绮窗开，黄竹歌声动地哀"。瑶池是西王母的住处，传说周穆王曾经到瑶池去会西王母，西王母跟他说，如果你不死的话就再来看我，结果周穆王后来死了，也就是"黄竹歌声动地哀"。最后又说"八骏日行三万里，穆王何事不重来"，其实李商隐这是在讽刺那些求仙的人，指出人都是要死的，求仙是没有用的。

第三个"怕万里长鲸，纵横触破，玉殿琼楼"。这确实是写嫦娥居所的，辛弃疾在想象月亮的真实样子，说："谓经海底问无由，恍惚使人愁。怕万里长鲸，纵横触破，玉殿琼楼。"他听说月亮是到海里去的，从海里升起来再降下去，也就是说要经过大海。如果月亮经过大海的话，那万里长鲸会不会纵横触破玉殿琼楼呢？如果不会的话，怎么月亮上来的时候就缺了一块呢？因为月亮总是一圆一缺这样轮回。

这首词可以说是辛弃疾版的"天问"，问月亮，而且问得特别有趣。"可怜今夕月，向何处、去悠悠？是别有人间，那边才见，光影东头？"说月亮在我们这边落下去了，而另外一边的人们才刚刚看到它升起来。王国维在评这首词的时候，说辛弃疾不经意间触到了一个科学问题，也就是地球的运行问题。所以回到嫦娥的题上来，可以看出科学和文学有的时候不经意碰到一起，闪出了动人的火花。

第四环节
飞花令

天 气

🌼 百人团：野火烧不尽，春风吹又生。——唐·白居易《赋得古原草送别》

🌼 李佰聪：随风潜入夜，润物细无声。——唐·杜甫《春夜喜雨》

🌼 百人团：好雨知时节，当春乃发生。——唐·杜甫《春夜喜雨》

🌼 李佰聪：回首向来萧瑟处，归去，也无风雨也无晴。——宋·苏轼《定风波》（莫听穿林打叶声）

🌼 百人团：溪云初起日沉阁，山雨欲来风满楼。——唐·许浑《咸阳城东楼》

🌼 李佰聪：东边日出西边雨，道是无晴却有晴。——唐·刘禹锡《竹枝词二首》（其一）

🌼 百人团：风雨送春归，飞雪迎春到。——毛泽东《卜算子·咏梅》

🌼 李佰聪：千里黄云白日曛，北风吹雁雪纷纷。——唐·高适《别董大二首》（其一）

🌼 百人团：钟山风雨起苍黄，百万雄师过大江。——毛泽东《七律·人民解放军占领南京》

🌼 李佰聪：欲将轻骑逐，大雪满弓刀。——唐·卢纶《和张仆射塞下曲六首》（其三）

🌼 百人团：寒雨连江夜入吴，平明送客楚山孤。——唐·王昌龄《芙

蓉楼送辛渐二首》（其一）

🌺**李佰聪**：北国风光，千里冰封，万里雪飘。——毛泽东《沁园春·雪》

🌺**百人团**：南朝四百八十寺，多少楼台烟雨中。——唐·杜牧《江南春绝句》

🌺**李佰聪**：山河破碎风飘絮，身世浮沉雨打萍。——宋·文天祥《过零丁洋》

🌺**百人团**：把酒祝东风，且共从容。——宋·欧阳修《浪淘沙》（把酒祝东风）

🌺**李佰聪**：小楼昨夜又东风，故国不堪回首月明中。——五代·李煜《虞美人》

🌺**百人团**：天街小雨润如酥，草色遥看近却无。——唐·韩愈《早春呈水部张十八员外二首》（其一）

🌺**李佰聪**：随风潜入夜，润物细无声。——唐·杜甫《春夜喜雨》

🌺**百人团**：山中一夜雨，树杪百重泉。——唐·王维《送梓州李使君》

🌺**李佰聪**：蒹葭苍苍，白露为霜。所谓伊人，在水一方。——《诗经·秦风·蒹葭》

🌺**百人团**：柴门闻犬吠，风雪夜归人。——唐·刘长卿《逢雪宿芙蓉山主人》

🌺**李佰聪**：秋娘渡与泰娘桥，风又飘飘，雨又萧萧。——宋·蒋捷《一剪梅·舟过吴江》

🌺**百人团**：东风不与周郎便，铜雀春深锁二乔。——唐·杜牧《赤壁》

🌺**李佰聪**：东风夜放花千树，更吹落，星如雨。——宋·辛弃疾《青玉案·元夕》

🌺**百人团**：昨夜雨疏风骤，浓睡不消残酒。试问卷帘人，却道

海棠依旧。——宋·李清照《如梦令》（昨夜雨疏风骤）

🌸 李佰聪：料峭春风吹酒醒，微冷，山头斜照却相迎。——宋·苏轼《定风波》（莫听穿林打叶声）

🌸 百人团：自在飞花轻似梦，无边丝雨细如愁。——宋·秦观《浣溪沙》（漠漠轻寒上小楼）

🌸 李佰聪：大漠沙如雪，燕山月似钩。——唐·李贺《马诗二十三首》（其五）

🌸 百人团：春潮带雨晚来急，野渡无人舟自横。——唐·韦应物《滁州西涧》

🌸 李佰聪：梅子黄时日日晴，小溪泛尽却山行。——宋·曾几《三衢道中》

城 市

🌸 百人团：长安回望绣成堆，山顶千门次第开。——唐·杜牧《过华清宫绝句三首》（其一）

🌸 王子豪：长安一片月，万户捣衣声。——唐·李白《子夜吴歌·秋歌》

🌸 百人团：洛阳城里见秋风，欲作家书意万重。——唐·张籍《秋思》

🌸 王子豪：西北望长安，可怜无数山。——宋·辛弃疾《菩萨蛮·书江西造口壁》

🌸 百人团：洛阳城东桃李花，飞来飞去落谁家。——唐·刘希夷《代悲白头翁》

🌸 王子豪：春风得意马蹄疾，一日看尽长安花。——唐·孟郊《登科后》

🌸 百人团：腰缠十万贯，骑鹤上扬州。——南北朝·殷芸《殷芸小说·吴蜀人》

🌸 王子豪：秋风吹渭水，落叶满长安。——唐·贾岛《忆江上吴处士》

🌸百人团：春风十里扬州路，卷上珠帘总不如。——唐·杜牧《赠别二首》（其一）

🌸王子豪：故人西辞黄鹤楼，烟花三月下扬州。——唐·李白《黄鹤楼送孟浩然之广陵》

🌸百人团：渭城朝雨浥轻尘，客舍青青柳色新。——唐·王维《送元二使安西》

🌸王子豪：十年一觉扬州梦，赢得青楼薄幸名。——唐·杜牧《遣怀》

🌸百人团：洛阳亲友如相问，一片冰心在玉壶。——唐·王昌龄《芙蓉楼送辛渐二首》（其一）

🌸王子豪：冲天香阵透长安，满城尽带黄金甲。——唐·黄巢《不第后赋菊》

🌸百人团：晓看红湿处，花重锦官城。——唐·杜甫《春夜喜雨》

🌸王子豪：塞下秋来风景异，衡阳雁去无留意。——宋·范仲淹《渔家傲·秋思》

🌸百人团：丞相祠堂何处寻，锦官城外柏森森。——唐·杜甫《蜀相》

🌸王子豪：姑苏城外寒山寺，夜半钟声到客船。——唐·张继《枫桥夜泊》

🌸王子豪：天下三分明月夜，二分无赖是扬州。——唐·徐凝《忆扬州》

季 节 ＋ 数 字

🌸王子豪：竹外桃花三两枝，春江水暖鸭先知。——宋·苏轼《惠崇春江晚景二首》（其一）

🌸李佰聪：春风十里扬州路，卷上珠帘总不如。——唐·杜牧《赠别二首》（其一）

🌸 王子豪：问君能有几多愁，恰似一江春水向东流。——唐·李煜《虞美人》

🌸 李佰聪：桃李春风一杯酒，江湖夜雨十年灯。——宋·黄庭坚《寄黄几复》

🌸 王子豪：解落三秋叶，能开二月花。——唐·李峤《风》

🌸 李佰聪：过春风十里，尽荠麦青青。——宋·姜夔《扬州慢·淮左名都》

🌸 王子豪：阳春布德泽，万物生光辉。——汉乐府《长歌行》

🌸 李佰聪：待到秋来九月八，我花开后百花杀。——唐·黄巢《不第后赋菊》

🌸 王子豪：谁言寸草心，报得三春晖。——唐·孟郊《游子吟》

🌸 李佰聪：有三秋桂子，十里荷花。——宋·柳永《望海潮》（东南形胜）

🌸 王子豪：忽如一夜春风来，千树万树梨花开。——唐·岑参《白雪歌送武判官归京》

🌸 李佰聪：春心莫共花争发，一寸相思一寸灰。——唐·李商隐《无题》

🌸 王子豪：春色满园关不住，一枝红杏出墙来。——宋·叶绍翁《游园不值》

🌸 李佰聪：八月秋高风怒号，卷我屋上三重茅。——唐·杜甫《茅屋为秋风所破歌》

🌸 王子豪：一年三百六十日，春夏秋冬各九十。——明·唐寅《一年歌》

🌸 李佰聪：沉舟侧畔千帆过，病树前头万木春。——唐·刘禹锡《酬乐天扬州初逢席上见赠》

🌸 王子豪：不知细叶谁裁出，二月春风似剪刀。——唐·贺知章《咏柳》

第五环节
擂主争霸赛

一、请根据康老师的画作内容猜出一联诗词。

1. 提示字：尽

答案：春风得意马蹄疾，一日看尽长安花

2. 提示字：白

答案：漠漠水田飞白露，阴阴夏木啭黄鹂

3. 提示字：金

答案：何当金络脑，快走踏清秋

4. 提示字：寒

答案：孤舟蓑笠翁，独钓寒江雪

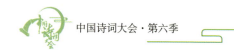

登科后 唐·孟郊

昔日龌龊不足夸，今朝放荡思无涯。
春风得意马蹄疾，一日看尽长安花。

积雨辋川庄作 唐·王维

积雨空林烟火迟，蒸藜炊黍饷东菑。
漠漠水田飞白鹭，阴阴夏木啭黄鹂。
山中习静观朝槿，松下清斋折露葵。
野老与人争席罢，海鸥何事更相疑。

马诗二十三首（其五）唐·李贺

大漠沙如雪，燕山月似钩。
何当金络脑，快走踏清秋。

江雪 唐·柳宗元

千山鸟飞绝，万径人踪灭。
孤舟蓑笠翁，独钓寒江雪。

二、李贺诗句"吴丝蜀桐张高秋"中的"吴丝蜀桐"代指什么乐器？
A. 古筝
B. 箜篌
C. 琵琶

答案：B

李凭箜篌引 唐·李贺

吴丝蜀桐张高秋，空山凝云颓不流。
江娥啼竹素女愁，李凭中国弹箜篌。
昆山玉碎凤凰叫，芙蓉泣露香兰笑。
十二门前融冷光，二十三丝动紫皇。
女娲炼石补天处，石破天惊逗秋雨。
梦入神山教神妪，老鱼跳波瘦蛟舞。
吴质不眠倚桂树，露脚斜飞湿寒兔。

三、下列诗句中提到的"江"，哪一项不是指长江？
A. 浔阳江头夜送客，枫叶荻花秋瑟瑟
B. 天门中断楚江开，碧水东流至此回
C. 朝回日日典春衣，每日江头尽醉归

答案：C

琵琶行（节选） 唐·白居易

浔阳江头夜送客，枫叶荻花秋瑟瑟。
主人下马客在船，举酒欲饮无管弦。
醉不成欢惨将别，别时茫茫江浸月。
忽闻水上琵琶声，主人忘归客不发。

望天门山 唐·李白

天门中断楚江开，碧水东流至此回。
两岸青山相对出，孤帆一片日边来。

曲江二首（其一）唐·杜甫

朝回日日典春衣，每日江头尽醉归。
酒债寻常行处有，人生七十古来稀。
穿花蛱蝶深深见，点水蜻蜓款款飞。
传语风光共流转，暂时相赏莫相违。

四、苏轼诗句"待我西湖借君去，一杯汤饼泼油葱"，请问，"一杯汤饼泼油葱"最接近今天的哪一种美食？

A. 葱油饼

B. 葱油拌面

C. 羊肉泡馍

答案：B

和参寥见寄　宋·苏轼

黄楼南畔马台宫，云月娟娟正点空。
欲共幽人洗笔砚，要传流水入丝桐。
且随侍者寻西谷，莫学山僧老祝融。
待我西湖借君去，一杯汤饼泼油葱。

第二期

蒹葭苍苍，白露为霜。
所谓伊人，在水一方。

　　《诗经》的时代，是想象的时代，爱有多远，想象就有多远；《诗经》的时代，又是一个勇敢的时代，爱有多深，勇气就有多大。人们在《国风》里歌唱着对自由的向往，对英雄的崇敬，对幸福的渴望；在《雅》《颂》里抒发着对先祖的追忆，对礼乐的敬仰，对道德的崇尚。三千年前的每一次辉煌，都铸就了今天的每一刻回望，它们其实并不遥远，就在身旁，那是我们民族的故土，是精神的家园。

　　今天，就让我们在《中国诗词大会》的舞台上，再一次溯流而上，去追寻那在水一方的美丽伊人。

第一环节

大浪淘沙

1. 以下两个选项中，写法正确的是？
A. 返影入深林，复照青苔上
B. 返景入深林，复照青苔上

答案：B

鹿柴 唐·王维

空山不见人，但闻人语响。
返景入深林，复照青苔上。

嘉宾点评

康震：正确写法应为"返景入深林"，因为这里"景"指日光，而不是影子。《唐诗三百首》写成了"影"，所以就有人牵强附会解释说"景"通"影"，这是说不通的。"空山不见人，但闻人语响。"为什么看不见人却听到了人语响？因为山里树很密，又隔得很远，树把人遮住了，但是这会儿突然一缕阳光照进来，画面忽然有了意境。所以返"景"是对的，返"影"是错的。

蒙曼：大家看"景"字是怎么写的？"景"上面一个"日"，下面一个"京"，"京"表声，"日"表意，所以"景"就是日光。

2. 以下两个选项中，读音正确的是？
A. 云想衣裳花想容，春风拂槛（kǎn）露华浓
B. 云想衣裳花想容，春风拂槛（jiàn）露华浓

答案：B

清平调三首（其一）唐·李白

云想衣裳花想容，春风拂槛露华浓。
若非群玉山头见，会向瑶台月下逢。

嘉宾点评

康震：槛，表示门槛的时候读 kǎn；表示栏杆的时候读 jiàn。"春风拂槛露华浓"，不可能是春风吹过门槛，应该是栏杆，所以应该读"jiàn"。

3. "梨园弟子白发新，椒房阿监青娥老"中的"椒"本身指的是？
A. 花椒
B. 辣椒

答案：A

长恨歌（节选）唐·白居易

西宫南内多秋草，落叶满阶红不扫。
梨园弟子白发新，椒房阿监青娥老。
夕殿萤飞思悄然，孤灯挑尽未成眠。
迟迟钟鼓初长夜，耿耿星河欲曙天。

嘉宾点评

蒙曼："椒房"的"椒"一定是指"花椒"，这是根据花椒芳香、温暖、多子的特性而表达祝愿。过去将花椒和泥涂在后宫的墙壁上，既取其香，也希望后妃能像花椒那样多子，所以后妃居住的宫室又称椒房。

辣椒是明末才传到中国来的，唐朝的白居易没有见过辣椒。

康震：椒房是把花椒研成粉末之后，跟泥巴和在一起，然后糊到墙上。另外在唐代的时候，人们也吃辣，吃辣用的什么呢？就是姜。那时候吃姜吃得多，用姜来调辣味。

4.《诗经·周南·关雎》："窈窕淑女，钟鼓乐之。""钟"指以下哪一件器物？

A. 乐器　　　　　　　　　　　　B. 容器

答案：A

诗经·周南·关雎

关关雎鸠，在河之洲。窈窕淑女，君子好逑。
参差荇菜，左右流之。窈窕淑女，寤寐求之。
求之不得，寤寐思服。悠哉悠哉，辗转反侧。
参差荇菜，左右采之。窈窕淑女，琴瑟友之。
参差荇菜，左右芼之。窈窕淑女，钟鼓乐之。

嘉宾点评

康震："钟"在简化字里只有这一个写法，它对应的繁体字分别是"鐘"和"鍾"。在中国古代，"鐘"是一种乐器，敲击时发出声音。"鍾"

是一种容器，可以用来盛酒和粮食等。

蒙曼：我们讲"钟鸣鼎食""钟鼓乐之"，这都是中国礼乐文明当中最重要的一部分：乐本身也是合于礼的。所以从《诗经》"钟鼓乐之"的时代开始，我们就是一个礼乐之邦。

第二环节
两两对抗赛

一、挑战多宫格

1. 请从以下九个字中识别一句诗词。

答案：江上往来人

江上渔者 宋·范仲淹

江上往来人，但爱鲈鱼美。
君看一叶舟，出没风波里。

2. 请从以下九个字中识别一句诗词。

来	古	我
江	共	水
长	往	饮

答案：共饮长江水

卜算子 宋·李之仪

　　我住长江头，君住长江尾。日日思君不见君，共饮长江水。　　此水几时休？此恨何时已？只愿君心似我心，定不负相思意。

嘉宾点评

蒙曼：这两道题是有联系的，一个是劳动者的长江，一个是文艺中年的长江。而且范仲淹和李之仪之间也有很深的关系——李之仪是范仲淹的儿子范纯仁的学生。范仲淹这首诗还有一个很特别的地方——江上渔者。中国古代说"耕读渔樵"，渔夫在中国文学里常常被赋予一种意象——隐士。

　　从屈原"沧浪之水清兮，可以濯吾缨；沧浪之水浊兮，可以濯吾足"的渔夫开始，到柳宗元"孤舟蓑笠翁，独钓寒江雪"，或是张志和"青箬笠，绿蓑衣，斜风细雨不须归"，这些渔者其实都代表知识分子心中的隐士形象。但是范仲淹这首诗中的渔夫不一样——"君看一叶舟，出没风波里"——这是一个真正的打鱼人。范仲淹在苏州做知州，对劳动者寄予了真切的同情。写这样的诗，反映了他"先天下之忧而忧，后天下之乐而乐"的大情怀。

康震：范仲淹这首诗，体现了中国古代士大夫悲天悯人的情怀。像

杜甫、白居易、李绅，他们写这类诗的时候往往都写得非常直接，比如说李绅的"粒粒皆辛苦"，并不以追求艺术为最高目标，而是要直接说出农民的苦难，我们这些人在享受的时候要想到他们的辛苦。

3.请从以下九个字中识别一句诗词。

来	菊	东
往	就	还
上	篱	花

答案：还来就菊花

过故人庄 唐·孟浩然

故人具鸡黍，邀我至田家。
绿树村边合，青山郭外斜。
开轩面场圃，把酒话桑麻。
待到重阳日，还来就菊花。

4.请从以下九个字中识别一句诗词。

菊	东	采
就	还	人
篱	花	下

答案：采菊东篱下

饮酒二十首（其五）晋·陶渊明

结庐在人境，而无车马喧。
问君何能尔？心远地自偏。
采菊东篱下，悠然见南山。
山气日夕佳，飞鸟相与还。
此中有真意，欲辩已忘言。

嘉宾点评

蒙曼：一朵菊花连起了两位隐逸诗人，一位是"红颜弃轩冕，白首卧松云"的孟浩然，另一位是不为五斗米折腰的陶渊明。这两位都是赋予菊花以特殊意义的人，特别是陶渊明。

魏晋南北朝时期是咏菊诗的高峰，因为菊花代表长寿，而那时候战乱频仍，人们的寿命比较短，所以特别追求长寿、辟邪之类的事情。另外，人们也认识到菊花的风艳，比如曹植在《洛神赋》里形容美貌的女子"荣曜秋菊"，那样的菊花是艳丽的。但是到了陶渊明这里，菊花被赋予了一种隐者的气质和精神。所以北宋周敦颐在《爱莲说》里说"晋陶渊明独爱菊……花之隐逸者也"。

其实《过故人庄》最后"还来就菊花"，除了因为菊花是重阳节的时令花朵之外，还因为菊花合乎孟浩然的隐者气质。

康震：其实陶渊明跟孟浩然不太一样。孟浩然经济条件比较好，而陶渊明的隐居生活则比较辛苦。陶渊明一共做过五次官，每次都只是小官，时间长的大概三年，时间短的就三个月。他可能有些积蓄，但是花钱也厉害，而且家里还着过一次火，甚至到了要把船倒过来扣在门口，自己住在船底下的地步。

到后来，他的经济状况越来越糟糕。但人家让他出来做官，他却死活不去。有一次江州刺史来看他，问道："您老人家这是何苦？人家都是朝廷无道才隐居，如今天下有道，你出来做官不好吗？何必如此自苦呢？"陶渊明的回答也很质朴："我就是这样，还达不到那些高士的水平。"其实陶渊明对做官没有兴趣，之前做官完全是为了拿薪水养活家里。

很多人说他隐居是因为反对黑暗、不满现实。但我觉得，他的本心就像自己所说的，"少无适俗韵，性本爱丘山"——他喜欢大自然，喜欢自由，不愿意因为做官而委屈了自己的本性，所以他不愿意为五斗米折腰。从陶渊明的诗里，我们能读到一个有真性情、真追求，服从于自己内心召唤的人。

二、联想对对碰

1. 请根据以下三个关键词，和一个提示字，说出诗词名句：

关键词：美人　名将　赤壁
提示字：铜

铜						

百人团版：

锁	郎	南	风	春	二	雀	与
秋	不	铜	周	便	东	乔	深

答案：东风不与周郎便，铜雀春深锁二乔

赤壁 唐·杜牧

折戟沉沙铁未销，自将磨洗认前朝。
东风不与周郎便，铜雀春深锁二乔。

2.请根据以下三个关键词，和一个提示字，说出诗词名句：

关键词：赤壁　江水　英雄
提示字：尽

							尽

百人团版：

周	流	大	与	千	不	去	淘
江	尽	古	浪	人	东	风	物

答案：大江东去，浪淘尽，千古风流人物

念奴娇·赤壁怀古 宋·苏轼

　　大江东去，浪淘尽，千古风流人物。故垒西边，人道是，三国周郎赤壁。乱石穿空，惊涛拍岸，卷起千堆雪。江山如画，一时多少豪杰！　　遥想公瑾当年，小乔初嫁了，雄姿英发。羽扇纶巾，谈笑间，樯橹灰飞烟灭。故国神游，多情应笑我，早生华发。人间如梦，一樽还酹江月。

嘉宾点评

蒙曼：这两首诗词都是讲赤壁的，有一个共性——英雄和美人相互映衬。这一映衬就特别出彩。"东风不与周郎便，铜雀春深锁二乔"——周瑜和二乔，英雄和美女交相辉映，如果周瑜失败了，那么美女也没有好下场。

　　苏东坡的《念奴娇·赤壁怀古》也是这样，"遥想公瑾当年，小乔初嫁了"，周郎和小乔也形成了一个美的映衬。诗仙李白也写过赤

壁，写的是："二龙争战决雌雄，赤壁楼船扫地空。烈火张天照云海，周瑜于此破曹公。"这样的效果就比不上杜牧和苏轼，因为李白这首诗里写的两个人，一个是周瑜，一个是曹操，英雄对英雄，不如英雄对美人，这是一个审美的问题。

康震：这两首诗同对周瑜的态度很不同，杜牧是抑，苏轼是扬，因为他们的心态不一样。

苏轼当时在黄州很郁闷，虽然我们后人认为他功业有成，但他自己并不这么想。当时他已经四十七岁了，觉得自己这么大年纪，还处于一事无成的被贬状态。他站在长江边上怀古，这首词也包含了许多虚构的成分。

第一，"小乔初嫁了"，但当时小乔已经嫁给周瑜十多年了；第二，"羽扇纶巾"，其实历史上的周瑜是武将，但这一句写得像儒生，为什么？因为苏轼所写的这些，都是在往自己身上找补。他心目中的历史是什么样的？江山、美人、巨浪、儒士，这是文人心中的历史，不是曹操心中的历史，也不是诸葛亮心中的历史。写完这些美好的幻想，结尾说"一樽还酹江月"——这都是空的。其中包含了一种悲怆之感，只有发泄出来，心里才能平静，最后回家就能睡着觉了。这就叫旷达。

3. 请根据以下三个关键词，和一个提示字，说出诗词名句：

关键词：御敌　路程　将士
提示字：关

							关

百人团版：

明	里	天	征	汉	未	秦	万
月	出	时	还	关	人	长	时

答案：秦时明月汉时关，万里长征人未还

出塞二首（其一）唐·王昌龄

秦时明月汉时关，万里长征人未还。
但使龙城飞将在，不教胡马度阴山。

4.请根据以下三个关键词，和一个提示字，说出诗词名句：

关键词：将士　沙漠　报国
提示字：金

						金	

百人团版：

甲	兰	向	战	终	金	楼	黄
穿	光	不	破	还	沙	不	百

答案：黄沙百战穿金甲，不破楼兰终不还

从军行七首（其四）唐·王昌龄

青海长云暗雪山，孤城遥望玉门关。
黄沙百战穿金甲，不破楼兰终不还。

嘉宾点评

蒙曼：王昌龄是真正到西北边塞去过的，他是最重要的边塞诗人之一。其他的边塞诗人，像高适、岑参等都比他小。唐朝是一个边塞诗大兴的时代，在唐朝之前也有边塞诗，但是数量比较少，到唐朝一下子喷薄而出。唐朝是真正有一大批诗人到了边塞写边塞。王昌龄是最早的一个重量级的诗人。他是七绝圣手，盛唐时期的七绝作品有四百多首，他一个人留下七十多首，六分之一的作品在他这儿，所以有人称他是"诗家天子王江宁"。

助力千人团·高原守卫者

大家好，我是普玛江塘派出所副所长洛桑曲扎，我现在所在的位置是西藏山南浪卡子县普玛江塘，这里是中国海拔最高的边境派出所，我们在这里驻守已经 5 年了。高原上的环境高寒、缺氧，生活工作要克服很多困难。但是，在这里生活也有许多温馨。现在是春节期间，请各位选手帮我们挑选一联合适的诗句，挂在我们的宿舍中，如果可以我们还想请康老师写下来，把《中国诗词大会》的温馨带到边疆。

王锦如：我选的诗句是"已是悬崖百丈冰，犹有花枝俏"。公安民警们所在的地方属于酷寒地区，天气如同悬崖百丈冰一样寒冷。但是在那里工作生活的人们都非常坚强，乐观向上，就像是在结满了冰的悬崖上开出来的俏丽花朵，不仅绚丽美好、引人注目，而且不畏严寒、坚强勇敢。这一点是非常令人佩服的。

康震：我想用梅花或竹子来形容边防战士，都比较合适。越是艰难

越是严寒，越是绽放得非常俏丽，这是梅花的品质；任尔东西南北风，不管怎么摧残都不怕，这是竹子的品质。这可以从两个不同侧面展示我们边防戍守者的风采。

蒙曼："岁寒三友松竹梅"，如果再加上一句"大雪压青松，青松挺且直"，那么这三个能表现边防战士高尚情操的意象就齐了。单从诗词的角度来讲，我觉得"已是悬崖百丈冰，犹有花枝俏"体现了梅花的色彩，背后那种为保家卫国而由衷自豪的心情也表现得很充分。除此之外我还想了另一句——"一点浩然气，千里快哉风"。因为能够在边疆凌霜傲雪，靠的是浩然之气，这就是边防战士的品格，体现了一种革命乐观主义精神。那里是高山大雪，一定有狂风，战士们面对狂风是一种什么样的态度？"千里快哉风"，我们在保家卫国，所以连风都能让我们感到很爽快。

助力千人团·湖笔

制作一支湖笔，有八道大的工序，里面还有 120 多道小工序。我是杨松源，是来自湖州的国家级制笔大师，制作湖笔已经有五十年了。一支毛笔，书写出了中国工匠的精神传承，也书写出了中国书画史的不朽传奇。从我们手中制作出的毛笔，成为了千万中国人朝夕相伴的书写工具。中国诗词大会的各位朋友们，我想请你们用诗词中的元素给我手中的湖笔起一个名字，你会选择什么名字呢？

杨宗郁：我给毛笔起的名字是"竹斜"，灵感来源于李峤的诗《风》："解落三秋叶，能开二月花。过江千尺浪，入竹万竿斜。""过江千尺浪"，在蘸墨、涮笔的时候，毛笔会激起墨浪，在纸上写字的时候，也会用凌厉的笔锋在纸上激起千层浪。"入竹万竿斜"，首先毛笔的笔杆本身就是用竹子之类的材料做的，而且它长得比较挺拔，也很有竹子的气质；而且在用毛笔书写或作画的时候，也会情不自禁地产生很凌厉的感觉，带有一种"入竹万竿斜"的意味。对于这首诗的前两句，我希望这位制笔大师的笔，在纸上"解落三秋叶，能开二月花"。

陈燕：我给毛笔起的名字是"听雨"，灵感来源于蒋捷的词《虞美人·听雨》，词中描写了三个人生阶段的听雨场景，有少年、中年和老年。其实人生无处不经风雨，但是人生也无处不是修行。就像我的学生一样，他们都生活在无声世界里，但他们无惧人生风雨，坚信有诗和远方，这首词也是我和学生都非常喜欢的。所以当手执一管名为"听雨"的毛笔时，我希望他们能够体会到苏轼"莫听穿林打叶声"的潇洒豪迈，说不定也能体会到杜甫笔下李白"笔落惊风雨"的豪情。

金子轶：我给毛笔起的名字是"中山兔"，灵感来源于李白的诗《草书歌行》："墨池飞出北溟鱼，笔锋杀尽中山兔。"这首诗写的是"少年上人号怀素，草书天下称独步"，怀素的草书非常好。我给这支笔取名为"中山兔"，一是因为最早的毛笔是用兔毫做的，另外还希望使用这支毛笔的人都能和怀素一样写出很好的毛笔字。

王皓：我给毛笔起的名字是"如有神"，灵感来源于杜甫的诗"读书破万卷，下笔如有神"。"下笔如有神"，让你使用起来非常流畅，神清气爽；让你创作时文思泉涌，灵感不断；让你写出来的作品通明晓畅。我还为它想了一个广告词："如有神毛笔，让你下笔如有神！"

蒙曼：制笔过程体现了一种精益求精的工匠精神，让我想起另外一句诗："有匪君子，如切如磋，如琢如磨。"虽然说制笔并不是像玉石那样要切磋琢磨，但用心是一样的，所以这支笔能不能就叫"君子"。笔有君子之风，刚柔相济；君子用这个神来之笔，能写下如有神的文章。

第三环节
个人追逐赛

一、身临其境

1.此时此刻，我在秀美壮丽的黄山顶上，这是黄山的排云亭。黄山是天下奇秀，正所谓"五岳归来不看山，黄山归来不看岳"。大家看我前面的景象，不仅云海茫茫，而且晚霞夕照。俗话说，黄山有云海、怪石、奇松、温泉这四绝。黄山有了云海，就变成了一条壮丽的游龙。那么，在下面的三个选项当中，哪一联诗写的是黄山的云海？

A.须臾白云生岳麓，脚底泱莽无山川
B.一匹布将天地裹，千条练许山灵分
C.黄云万里动风色，白波九道流雪山

答案：B

嘉宾点评

康震：选项 A，"须臾白云生岳麓，脚底决莽无山川"这联诗，出自元代诗人郝经所写的《乙卯秋月十九日登泰山太平顶》。他登的是泰山，写的是泰山的云海。选项 C，"黄云万里动风色，白波九道流雪山"出自唐代大诗人李白所写的《庐山谣寄卢侍御虚舟》，写的是庐山。

选项 B，"一匹布将天地裹，千条练许山灵分"。这里的"山灵"指的是山神，其实就是指山峰，意思是山间的云海好像一匹大布，把天地都裹到了一起，过了一会儿又好像千百条白练，分散在山峰之间。这首诗是清代的大诗人袁枚所写的《宿黄山狮子林，晨起登清凉台，看云铺海》，就是从我们所站的清凉台上看到的黄山云海。

2. 鹤在中国古代是一种吉祥的鸟类，常和长寿、神仙联系在一起。传说中，仙人往往会骑鹤升天，有鹤降临也是吉兆。北宋政和二年（1112）正月十六，无数白鹤降临汴京宫殿，宋徽宗赵佶绘制的《瑞鹤图》，表现了这一令人震撼的情景，请问以下哪一项诗句最适合形容这幅画作？

A. 鹤鸣在林樾，山谷有遗音
B. 晴空一鹤排云上，便引诗情到碧霄
C. 更看仙鹤舞，来此庆时雍

答案：C

嘉宾点评

蒙曼：关于宋徽宗这个人，《宋史》中说他什么都会，就是不会做皇帝。而对宋仁宗的评价跟这个刚好相反，说宋仁宗什么都不会，但就是会做皇帝。所以评价皇帝的好坏，不能以艺术修养的高低作为标准。不过，若只从艺术家的角度来评判，宋徽宗真的是什么都会，书画双绝。

"书"，大家都知道他的瘦金体，这幅《瑞鹤图》上就有他的瘦金体的题跋。在"画"的方面，他不仅自己画得好，而且把画院发扬光大了，《清明上河图》《千里江山图》都是那个时期画院的杰作。宋徽宗不仅喜欢书、喜欢画，还喜欢祥瑞、喜欢修道，自称"道君皇帝"。那时候地方上总是向他汇报祥瑞，其中有一个就是《瑞鹤图》所画的故事。

政和二年（1112）正月十六，上元节的第二天，有很多仙鹤飞到宣德殿上空，全城都在观看这一祥瑞景象。宋徽宗特别高兴，就画下了这幅《瑞鹤图》。这幅画跟传统的花鸟画不一样，画中将仙鹤与大片的蓝天、祥云、宫殿进行了全新的组合布局。这种布局在花鸟画的传统里是没有的，在宫殿画的传统里也是没有的。这种重新的安排特别有设计感，画上一共有二十只仙鹤，有些是在飞翔，有两只落下来，组合成一个非常神奇的画面。人们称它是神品，越看越耐看，代表了当时画作的高峰。

那题目中的三首诗哪一个是表现这幅画的场景呢？选项A，"鹤鸣在林樾"一看就不是在宫廷上，而是在树林里，所以排除掉。选项B，"晴空一鹤排云上，便引诗情到碧霄"写的是一鹤冲天的景象，跟这幅画也不一样。选项C，"更看仙鹤舞，来此庆时雍"出自李益写的一首应制诗，表现了重阳节时仙鹤来祥，大家一起庆祝节日的场景。虽然跟这幅画的时令有差异，但是祥瑞的气息相同。

3. 古代宫殿建筑有特殊的形制，各个构件也有专门的名称。在《瑞鹤图》中，有两只鹤停驻在宫殿的顶端，请问以下诗句中，哪一项写到了两只鹤立足的建筑构件？

A. "画栋朝飞南浦云"的"画栋"

B. "鸱吻大殿环修廊"的"鸱吻"

C. "四出飞檐鸟翼齐"的"飞檐"

答案：B

嘉宾点评

蒙曼：梁思成先生有本书叫作《清式营造则例》，其中的序是林徽因写的，写出了中式建筑的风采。她说中国古代建筑有三个最重要的地方，是不同于其他任何建筑的，第一是台基，第二是梁柱，第三是屋顶，这三处中最出彩的就是屋顶。

　　《瑞鹤图》上的屋顶叫庑殿顶，两只仙鹤下面是正脊，还有四个斜着的垂脊。在正脊两端，两只仙鹤停留的地方叫鸱吻。一般认为鸱吻是晋朝时候出现的，到唐朝时大行其道，唐朝的庑殿顶建筑上都有鸱吻。鸱吻据说是海里的一种鱼，它的尾巴像鸱一样，可以激起浪，还可以降雨。因为中国古代木结构建筑怕火，而鸱吻又具有降雨的功能，所以在殿顶都要放装饰性的鸱吻。

选项 A，"画栋"这部分在图上看不到，是指梁柱上的彩绘，而选项 C，"飞檐"指的是斜出来像鸟的翅膀一样的檐。这都是中国木构建筑的独特之处。

二、趣味知识

1.这是西安何家村出土的一件唐代银壶，壶腹两面各捶打出一幅骏马图案。请问这匹马在做什么？

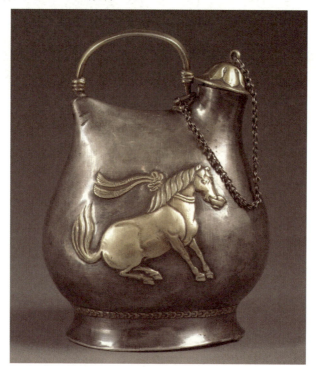

A.五花马，千金裘，呼儿将出换美酒

B.屈膝衔杯赴节，倾心献寿无疆

C.仆夫悲余马怀兮，蜷局顾而不行

答案：B

嘉宾点评

蒙曼：这个壶本身很有特点，是一个皮囊壶，也叫机关壶或者马灯饰壶。它是一个银水壶，器型来自北方草原民族，是唐朝民族融合和文化交流的体现。

再看这匹马，它有什么特征？首先它有飘带，装饰得很华丽，而且叼着一个酒杯，做的这个动作不是走或者跑，而是在跳舞。其实舞马在中国的历史十分悠久，曹植当年就在诗里写到过舞马。到了唐朝的时候，舞马更加活跃，尤其在宫廷。

《明皇杂录》记载，唐玄宗时训练了能够同时演出的四百匹舞马，都是成对的。有的叫某家宠，有的叫某家娇，它们能够随着曲子做出各种复杂的动作。一般这个曲子是"倾杯乐"，马衔着酒杯，让大家痛饮。在当时那是宫廷娱乐活动的一个重要组成部分。

选项 B，"屈膝衔杯赴节，倾心献寿无疆"，出自张说的《舞马词》。他在朝廷里做官，多次看到这样的表演，所以把舞马写进诗里，让我们看到中国曾经有这样华丽的时代。

2. 李白《蜀道难》中多用动物，下列诗句中哪一项没有动物？
A. 蚕丛及鱼凫，开国何茫然
B. 黄鹤之飞尚不得过，猿猱欲度愁攀援
C. 但见悲鸟号古木，雄飞雌从绕林间

答案：A

嘉宾点评

蒙曼："蚕丛及鱼凫，开国何茫然！"我们一般总以为古人肯定知道的比我们多，但现在关于蚕丛和鱼凫的历史，我们可能比李白那时候更清楚。因为我们在四川有几个非常重要的考古发现，首先是新石器时代的宝墩遗址，然后是著名的三星堆遗址，再后来还有金沙遗址。

金沙遗址出土了一个围头的金冠带，上面的图案有人、鱼、鸟、箭，很多人就认为跟鱼凫有关系。其实三星堆遗址里也有一个长一米四的金杖，上面也是人、鱼、鸟、箭的组合，也被认为很可能跟鱼凫有关系。

那么，蚕丛和鱼凫是什么？其实它不是王的名字，而是不同的时代。古蜀国的历史可以分成蚕丛、柏灌、鱼凫、杜宇、开明王朝这五个时代。蚕丛和鱼凫就是以蚕和捕鱼的鱼鹰作为部族图腾，因此得名。

康震：李白的《蜀道难》非常奇特。他一般不在诗里谈特别难的事，比如《行路难》里遇到的都是很具体的困难："欲渡黄河冰塞川，将登太行雪满山。"但最后这一切他认为都不成问题："乘风破浪会有时，直挂云帆济沧海。"所以李白是个不认输的人，但这首《蜀道难》最主要的目的却是劝人不要走蜀道，甚至不要去四川。这非常奇怪，因为李白虽然出生在碎叶城，但确实是成长在四川，直到二十五岁才离开四川。那么他为什么不让大家去四川呢？

这首诗强调"尔来四万八千岁，不与秦塞通人烟"——过去那么漫长的历史，蜀地跟关中从来是不通的。"问君西游何时还？畏途巉岩不可攀。"——你去那里要什么时候回来呀？我看你还是别回来了，你去不了也回不来。因为安史之乱爆发后，玄宗奔蜀，所以以前人们一般认为这首诗是劝唐玄宗不要久留蜀地，又比如"朝避猛虎，夕避长蛇；磨牙吮血，杀人如麻"，传递出一种根本无法战胜的恐惧。但也正因为要达到这样一个目的，他使用了很多鬼斧神工的词语，想象力已经达到了人们对艰难险阻所能描写的极致。

我们虽然目前不清楚这首诗真实的写作意图，但其中所运用的巧夺天工的手法，展示了李白的卓越的艺术才华。因为他自己根本没有走过蜀道，这首诗完全是想象出来的，展现了他天才的想象力。就这点来讲，唐代诗人没有人能比得上他。

3. 董必武诗云："革命声传画舫中。"这句吟咏的是哪一历史事件？

A. 辛亥革命

B. 五四运动

C. 中国共产党建党

答案：C

嘉宾点评

康震：诗中所说的画舫，就是位于浙江嘉兴南湖的红船。现在这条船是 1959 年的复制品。1921 年 7 月 30 日前后，中共一大在上海召开，当天晚上开会的过程中，法租界的警探突然闯到会场里来搜查，虽然最后没查到什么，但大家都觉得此地不宜久留，必须得换个地方。当时一大代表李达的夫人王会悟家在嘉兴，说嘉兴离上海很近，同时人口也不多，风景还很好，可以去那儿。所以后来大家集体转移到嘉兴。

王会悟事先租了一条船，大家都在船上开会，通过了中国共产党的第一个党纲。后来就有了红船精神——开天辟地，敢为人先，坚定理想，百折不挠，立党为公，忠诚为民。1959 年根据王会悟的回忆把当时开会的场景复原了，后来董必武来到这儿，因为他也是一大代表，所以触景生情，写下了这首革命的诗。

红船精神，历久弥新。我们祖国的各项建设正在蓬勃发展，特别是我们现在达成了全面脱贫的目标。回溯一百年前 1921 年的时候，中国共产党第一个党纲里写到它所要追求的目标，在当时就是要打倒封建主义、打倒官僚主义、打倒资本主义，那么把所有这些打倒之后，它要实现的最终目标是什么？就是让全部的劳苦大众翻身得解放，追求共同富裕，过上幸福的生活。

所以我觉得在中国共产党建党一百周年之际，再回顾红船的时代，回顾刚刚建党时通过的第一个党纲，才是真正的不忘初心、牢记使命。走在中华民族伟大复兴的征程中，中国共产党践行了自己的诺言。

第四环节
飞花令

东 风

🌸百人团：东风恶。欢情薄。一怀愁绪，几年离索。——宋·陆游《钗头凤》（红酥手）

🌸王晨雨：东风未肯入东门，走马还寻去岁村。——宋·苏轼《正月二十日与潘郭二生出郊寻春忽记去年是日同至女王城作诗乃和前韵》

🌸百人团：活水源流随处满，东风花柳逐时新。——明·于谦《观书》

🌸王晨雨：柳带东风一向斜，春阴澹澹蔽人家。——唐·李山甫《寒食二首》（其一）

🌸百人团：黄师塔前江水东，春光懒困倚微风。——唐·杜甫《江畔独步寻花七绝句》（其五）

🌸王晨雨：飒飒东风细雨来，芙蓉塘外有轻雷。——唐·李商隐《无题》

🌸百人团：千磨万击还坚劲，任尔东西南北风。——清·郑燮《竹石》

🌸王晨雨：白玉堂前春解舞，东风卷得均匀。——清·曹雪芹《临江仙·柳絮》

🌸百人团：把酒祝东风，且共从容。——宋·欧阳修《浪淘沙》（把酒祝东风）

🌸王晨雨：便觉眼前生意满，东风吹水绿参差。——宋·张栻《立春日禊亭偶成》

❀百人团：昨夜星辰昨夜风，画楼西畔桂堂东。——唐·李商隐《无题》

❀王晨雨：东风柳陌长，闭月花房小。——宋·贺铸《生查子》（东风柳陌长）

❀百人团：大江东去，浪淘尽，千古风流人物。——宋·苏轼《念奴娇·赤壁怀古》

❀王晨雨：二月二日江上行，东风日暖闻吹笙。——唐·李商隐《二月二日》

❀百人团：东风不与周郎便，铜雀春深锁二乔。——唐·杜牧《赤壁》

❀王晨雨：一棹悠然去，东风吹酒醒。——宋·陆游《早春四首》（其三）

明 月

❀百人团：明月几时有，把酒问青天。——宋·苏轼《水调歌头》（明月几时有）

❀陈　燕：春江潮水连海平，海上明月共潮生。——唐·张若虚《春江花月夜》

❀百人团：举头望明月，低头思故乡。——唐·李白《静夜思》

❀陈　燕：滟滟随波千万里，何处春江无月明。——唐·张若虚《春江花月夜》

❀百人团：此生此夜不长好，明月明年何处看。——宋·苏轼《阳关曲·中秋月》

❀陈　燕：谁家今夜扁舟子，何处相思明月楼。——唐·张若虚《春江花月夜》

❀百人团：明月松间照，清泉石上流。——唐·王维《山居秋暝》

🌸 陈　燕：青山一道同云雨，明月何曾是两乡。——唐·王昌龄《送柴侍御》

🌸 百人团：沧海月明珠有泪，蓝田日暖玉生烟。——唐·李商隐《锦瑟》
🌸 陈　燕：明月不谙离恨苦，斜光到晓穿朱户。——宋·晏殊《蝶恋花》（槛菊愁烟兰泣露）

🌸 百人团：月明星稀，乌鹊南飞。——汉·曹操《短歌行》
🌸 陈　燕：水禽与我共明月，芦叶同谁吟晚风。——宋·真山民《泊舟严滩》

🌸 百人团：明月别枝惊鹊，清风半夜鸣蝉。——宋·辛弃疾《西江月·夜行黄沙道中》
🌸 陈　燕：秦时明月汉时关，万里长征人未还。——唐·王昌龄《出塞二首》（其一）

🌸 百人团：今夜月明人尽望，不知秋思落谁家。——唐·王建《十五夜望月寄杜郎中》
🌸 陈　燕：明月皎夜光，促织鸣东壁。——《古诗十九首·明月皎夜光》

🌸 百人团：春风又绿江南岸，明月何时照我还。——宋·王安石《泊船瓜洲》
🌸 陈　燕：素月分辉，明河共影，表里俱澄澈。——宋·张孝祥《念奴娇·过洞庭》

🌸 百人团：露从今夜白，月是故乡明。——唐·杜甫《月夜忆舍弟》
🌸 陈　燕：举杯邀明月，对影成三人。——唐·李白《月下独酌四首》（其一）

动 物 + 植 物

❀ 陈　燕：春风得意马蹄疾，一日看尽长安花。——唐·孟郊《登科后》

❀ 王晨雨：江碧鸟逾白，山青花欲燃。——唐·杜甫《绝句二首》（其二）

❀ 陈　燕：乱花渐欲迷人眼，浅草才能没马蹄。——唐·白居易《钱塘湖春行》

❀ 王晨雨：万事到头都是梦，休休。明日黄花蝶也愁。——宋·苏轼《南乡子·重九涵辉楼呈徐君猷》

❀ 陈　燕：儿童急走追黄蝶，飞入菜花无处寻。——宋·杨万里《宿新市徐公店二首》（其一）

❀ 王晨雨：两个黄鹂鸣翠柳，一行白鹭上青天。——唐·杜甫《绝句四首》（其三）

❀ 陈　燕：穿花蛱蝶深深见，点水蜻蜓款款飞。——唐·杜甫《曲江二首》（其二）

❀ 王晨雨：漠漠水田飞白鹭，阴阴夏木啭黄鹂。——唐·王维《积雨辋川庄作》

❀ 陈　燕：西塞山前白鹭飞，桃花流水鳜鱼肥。——唐·张志和《渔歌子》（西塞山前白鹭飞）

❀ 王晨雨：宫女如花满春殿，只今惟有鹧鸪飞。——唐·李白《越中览古》

❀ 陈　燕：中庭地白树栖鸦，冷露无声湿桂花。——唐·王建《十五夜望月寄杜郎中》

❀ 王晨雨：蝉噪林逾静，鸟鸣山更幽。——南北朝·王籍《入若耶溪》

❀ 陈　燕：竹外桃花三两枝，春江水暖鸭先知。——宋·苏轼《惠崇春江晚景二首》（其一）

❀ 王晨雨：蝉鸣空桑林，八月萧关道。——唐·王昌龄《塞上曲四首》（其一）

❀ 陈　燕：杨花落尽子规啼，闻道龙标过五溪。——唐·李白《闻王昌龄左迁龙标遥有此寄》

❀ 王晨雨：草长莺飞二月天，拂堤杨柳醉春烟。——清·高鼎《村居》

❀ 陈　燕：落花人独立，微雨燕双飞。——宋·晏几道《临江仙》（梦后楼台高锁）

第五环节

擂主争霸赛

一、请根据康老师的画作内容猜出对应的诗词。

1. 提示字：雁

答案：天高云淡，望断南飞雁，不到长城非好汉

2. 提示字：霜

答案：床前明月光，疑是地上霜

3. 提示字：旗

答案：落日照大旗，马鸣风萧萧

4.提示字：林

深林人不知明月来相照 辛丑 康震

答案：深林人不知，明月来相照

清平乐·六盘山 毛泽东

天高云淡，望断南飞雁。不到长城非好汉，屈指行程二万。 六盘山上高峰，红旗漫卷西风。今日长缨在手，何时缚住苍龙？

静夜思 唐·李白

床前明月光，疑是地上霜。
举头望明月，低头思故乡。

后出塞五首（其二）唐·杜甫

朝进东门营，暮上河阳桥。
落日照大旗，马鸣风萧萧。

平沙列万幕，部伍各见招。
中天悬明月，令严夜寂寥。
悲笳数声动，壮士惨不骄。
借问大将谁，恐是霍嫖姚。

竹里馆 唐·王维

独坐幽篁里，弹琴复长啸。
深林人不知，明月来相照。

二、"我寄愁心与明月，随风直到夜郎西"这句诗表达了谁对谁的思念？

A. 王之涣对李白

B. 王昌龄对王之涣

C. 李白对王昌龄

答案：C

闻王昌龄左迁龙标遥有此寄 唐·李白

杨花落尽子规啼，闻道龙标过五溪。
我寄愁心与明月，随风直到夜郎西。

三、刘禹锡诗句"遥望洞庭山水色，白银盘里一青螺"中的"白银盘"比喻的是什么？

A. 岳麓山

B. 洞庭湖

C. 君山

答案：B

望洞庭　唐·刘禹锡

湖光秋月两相和，潭面无风镜未磨。
遥望洞庭山水色，白银盘里一青螺。

四、下列诗句所描写的街景，哪一项与其他两项不在同一城市？
A.百千家似围棋局，十二街如种菜畦
B.天街小雨润如酥，草色遥看近却无
C.十里长街市井连，月明桥上看神仙

答案：C

登观音台望城　唐·白居易

百千家似围棋局，十二街如种菜畦。
遥认微微入朝火，一条星宿五门西。

早春呈水部张十八员外　唐·韩愈

天街小雨润如酥，草色遥看近却无。
最是一年春好处，绝胜烟柳满皇都。

纵游淮南　唐·张祜

十里长街市井连，月明桥上看神仙。
人生只合扬州死，禅智山光好墓田。

五、"前不见古人，后不见来者。念天地之悠悠，独怆然而涕下！"

这个"古人"包含下列哪一位历史人物?

A. 秦始皇

B. 燕昭王

C. 楚怀王

答案 B

登幽州台歌 唐·陈子昂

前不见古人，后不见来者。
念天地之悠悠，独怆然而涕下！

第三期

青青园中葵，朝露待日晞。
阳春布德泽，万物生光辉。

....

　　一首《长歌行》，仿佛打开了时光的密码，带我们走入
中华诗歌的少壮年华。那里《诗经》《楚辞》，双峰并立；
汉魏"乐府"，风景如画。

　　纵然岁月远去，却总能想起共同的童年记忆，共同的
青春生涯。今天，就让我们在《中国诗词大会》的舞台上，
踏着《长歌行》的节奏，拨去朝露，以奋斗者的姿态，建
设最美的家。

....

第一环节

大浪淘沙

1."莫道不消魂，帘卷西风，人比黄花瘦"中"黄花"指的是？

A.金桂

B.菊花

答案：B

醉花阴 宋·李清照

薄雾浓云愁永昼，瑞脑消金兽。佳节又重阳，玉枕纱厨，半夜凉初透。 东篱把酒黄昏后，有暗香盈袖。莫道不消魂，帘卷西风，人比黄花瘦。

嘉宾点评

康震：黄花通常作为菊花的代称，西风又指代秋风，只要掌握这两点就能答对。

2.以下两个选项中，写法正确的是？
A.事了拂衣去，深藏身与名
B.事了拂衣去，深藏功与名

答案：A

侠客行 唐·李白

赵客缦胡缨，吴钩霜雪明。
银鞍照白马，飒沓如流星。
十步杀一人，千里不留行。
事了拂衣去，深藏身与名。
闲过信陵饮，脱剑膝前横。
将炙啖朱亥，持觞劝侯嬴。
三杯吐然诺，五岳倒为轻。
眼花耳热后，意气素霓生。
救赵挥金槌，邯郸先震惊。
千秋二壮士，烜赫大梁城。
纵死侠骨香，不惭世上英。
谁能书阁下，白首太玄经。

嘉宾点评

康震：这道题其实很简单，从语意上来判断，功是没办法藏的，立了功大家都知道。你把功都藏了，李白能高兴吗？

杨雨：主要是功与名经常在一起连用，大家很容易想到答案是"深藏功与名"，但其实身体和名字能藏起来，但是功绩是藏不住的。

3. 以下两个选项中，读音正确的是？
A. 来日绮窗前，寒梅著（zhù）花未
B. 来日绮窗前，寒梅著（zhuó）花未

答案：B

杂诗三首（其二）唐·王维

君自故乡来，应知故乡事。
来日绮窗前，寒梅著花未？

嘉宾点评

杨雨：这道题其实是一个多音字的问题，"著花"是开花、生花的意思，跟"著作"的"著"是两个概念，所以在这里应该读 zhuó。

4."一骑红尘妃子笑，无人知是荔枝来。"其中的"妃子笑"是指？
A. 美人一笑
B. 荔枝品种

答案：A

过华清宫绝句三首（其一）唐·杜牧

长安回望绣成堆，山顶千门次第开。
一骑红尘妃子笑，无人知是荔枝来。

嘉宾点评

杨雨："一骑红尘妃子笑"这个妃子是谁呢？明显是杨贵妃。

第二环节

两两对抗赛

一、挑战多宫格

1. 请从以下九个字中识别一句诗词。

来	气	欲
知	回	晚
雪	天	舟

答案：晚来天欲雪

问刘十九 唐·白居易

绿蚁新醅酒，红泥小火炉。
晚来天欲雪，能饮一杯无？

2.请从以下九个字中识别一句诗词。

气	欲	尽
回	晚	城
天	舟	兴

答案：兴尽晚回舟

如梦令 宋·李清照

常记溪亭日暮，沉醉不知归路。兴尽晚回舟，误入藕花深处。争渡，争渡，惊起一滩鸥鹭。

嘉宾点评

龙洋：这两首诗词虽然都表现诗人的日常生活，但不同的是白居易呈现的是他人生的下半场，李清照展现的则是人生的上半场。

康震：白居易是比较复杂的。你刚才说到人生上下半场的问题，其实他写这首诗的时候在洛阳，那时他的官做得挺大，是太子宾客分司东都。这个刘十九的名字叫刘禹铜，也就是刘禹锡的堂兄，是个商人，长期待在洛阳。这首非常亲密的诗，是白居易写给他的。

白居易在洛阳的时候，主要就是享受生活，组织七老会，画《九老图》，反正就是跟与他志同道合的这帮老头子在一起。他人生当中有相当大的一部分作品展示出了日常生活中的惬意，这在诗歌表现上是一个非常重要的转折。不再像初盛唐的时候总是高歌猛进，想要治国平天下。

杨雨：白居易的诗，即便在人生的下半场、在他贬谪失意的情况之下，我们依然能够从这首《问刘十九》当中感受到那种十分浪漫的情谊。白居易设计了世界上最浪漫的邀请函，通过想像一个温馨的冬日聚会，在他人生最失意的时候邀请最亲密的朋友一起来小酌，营造了一幅非常温馨、温暖的友谊画面。

3. 请从以下九个字中识别一句诗词。

意	捕	穷
欲	千	目
婵	里	共

答案：欲穷千里目

登鹳雀楼 唐·王之涣

白日依山尽，黄河入海流。
欲穷千里目，更上一层楼。

4.请从以下九个字中识别一句诗词。

欲	千	目
婵	里	共
水	江	娟

答案：千里共婵娟

水调歌头 宋·苏轼

明月几时有？把酒问青天。不知天上宫阙，今夕是何年。我欲乘风归去，又恐琼楼玉宇，高处不胜寒。起舞弄清影，何似在人间！ 转朱阁，低绮户，照无眠。不应有恨，何事长向别时圆？人有悲欢离合，月有阴晴圆缺，此事古难全。但愿人长久，千里共婵娟。

嘉宾点评

康震：这两道题都有"千里"。第一个"千里"，"欲穷千里目"是在鼓励人，是要"更上一层楼"。第二个"千里"是抱团取暖，是在说服自己，"人有悲欢离合，月有阴晴圆缺，此事古难全"。这是在给

自己做思想工作，为什么不用伤心呢？因为"千里共婵娟"。

龙洋：今天因为我们交通太方便，通讯太方便，所以大家反而对时间、空间的感觉没有那么强的敏感度了。但是在古人那儿，一相隔就是千里，一吹拂就是几万里，为什么他们会有这样强烈的时间感、空间感呢？

康震：从某种程度上来讲，古人富有诗意的原因在于人们不能长相聚，但人们总是渴望长相聚。文学写的往往不是已经发生的事情，而是我们想象的应该发生的事情，这就叫浪漫。如果我们写的都是已经发生的事情，那有什么好写的呢？看纪录片或者写报告文学就可以了，这恰恰是唐诗宋词的意境韵味不可复现的原因——其实很大程度上是那个时代的某些短板造就了诗意的空间。

杨雨：今天我们要欣赏这一轮明月可以通过视频的方式，很轻松就能"千里共婵娟"。苏轼笔下的"千里共婵娟"是一种情感的、心灵的复现，当我们可以通过技术手段去复现现实的时候，情感浓度确实会有所淡化。

二、联想对对碰

1. 请根据以下三个关键词，和一个提示字，说出诗词名句：

关键词：美玉　太阳　明珠
提示字：生

							生

百人团版：

海	曾	田	珠	月	暖	泪	明
日	沧	玉	蓝	生	有	烟	难

答案：沧海月明珠有泪，蓝田日暖玉生烟

锦瑟 唐·李商隐

锦瑟无端五十弦，一弦一柱思华年。
庄生晓梦迷蝴蝶，望帝春心托杜鹃。
沧海月明珠有泪，蓝田日暖玉生烟。
此情可待成追忆，只是当时已惘然。

2.请根据以下三个关键词，和一个提示字，说出诗词名句：

关键词：明珠　弯弓　白居易
提示字：夜

| | | | | | | | 夜 |
| | | | | | | | |

百人团版：

| 九 | 夜 | 八 | 初 | 似 | 真 | 可 | 露 |
| 月 | 待 | 弓 | 珠 | 怜 | 三 | 似 | 月 |

答案：可怜九月初三夜，露似真珠月似弓

暮江吟 唐·白居易

一道残阳铺水中，半江瑟瑟半江红。
可怜九月初三夜，露似真珠月似弓。

嘉宾点评

龙洋：同样有珍珠，我们在白居易这里感受到的珍珠晶莹剔透，在李商隐那儿感觉到的是一种难以言说、不可名状、很阴郁的感觉，为什么呢？

杨雨：所以叫"一篇《锦瑟》解人难"，你觉得难以名状、不可理解就对了，因为李商隐就是想要营造这样一种效果。

千百年来关于《锦瑟》的解读众说纷纭、难有定论。但是我个人特别倾向于赞同清代一位学者说的，"此悼亡诗定论也"。我真的愿意相信他是在人生即将走向尽头的时候回忆自己的一生，这一生当中他的爱情是最重要的一段经历，是对他的妻子王氏的一种情感回忆。

有个重要的证据，就是"锦瑟"这个意象，多次出现在李商隐的诗歌当中。所以我推测他的妻子是会弹瑟的，他的诗《寓目》当中写过"锦瑟傍朱栊"，就很有可能是他们新婚不久，他欣赏妻子在窗前弹瑟的场景。

他还有首《房中曲》，其中有"归来已不见，锦瑟长于人"两句，很有可能是他的妻子走后，他睹物思人时写的。虽然"一篇《锦瑟》解人难"，但是我觉得从一往情深的角度去解读是不会有错的。

康震：《锦瑟》是写在李商隐五十岁前后，李商隐总共没活到六十岁，而且可以说他在政治上是一事无成的。他每天干的都是幕府的工作，连个县令都没做过。他这一辈子写了很多诗，但我觉得他写得最好的就是《锦瑟》，他说"锦瑟无端五十弦"，这实际是在问自己这五十岁都是怎么过的。

"庄生晓梦迷蝴蝶，望帝春心托杜鹃"，这两个典故都跟变化有关，庄子梦见自己变成蝴蝶了，杜宇死后变成杜鹃了，而他的人生也变动不居，变来变去他自己也产生了困惑。"沧海月明""蓝田日暖"是模糊的、混沌的意象，也暗合了他当时的心态，觉得人生是如此无常、捉摸不定，这种不定感连他自己都不知道是怎么回事。

3.请根据以下三个关键词，和一个提示字，说出诗词名句：

关键词：云　痴情　海
提示字：难

				难		

百人团版：

月	为	沧	不	巫	为	除	曾
海	是	山	水	经	难	云	却

答案：曾经沧海难为水，除却巫山不是云

离思五首（其四）唐·元稹

曾经沧海难为水，除却巫山不是云。
取次花丛懒回顾，半缘修道半缘君。

4.请根据以下三个关键词，和一个提示字，说出诗词名句。

关键词：海　船　理想
提示字：浪

				浪			

百人团版：

直	沧	破	云	会	挂	长	有
曾	海	经	济	风	时	帆	浪

答案：长风破浪会有时，直挂云帆济沧海

行路难三首（其一）唐·李白

金樽清酒斗十千，玉盘珍羞直万钱。
停杯投箸不能食，拔剑四顾心茫然。
欲渡黄河冰塞川，将登太行雪满山。
闲来垂钓碧溪上，忽复乘舟梦日边。
行路难！行路难！多歧路，今安在？
长风破浪会有时，直挂云帆济沧海。

嘉宾点评

杨雨：我觉得用"曾经沧海难为水"来形容元稹的婚姻是非常贴切的。他为什么认为"曾经沧海难为水"？不是因为韦丛出身特别高贵，她确实出身很高贵；也不是因为她有多美，当然她也确实很美，而是因为韦丛给予了元稹一腔深情，而且是患难真情。

韦丛嫁给元稹的时候，元稹可以说是一贫如洗，而韦丛是太子少保韦夏卿的掌上明珠，两人身份地位相差悬殊，但他们婚后感情甚笃。韦丛在元稹最落魄的时候能够与他不离不弃，那么善解人意地去帮助元稹实现他的梦想，所以元稹才会留下这样情深似海的诗句。

康震：说到元稹和韦丛，我就想起了苏轼和他的亡妻王弗，但是这两对夫妻还是不太一样。苏轼给王弗写的墓志铭，重点是说王弗这个人非常聪明。苏轼天天交那些狐朋狗友，王弗在屏风后头一听就能听出哪个人不地道，哪个人有问题。所以苏轼给王弗的评价是敏而静，而且王弗还略知诗书，这让苏轼很惊讶。然而苏轼出身耕读之家，他家里没那么穷，所以他并没有说两个人如何患难。

但是这个穷小子元稹就不一样了。"曾经沧海难为水"，这个沧海不是说我跟你经历了多少浪漫，而是我跟你曾经经历过很多痛苦。在我最穷的时候，最不被别人理解的时候，大家都觉得我在浪费时间，只有你认为我走的是正道，只有你认为我结交的是有才有德的人。最理解我的那个人、最支持我的那个人始终是我的妻子韦丛。

所以我觉得他这诗写得好，一方面确实有超绝的艺术才华，另一方面，如果没有这么深切的体会，这诗写不到骨子里。

杨雨：同样一个"沧海"意象，在古典诗词里，运用在不同的语境当中，会营造出完全不同的气象来。李白的"直挂云帆济沧海"就是一种高远的理想，所以如果要我用三个字来提炼"沧海"这个意象的话，就是深、广、远。它可以是像元稹这样的情感的深度，也可以是像李白这样的视野的广度。这就是古典诗词的魅力所在。

助力千人团 · 苏绣

　　我是苏绣工艺国家级非物质文化遗产传承人薛金娣。过去的一年里，由于疫情，许多人的日子都过得很艰难，不过同时也有很多温暖的瞬间印刻在了我们心里。我与我的儿子一起，把我们心里最温暖的一个瞬间用苏绣的方式记录了下来。但是作品还有一个缺憾，就是还没有一句合适的诗词来搭配。我想请《中国诗词大会》的朋友帮帮我，选一句合适的诗，完成这幅作品。

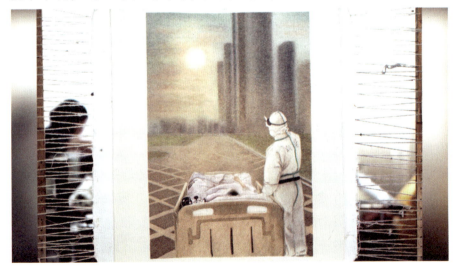

樊雨鑫：我的答案是"莫道桑榆晚，为霞尚满天"。首先，这位老人虽然卧病在床，但他仍然十分乐观、积极向上，还希望去看夕阳，欣赏大自然的美景，因此我相信等这位老人康复以后，他一定不会无所事事，还会继续发光发热，就像这为霞满天的夕阳一样。其次，苏绣在中国已经有两千多年的历史了，十分古老。但是直到今天它依旧像满天的彩霞一样美丽动人、绚烂夺目，吸引我们去关注它、发扬它，因此我的答案是"莫道桑榆晚，为霞尚满天"。

王祥龙：我的答案是"不妨留滞好，且看夕阳红"。这句词出自两宋之交的张孝祥，他和朋友在山上遇雨回不去了，就滞留在雨中，这也与这幅苏绣传递的信念相符。张孝祥看到了夕阳红，老人和医生也同样一起在看夕阳红，一个"且"字就可以说明他们的这份笃定、这份乐观。同时，夕阳代表老人，夕阳红，就说明老人的精神很好，确信病魔一定会过去。所以说这句词的意思代表了我们对恢复生活的信心，以及抗疫的决心。

康震：其实我想到的也是刘禹锡的这句"莫道桑榆晚，为霞尚满天"，这句诗确实很能表现这个场景。我记得很清楚，当时这位医生是要把这位重症老人推到另外一个区域去做检查。医生非常体贴，把老人推出来之后，他们一起享受了这一个小小的瞬间——一起看了夕阳。我想这对老人是一个很大的鼓励，让他看到了生活之光。"为霞尚满天"就是说，只要我还有意志，就能够战胜病魔。所以这句诗是能够很好地诠释在抗疫的斗争中，这些医生与患者的强大意志。

杨雨：我想在抗疫期间，最忙碌、压力最大的人就是那些救死扶伤的医生，而这位医生愿意在那么奔忙的状态中，为这位老人的情感需求停下来，看一下霞光满天的夕阳，这不仅仅是一种生理的治疗，更是一种心理的疗愈。因为我的关注点在这里，所以就想到了秦观的《赠医者邹放》："绪余起人死，妙处实通天。"重点是在赞美医生。而他们两个的答案一出来，我觉得他们关注的点比我的更为独到。

助力千人团·绥德石雕

我是鲍武文，是"绥德石雕"非遗传承人，我现在就在我们的绥德县地标千狮桥上。千狮桥始建于1987年，300多米长的桥上共有1008个神态各异、栩栩如生的石刻狮子。比如这个狮子看上去很庄严威猛，这个呢，就很仁慈安详，这个就充满了活力，这个像不像是在微笑，卖萌？我的任务来了：请场上的选手用诗词来给绥德的石狮子命名。

彭天宇：我给石狮子起的名字是"飞将军"，出自王昌龄的《出塞》："但使龙城飞将在，不教胡马度阴山。"我选取这两句诗有两个理由：其一，石狮子是放置在古人的家门前，用来镇宅辟邪的，这让我想起戍守边关的将士们。我们常说家国一体，只有国家长治久安，百姓才能安居乐业，石狮子镇宅辟邪守护的是小家，而战士们披肝沥胆，保卫的是大家。其二，石狮子的所在地是陕西省榆林市的绥德县，汉代的飞将军李广就曾经在这里抵御匈奴，所以用飞将军来命名石狮子，不仅可以体现出石狮子的英武，还可以体现出戍边战士们的无畏精神。

张海珠：我给石狮子起的名字叫"请缨"，这个名字出自"少小虽非投笔吏，论功还欲请长缨"（唐·祖咏《望蓟门》）。我觉得这个石狮子的诞生过程以及它诞生之后所代表的形象，跟这句诗非常地贴切。石狮子在诞生之前就是一块石头，它不代表任何东西，也不代表投笔吏，但是在经过工匠的精雕细琢之后，就出现了一座虎虎生威的石狮子。我想石狮子肯定是一位敢于请缨的勇士。回想我们当今社会，各行各业都有敢于请缨的劳动者，是他们的这种精神，创造了中国社会的农业现代化、工业现代化、国防现代化和科技现代化。

康震：我对这个石狮子是非常了解的，因为我就是绥德人。我大概在1988年回了一趟老家，当时那些狮子刚雕刻成，是拿青石板雕成的，狮子都是青色的，非常漂亮，现在过去三十多年了，看上去有点像文物了。千狮桥刚建成的时候非常壮观，桥上的石狮子形态各异。要说给石狮子起一个名，我就起"长相思"，因为这些石狮子里面有很多是狮子宝宝和狮子妈妈在一起，还有的是夫妻狮子，大量的狮子都是一对一对出现的，有的是夫妻关系，有的是父子关系，有的是母子关系，有的是母女关系，所以我起名就叫"长相思"。还有的狮子表现得很孔武有力，那就可以叫"朝天阙"。

杨雨：看到这些石狮子，我首先想到了妩媚这个词，因为它们千姿百态，神态各异，每个都不一样，要用一个词来形容，我就想到妩媚。但是妩媚只能形容它们的形，还不能形容我作为一个欣赏者和它们在心灵上和情感上的沟通。所以我又想到，狮子在佛教中的地位也非常崇高，所以用佛经中的"如是我闻"来命名。"如是"字面的意思是"就是这个样子"，所以对于这些石狮子，每一个都不给予确定的定义，每个都是不一样的，所以叫"如是狮"。

第三环节

个人追逐赛

一、身临其境

1.此时此刻我所站的地方是新安江，在新安江上有一座著名的水坝叫作渔梁坝。渔梁坝建于唐代，距今已经有一千多年的历史了，也被称为江南都江堰。这里还有一座著名的书院叫紫阳书院。可见新安江渔梁坝这个地方是自然与人文的荟萃之地。那么请问下面的三个选项当中，哪一联诗写的是渔梁坝？

A.水落鱼梁浅，天寒梦泽深

B.路当歙县境，水是浙江源

C.山寺钟鸣昼已昏，渔梁渡头争渡喧

答案：B

嘉宾点评

康震："水落鱼梁浅，天寒梦泽深。"出自唐代著名的山水田园诗人孟浩然的《与诸子登岘山》，句中的"鱼梁"指的是襄阳的鱼梁洲。"山寺钟鸣昼已昏，渔梁渡头争渡喧。"这首诗也是孟浩然的，诗的名字是《夜归鹿门歌》。这里的"渔梁"也是刚才那首诗中所指的湖北襄阳的鱼梁洲。选项 B，"路当歙县境，水是浙江源"是说作者从渔梁坝这儿上了船，去浦口。浦口距离渔梁坝大约有四公里。所以，选项 B 写的就是渔梁坝。

2. 千百年来，胡杨林就像沙漠卫士一样保卫着沙漠的生命线。唐朝士人怀抱"宁为百夫长，胜作一书生"的理想，投笔从戎，奔赴塞外，谱写了诗歌史上最为雄健的边塞乐章。大漠深处，这些终古伫立的胡杨林，或许曾经迎接过以下哪一位盛唐诗人呢？

A. 王之涣

B. 岑参

C. 杜甫

答案：B

嘉宾点评

康震：当时的人选择边塞往往是出于不得已。因为在朝廷里面，你要谋一个刺史或是郎官那是很难的，所以很多人就去边塞做戍边大将的幕僚。在幕府当中，如果得到幕主的赏识，也可能获得不错的前程，比如岑参跟了封常清，高适跟了哥舒翰。尤其在盛唐时期，在边塞大体是我方强霸，对方相对弱小。在这种情况下，也许在边塞熬个三年五载，回到中原以后，通过幕主介绍能够得到一个不错的官。

但是世事难料，哪有那么便宜的事呢？岑参先后两次出塞，回来在四川做了个嘉州刺史；高适还好一点，跟了哥舒翰，回来之后做了很大的官。但是像他们这两位，尤其像高适这样的人是很少的，不过这也说明一点，唐代的诗人出塞是为了求功名，而且这条路也是能蹚得出来的。

二、趣味知识

1.毛泽东《七律·长征》曰："更喜岷山千里雪，三军过后尽开颜。"其中的"三军"，解释最恰当的是：
A.车、步、骑三军
B.陆、海、空三军
C.泛指军队

答案：C

嘉宾点评

康震：这里的"三军"确实泛指军队，但这里面有个说法，因为毛主席自己注过这首诗，他说这里的"三军"指的是红一方面军、红二方面军和红四方面军。后来人们说实际上主席写这首诗的时候，对三军未来的会师充满了期待。

《七律·长征》这首诗是毛主席的诗词当中第一首被印成铅字的

诗,这里面有几个时间点值得注意。1934年10月中央红军开始长征,1935年10月与陕甘红军胜利会师,在当时的甘肃省通渭县,主席在县里东城的一个小学召开了排长以上干部大会。在这次大会上,主席说长征的意义就是宣言书、宣传队和播种机。

同时他还问大家,说我写了一首诗,你们要不要听?大家都说愿意听,就在这个场合下,他第一次朗诵了他写的《七律·长征》。1936年,斯诺在保安采访毛主席的时候,毛主席又把这首诗写了一遍,然后由翻译翻译给斯诺,斯诺用英文记了下来。

2. 穿过皖南、浙西的崇山峻岭,一道诗意盎然的山水画廊呈现眼前。清代诗人黄景仁惊叹于它的险峻:"一滩高十丈。""新安在天上。"唐代诗人韦庄沉醉于它的秀美:"钱塘江尽到桐庐,水碧山青画不如。"李白为它挥毫写下:"浙江八月何如此,涛似连山喷雪来。"元代画家黄公望,以苍茫变化的笔墨,绘制了千古名画《富春山居图》。在大家耳熟能详的诗句里,下面哪一联吟咏的也是这一条江呢?

A. 孤舟蓑笠翁,独钓寒江雪
B. 野旷天低树,江清月近人
C. 江流天地外,山色有无中

答案:B

嘉宾点评

康震:钱塘江古称浙江,在安徽境内这段叫新安江,从新安江到富春江，要流径建德县（今浙江建德市），所以这一段叫建德江。看到《宿建德江》这个标题，就知道这应该是在浙江境内。

龙洋：新安江、建德江、富春江、钱塘江是同一条江在不同河段的名字，统称浙江。

我们再看一幅卷轴，这是中国十大传世名画之一，有"画中之兰亭"美誉的国宝级文物《富春山居图》，当年它差一点被烧毁，后被救出，但是被分成了两段，一段现存于浙江省博物馆，叫作《剩山图》，一段存于台北"故宫博物院"，就是现在我们看到的这一卷叫作《无用师卷》。

康震：《富春山居图》是黄公望非常著名的作品。黄公望画这幅画的时候，估计做梦都没想到，它会被分成两个部分。所以《富春山居图》合在一起被赋予了一种类似破镜重圆的期待。另外像钱塘江一样不同河段有不同名称的还有长江这条江水，它跟黄河不一样。黄河各段都叫黄河，没有别的名字，但是长江每一段都有自己的名字，比如通天河、金沙江、川江、荆江、九江、扬子江等等，这些其实都是长江的各个流域的文化赋予它们的。

3. 这是明人绘制的一幅长卷——《南都繁会图》。它描绘了明代南京城的繁荣景象，街巷上店铺林立，酒楼、茶庄、药店、杂货铺、鸡鸭行……一应俱全。很多人喜欢光顾这里的布店。请问布店里售卖的纺织品，哪一种是明朝以后才普及全国的？

A. "美人赠我双明珰，何以报之云锦裳"里的"云锦"

B. "重重大布敌风霜，篱外桑阴五月凉"里的"大布"

C. "黄草鞋轻棉布暖，生来不识上山蚕"里的"棉布"

答案：C

嘉宾点评

杨雨：选项A，"美人赠我双明珰，何以报之云锦裳"，这里提到的云锦其实也跟南京有关，南京云锦与苏州宋锦、四川蜀锦、广西壮锦并称为四大名锦。云锦也好，蜀锦也好，宋锦也好，历史都非常悠久，在宋代或是宋代以前就有了。而我们的题目是哪一种纺织品是明朝以后才普及全国的，所以A选项首先就排除了。选项B"重重大布敌风霜，篱外桑阴五月凉"里面的大布，其实就是粗织的麻布，所以这里的大布主要是麻织品，也是很早就有的。只有选项C"黄草鞋轻棉布暖，生来不识上山蚕"中的棉布是明朝以后才真正流行起来并且普及全国的。

第四环节

飞花令

天 地

🌸 **百人团**：虎踞龙盘今胜昔，天翻地覆慨而慷。——毛泽东《七律·人民解放军占领南京》

🌸 **任自豪**：天地有正气，杂然赋流形。——宋·文天祥《正气歌》

🌸 **百人团**：飘飘何所似，天地一沙鸥。——唐·杜甫《旅夜书怀》

🌸任自豪：天地既爱酒，爱酒不愧天。——唐·李白《月下独酌四首》（其二）

🌸百人团：在天愿作比翼鸟，在地愿为连理枝。——唐·白居易《长恨歌》

🌸任自豪：天地英雄气，千秋尚凛然。——唐·刘禹锡《蜀先主庙》

🌸百人团：江流天地外，山色有无中。——唐·王维《汉江临眺》

🌸任自豪：北风卷地白草折，胡天八月即飞雪。——唐·岑参《白雪歌送武判官归京》

🌸百人团：登高壮观天地间，大江茫茫去不还。——唐·李白《庐山谣寄卢侍御虚舟》

🌸任自豪：日落江湖白，潮来天地青。——唐·王维《送邢桂州》

🌸百人团：无限山河泪，谁言天地宽。——明·夏完淳《别云间》

🌸任自豪：排空驭气奔如电，升天入地求之遍。——唐·白居易《长恨歌》

🌸百人团：锦江春色来天地，玉垒浮云变古今。——唐·杜甫《登楼》

🌸任自豪：天涯地角有穷时，只有相思无尽处。——宋·晏殊《玉楼春·春恨》

🌸百人团：冬雷震震，夏雨雪，天地合，乃敢与君绝。——汉乐府《上邪》

🌸任自豪：宰相有权能割地，孤臣无力可回天。——清·丘逢甲《离台诗六首》（其一）

🌸百人团：人生天地间，忽如远行客。——《古诗十九首·青青陵上柏》

🌸任自豪：多少事，从来急，天地转，光阴迫。——毛泽东《满江红·和郭沫若同志》

🌺 **百人团**：关塞极天唯鸟道，江湖满地一渔翁。——唐·杜甫《秋兴八首》（其七）

🌺 **任自豪**：碧云天，黄叶地，秋色连波，波上寒烟翠。——宋·范仲淹《苏幕遮·怀旧》

🌺 **百人团**：天长地久有时尽，此恨绵绵无绝期。——唐·白居易《长恨歌》

🌺 **任自豪**：时来天地皆同力，运去英雄不自由。——唐·罗隐《筹笔驿》

🌺 **百人团**：念天地之悠悠，独怆然而涕下。——唐·陈子昂《登幽州台歌》

🌺 **任自豪**：坐地日行八万里，巡天遥看一千河。——毛泽东《七律二首》（其一）

🌺 **百人团**：永忆江湖归白发，欲回天地入扁舟。——唐·李商隐《安定城楼》

🌺 **任自豪**：醉后失天地，兀然就孤枕。——唐·李白《月下独酌四首》（其三）

🌺 **百人团**：桃花流水窅然去，别有天地非人间。——唐·李白《山中问答》

🌺 **任自豪**：诗卷长留天地间，钓竿欲拂珊瑚树。——唐·杜甫《送孔巢父谢病归游江东兼呈李白》

🌺 **百人团**：天南地北双飞客，老翅几回寒暑。——金·元好问《摸鱼儿·雁丘词》

白云

🌺 **百人团**：白云一片去悠悠，青枫浦上不胜愁。——唐·张若虚《春江花月夜》

🌸 彭天宇：我欲穿花寻路，直入白云深处，浩气展虹霓。——
宋·黄庭坚《水调歌头·游览》

🌸 百人团：远上寒山石径斜，白云生处有人家。——唐·杜牧《山行》
🌸 彭天宇：秋风起兮白云飞，草木黄落兮雁南归。——汉·刘彻
《秋风辞》

🌸 百人团：云横九派浮黄鹤，浪下三吴起白烟。——毛泽东《七
律·登庐山》
🌸 彭天宇：白云回望合，青霭入看无。——唐·王维《终南山》

🌸 百人团：千里黄云白日曛，北风吹雁雪纷纷。——唐·高适《别董
大二首》（其一）
🌸 彭天宇：天平山上白云泉，云自无心水自闲。——唐·白居易《白
云泉》

🌸 百人团：黄云万里动风色，白波九道流雪山。——唐·李白《庐山
谣寄卢侍御虚舟》
🌸 彭天宇：举头红日近，回首白云低。——宋·寇准《华山》

🌸 百人团：老兔寒蟾泣天色，云楼半开壁斜白。——唐·李贺《梦天》
🌸 彭天宇：红颜弃轩冕，白首卧松云。——唐·李白《赠孟浩然》

🌸 百人团：黄鹤一去不复返，白云千载空悠悠。——唐·崔颢《黄鹤楼》
🌸 彭天宇：应是天仙狂醉，乱把白云揉碎。——唐·李白《清平乐》
（画堂晨起）

🌸 百人团：黑云翻墨未遮山，白雨跳珠乱入船。——宋·苏轼《六月
二十七日望湖楼醉书五首》（其一）

❀彭天宇：九嶷山上白云飞，帝子乘风下翠微。——毛泽东《七律·答友人》

❀彭天宇：春色满园关不住，一枝红杏出墙来。——宋·叶绍翁《游园不值》

❀任自豪：两个黄鹂鸣翠柳，一行白鹭上青天。——唐·杜甫《绝句四首》（其三）

❀彭天宇：绿杨烟外晓寒轻，红杏枝头春意闹。——宋·宋祁《玉楼春·春景》

❀任自豪：满地黄花堆积，憔悴损，如今有谁堪摘。——宋·李清照《声声慢》（寻寻觅觅）

❀彭天宇：何须浅碧深红色，自是花中第一流。——宋·李清照《鹧鸪天·桂花》

❀任自豪：帘卷西风，人比黄花瘦。——宋·李清照《醉花阴》（薄雾浓云愁永昼）

❀彭天宇：绿树村边合，青山郭外斜。——唐·孟浩然《过故人庄》

❀任自豪：他年我若为青帝，报与桃花一处开。——唐·黄巢《题菊花》

❀彭天宇：万事到头都是梦，休休。明日黄花蝶也愁。——宋·苏轼《南乡子·重九涵辉楼呈徐君猷》

❀任自豪：白雪却嫌春色晚，故穿庭树作飞花。——唐·韩愈《春雪》

❀彭天宇：青山绿水，白草红叶黄花。——元·白朴《天净沙·秋》

❀任自豪：碧玉妆成一树高，万条垂下绿丝绦。——唐·贺知章《咏柳》

❀彭天宇：人生易老天难老，岁岁重阳。今又重阳，战地黄花
　　　　分外香。——毛泽东《采桑子·重阳》

天气 + 春

❀任自豪：三春白雪归青冢，万里黄河绕黑山。——唐·柳中庸《征怨》
❀彭天宇：春风又绿江南岸，明月何时照我还。——宋·王安石《泊
　　　　船瓜洲》

❀任自豪：迟日江山丽，春风花草香。——唐·杜甫《绝句二首》（其一）
❀彭天宇：野火烧不尽，春风吹又生。——唐·白居易《赋得古原草送别》

❀任自豪：春风得意马蹄疾，一日看尽长安花。——唐·孟郊《登科后》
❀彭天宇：春风十里扬州路，卷上珠帘总不如。——唐·杜牧《赠别
　　　　二首》（其一）

❀任自豪：春风不相识，何事入罗帏。——唐·李白《春思》
❀彭天宇：好雨知时节，当春乃发生。——唐·杜甫《春夜喜雨》

❀任自豪：小楼一夜听春雨，深巷明朝卖杏花。——宋·陆游《临安
　　　　春雨初霁》
❀彭天宇：过春风十里，尽荠麦青青。——宋·姜夔《扬州慢》（淮左名都）

❀任自豪：白雪却嫌春色晚，故穿庭树作飞花。——唐·韩愈《春雪》
❀彭天宇：夜雨剪春韭，新炊间黄粱。——唐·杜甫《赠卫八处士》

❀任自豪：纵被春风吹作雪，绝胜南陌碾成尘。——宋·王安石《北
　　　　陂杏花》
❀彭天宇：一片花飞减却春，风飘万点正愁人。——唐·杜甫《曲江
　　　　二首》（其一）

🌸 任自豪：春风杨柳万千条，六亿神州尽舜尧。——毛泽东《七律二首》（其二）

🌸 彭天宇：云想衣裳花想容，春风拂槛露华浓。——唐·李白《清平调三首》（其一）

🌸 任自豪：羌笛何须怨杨柳，春风不度玉门关。——唐·王之涣《凉州词二首》（其一）

🌸 彭天宇：解释春风无限恨，沉香亭北倚阑干。——唐·李白《清平调三首》（其三）

第五环节

擂主争霸赛

一、请根据康老师的画作内容猜出一联诗词。

1. 提示字：春

答案：几处早莺争暖树，谁家新燕啄春泥

94

2. 提示字：云

答案：薄雾浓云愁永昼，瑞脑消金兽

3. 提示字：灯

答案：知有儿童挑促织，夜深篱落一灯明

4. 提示字：江

答案：江南可采莲，莲叶何田田。鱼戏莲叶间

钱塘湖春行　唐·白居易

孤山寺北贾亭西，水面初平云脚低。
几处早莺争暖树，谁家新燕啄春泥。
乱花渐欲迷人眼，浅草才能没马蹄。
最爱湖东行不足，绿杨阴里白沙堤。

醉花阴　宋·李清照

薄雾浓云愁永昼，瑞脑消金兽。佳节又重阳，
玉枕纱厨，半夜凉初透。　　东篱把酒黄昏后，有暗
香盈袖。莫道不消魂，帘卷西风，人比黄花瘦。

夜书所见　宋·叶绍翁

萧萧梧叶送寒声，江上秋风动客情。
知有儿童挑促织，夜深篱落一灯明。

江南　汉乐府

江南可采莲，莲叶何田田。鱼戏莲叶间。
鱼戏莲叶东，鱼戏莲叶西，鱼戏莲叶南，鱼戏莲叶北。

二、琴是古代雅乐正声的代表，寄托着文人雅士的情操和志趣，诗词中有很多描写琴曲的佳作，请问以下哪联诗写的是弹奏古琴？
A. 锦瑟无端五十弦，一弦一柱思华年
B. 二十五弦弹夜月，不胜清怨却飞来
C. 泠泠七弦上，静听松风寒

答案：C

锦瑟　唐·李商隐

锦瑟无端五十弦，一弦一柱思华年。
庄生晓梦迷蝴蝶，望帝春心托杜鹃。
沧海月明珠有泪，蓝田日暖玉生烟。
此情可待成追忆，只是当时已惘然。

归雁　唐·钱起

潇湘何事等闲回，水碧沙明两岸苔。
二十五弦弹夜月，不胜清怨却飞来。

听弹琴　唐·刘长卿

泠泠七弦上，静听松风寒。
古调虽自爱，今人多不弹。

三、元人散曲云："一声梧叶一声秋，一点芭蕉一点愁，三更归梦三更后。"这里的"声"是哪种声音？

A. 雨声

B. 蝉声

C. 风声

答案：A

水仙子·夜雨 元·徐再思

一声梧叶一声秋，一点芭蕉一点愁，三更归梦三更后。
落灯花棋未收，叹新丰逆旅淹留。
枕上十年事，江南二老忧，都到心头。

四、杨万里有首诗记录了一次寻找食物的过程："戴穿落叶忽起立，拨开落叶百数十。蜡面黄紫光欲湿，酥茎娇脆手轻拾。响如鹅掌味如蜜，滑如莼丝无点涩。"请问他找到了什么食物？

A. 竹笋

B. 白果

C. 蘑菇

答案：C

蕈子 宋·杨万里

空山一雨山溜急，漂流桂子松花汁。
土膏松暖都渗入，蒸出蕈花团戢戢。
戴穿落叶忽起立，拨开落叶百数十。
蜡面黄紫光欲湿，酥茎娇脆手轻拾。
响如鹅掌味如蜜，滑如莼丝无点涩。

伞不如笠钉胜笠，香留齿牙麝莫及。
菘羔楮鸡避席揖，餐玉茹芝当却粒。
作羹不可疏一日，作腊仍堪贮盈笈。

五、罗隐诗句"花随玉指添春色，鸟逐金针长羽毛"描写了什么活动？

A. 采花

B. 绘画

C. 刺绣

答案：C

绣　唐·罗隐

一片丝罗轻似水，洞房西室女工劳。
花随玉指添春色，鸟逐金针长羽毛。
蜀锦谩夸声自贵，越绫虚说价犹高。
可中用作鸳鸯被，红叶枝枝不碍刀。

六、《诗经》"燕燕于飞，颉之颃之"中，"颉之颃之"是什么状态？

A. 前后飞

B. 上下飞

C. 并排飞

答案：B

诗经·邶风·燕燕

燕燕于飞，差池其羽。
之子于归，远送于野。
瞻望弗及，泣涕如雨。

燕燕于飞，颉之颃之。
之子于归，远于将之。
瞻望弗及，伫立以泣。
燕燕于飞，下上其音。
之子于归，远送于南。
瞻望弗及，实劳我心。
仲氏任只，其心塞渊。
终温且惠，淑慎其身。
先君之思，以勖寡人。

第四期

结庐在人境，而无车马喧。
问君何能尔？心远地自偏。

　　陶渊明隐居的田园，"方宅十余亩，草屋八九间"，他采菊东篱，饮酒南山，带月荷锄。当心灵向往自由，充满诗意，人间也胜似仙境。

　　魏晋时代，沧海桑田，人生的进退沉浮，都化作千古风韵，铸成了不朽诗魂，代代相传，永继不绝。"春秋多佳日，登高赋新诗"，今天，就让我们在《中国诗词大会》的舞台上，跟随陶渊明的脚步，去追寻那片浪漫的桃源，去感受那无限的诗情画意吧！

第一环节

大浪淘沙

1. 以下两个选项中，读音正确的是？
A. 并（bìng）刀如水，吴盐胜雪，纤手破新橙
B. 并（bīng）刀如水，吴盐胜雪，纤手破新橙

答案：B

少年游 宋·周邦彦

并刀如水，吴盐胜雪，纤手破新橙。锦幄初温，兽香不断，相对坐调笙。　低声问，向谁行宿？城上已三更。马滑霜浓，不如休去，直是少人行。

嘉宾点评

康震："并刀如水"指的是并州这个地方做的刀特别好，刀身寒光似水。这道题重点考察"并"作为地名和关联词的不同读音。

王立群：这里的"并"是九州之一的并州，辖境大约相当于今天的山西省大部和内蒙古自治区、河北省的一部分，以盛产刀著称。

2. 以下两个选项中，诗词正确的是？
A. 平明寻白羽，没在石棱中
B. 平明寻白羽，没入石棱中

答案：A

和张仆射塞下曲六首（其二）　唐·卢纶

林暗草惊风，将军夜引弓。
平明寻白羽，没在石棱中。

嘉宾点评

王立群："没入"和"没在"还是有区别的。这首诗"没在"说明箭已经与巨石融为一体了，比"没入"更好。因为"没入"强调动作，"没在"强调状态，所以"没在"是对的。

3. 王维《使至塞上》："征蓬出汉塞，归雁入胡天。""蓬"指以下哪一种事物？
A. 飞蓬
B. 车盖

答案：A

使至塞上　唐·王维

单车欲问边，属国过居延。
征蓬出汉塞，归雁入胡天。
大漠孤烟直，长河落日圆。
萧关逢候骑，都护在燕然。

嘉宾点评

王立群："蓬"指蓬蒿。蓬蒿到秋天就连根断了，风一吹就像球一样四处滚动，给人漂泊无定的感觉。所以叫征蓬，因形似车轮，又叫车轮草。王维当时奉命到武威劳军，所以他写这首诗的时候既实写眼前景，又以"征蓬"，暗喻自己。

4. "兰陵美酒郁金香"中的"郁金"指的是？

A.一种花   B.一种香料

答案：B

客中行 唐·李白

兰陵美酒郁金香，玉碗盛来琥珀光。
但使主人能醉客，不知何处是他乡。

嘉宾点评

康震：这道题题面说"兰陵美酒郁金香"，"郁金"是一种香料。一般不会用郁金花的香来形容香味。

第二环节
两两对抗赛

一、挑战多宫格

1. 请从以下九个字中识别一句诗词。

外	有	正
江	天	地
潮	流	入

答案：江流天地外

汉江临眺 唐·王维

楚塞三湘接，荆门九派通。
江流天地外，山色有无中。
郡邑浮前浦，波澜动远空。
襄阳好风日，留醉与山翁。

2.请从以下九个字中识别一句诗词。

江	天	地
潮	流	入
涌	大	月

答案：月涌大江流

旅夜书怀 唐·杜甫

细草微风岸，危樯独夜舟。
星垂平野阔，月涌大江流。

名岂文章著，官应老病休。
飘飘何所似？天地一沙鸥。

嘉宾点评

康震：这两首诗是王维和杜甫非常著名的诗。王维这首诗可以用两个词来概括，第一是"壮大"，第二是"空灵"。"楚塞三湘接，荆门九派通。"王维虽然以田园诗而闻名，但是也能写壮大的诗。当然，王维毕竟是田园诗人，他有一颗纤细的诗心，所以"江流天地外，山色有无中"又写得很空灵。

过去人们形容王维的诗为"词秀调雅"，这是有原因的。他被认为是盛唐诗人的代表，也是有原因的。以往总认为盛唐诗就是豪放壮大，其实并不是，善于营造意境，也是盛唐诗很明显的特点。

"星垂平野阔，月涌大江流。"这首诗是杜甫晚年离开成都漂泊在西南的时候所写的，虽然景象很壮大，但是壮大的背后却是孤独。这首诗前面说"细草微风岸，危樯独夜舟"，后面又说"飘飘何所似，天地一沙鸥"，就是一个词——孤独。

如果把"星垂平野阔，月涌大江流"放在孤独的意境中来看，实际上说明作者觉得有志难申。王维的诗是空灵而不失壮大，杜甫的诗沉郁而不失壮大，都是第一等的好诗。

3. 请从以下九个字中识别一句诗词。

前	明	床
月	相	山
出	鸟	惊

答案：月出惊山鸟

鸟鸣涧 唐·王维

人闲桂花落，夜静春山空。
月出惊山鸟，时鸣春涧中。

4. 请从以下九个字中识别一句诗词。

江	前	明
照	月	相
来	出	鸟

答案：明月来相照

竹里馆 唐·王维

独坐幽篁里，弹琴复长啸。
深林人不知，明月来相照。

嘉宾点评

王立群：《鸟鸣涧》是一个很典范的以动写静的例子，古典文学课讲到以动写静的手法，经常会举这首诗。《竹里馆》这首诗开始第一个字是"独"，写的是"独坐幽篁里"，幽篁就是竹林，有竹林，有琴声，有啸声，有明月，所以他并不感到孤独。这首诗反映了一种内心静谧的境界。

康震：王维这两首诗一首写南方的田园，一首写北方的田园。《鸟

鸣涧》是他的《皇甫岳云溪杂题五首》中的一首，皇甫岳当时住的地方就是在现在的绍兴；而《竹里馆》是他的《辋川集》中的一首，辋川在现在陕西的蓝田县。但是我们从诗里看不出南北的分别，这说明对王维来讲，创作这种田园诗最重要的是他内心的田园意境。

《鸟鸣涧》这首诗很妙，"人闲桂花落"，为什么他会注意到桂花落呢？因为他完全静下来了，静到对身边最细微的变化都能体察的地步。这就是对美的捕捉。"夜静春山空"，春山怎么能是空的呢？山林里什么都有，但因为诗人把心都放空了，才能让月光照进来。

二、联想对对碰

1.请根据以下三个关键词，和一个提示字，说出诗词名句：

关键词：春风　叶　贺知章
提示字：细

			细				

百人团版：

不	花	风	剪	春	细	似	谁
二	月	出	红	叶	裁	刀	知

答案：不知细叶谁裁出，二月春风似剪刀

咏柳 唐·贺知章

碧玉妆成一树高，万条垂下绿丝绦。

不知细叶谁裁出，二月春风似剪刀。

2.请根据以下三个关键词，和一个提示字，说出诗词名句：

关键词：春天　韩愈　发芽

提示字：润

				润		

百人团版：

才	草	无	如	遥	天	雨	润
小	荷	看	却	酥	色	近	街

答案：天街小雨润如酥，草色遥看近却无

早春呈水部张十八员外二首（其一）唐·韩愈

天街小雨润如酥，草色遥看近却无。

最是一年春好处，绝胜烟柳满皇都。

嘉宾点评

王立群：贺知章的《咏柳》是一首非常有名的诗。他用一个"细"字，抓住了春天里二月柳叶娇嫩、纤细的特点，又用了非常巧妙的拟人和比喻，认为柳叶的"细"是剪刀剪出来的，而这个剪刀就是春风。

　　韩愈的《早春呈水部张十八员外》也是写早春，与贺知章的不

同之处在于他不是从柳叶开始写，而是从春草开始写。春草经历了凛冽的寒冬，总算熬到了春天，再加上春雨的滋润，草芽出来了，而草芽代表的是希望，带给人一种美的惊喜。

康震：这两首诗有两个共同的特点，一是都写春天，二是两个作者都做了很大的官。贺知章是礼部侍郎加集贤院学士，在朝廷的威望非常高。

韩愈当时是吏部侍郎，也是很大的官，他给朋友张籍写诗，相约出去踏春。张籍回复说自己工作挺忙，有好多公文要处理。韩愈就在给张籍的第二首诗里说："莫道官忙身老大，即无年少逐春心。凭君先到江头看，柳色如今深未深。"——再忙，春色还是要看的。

有的诗人是有学问可以写出好诗，有才华可以写出好诗，有灵感可以写出好诗，但是有的人是因为有童心，所以能写出好诗。你如果仔细把这些诗人的事和诗联想起来，会发现他们不但做大事有勇气，而且也有很细腻的心理，能写关于春天的小诗。

3.请根据以下三个关键词，和一个提示字，说出诗词名句：

关键词：杜甫　回家　好消息
提示字：歌

			歌			

百人团版：

踏	伴	须	白	青	纵	好	放
歌	春	乡	作	还	日	酒	忽

答案：白日放歌须纵酒，青春作伴好还乡

闻官军收河南河北 唐·杜甫

剑外忽传收蓟北，初闻涕泪满衣裳。
却看妻子愁何在，漫卷诗书喜欲狂。
白日放歌须纵酒，青春作伴好还乡。
即从巴峡穿巫峡，便下襄阳向洛阳。

4. 请根据以下三个关键词，和一个提示字，说出诗词名句：

关键词：好消息　李白　告别
提示字：彩

				彩		

百人团版：

辞	千	彩	帝	江	间	白	陵
西	还	里	人	一	朝	日	云

答案：朝辞白帝彩云间，千里江陵一日还

早发白帝城 唐·李白

朝辞白帝彩云间，千里江陵一日还。
两岸猿声啼不住，轻舟已过万重山。

嘉宾点评

康震：关于这两首诗我各有两句话，杜甫这首诗是"多年沉郁，一朝抒狂"，李白这首诗是"给点阳光，依然灿烂"。

　　杜甫一辈子最操心的就是两个城市，一个是东都洛阳，另一个是首都长安。安史之乱完全扰乱了杜甫的人生路线，他不得不离开长安，离开洛阳，跑到天水去，跑到甘肃去，后来又不得不去成都。可以说，杜甫离开长安和洛阳，从此开始了他的被动人生。因为只有待在长安和洛阳，他的人生才有可能进取，而退居甘肃和成都，虽然生活或许安逸，但是从此与政治无涉，也与志向违离。

　　所以当他听说"剑外忽传收蓟北"，立刻就哭了，因为他经受了这么多年的颠沛流离，现在认为自己终于可以回去了。"却看妻子愁何在，漫卷诗书喜欲狂。"——这种反应让我们感觉不可思议，首先听到好消息自己先哭了，然后看到老婆孩子满脸喜悦，便赶紧收拾书卷，准备立马就回家："白日放歌须纵酒，青春作伴好还乡。"这里的"青春作伴"不是说他自己一瞬间回到了青春，而是指与春天作伴。

王立群：两首诗最大的共同特点就是快，但是快跟快还有境界高下之别。李白的快是痛快，因为他当时受永王李璘案牵连，正在流放夜郎的路上，走到白帝城的时候，突然收到赦免的消息，总算解脱戴罪之身，不需要流放夜郎了。而杜甫的快是愉快，因为战乱快结束，自己漂泊了这么久，终于可以回到故乡和故都去了，所以他的家国之情表现得很深切。这两首"快"诗的区别，应该说杜甫的境界更高，而李白这首"快"诗虽然写得漂亮，但仅是从个人角度出发，若从家国角度比起来，两个人还是有些差别的。

助力千人团·山村支教

　　大家好，我们是在云南昭通向阳小学支教的侯长亮与雷雨丹，我们在偏远山村支教十年了。虽然这里条件十分艰苦，孩子们的家庭条件有限，但是孩子们依然努力向上、克服困难，每当看到孩子们的笑容时，我们觉得不管付出多少都是值得的。在中国诗词大会，我希望各位朋友能送一句诗给孩子们，鼓励他们在艰苦的环境中更加坚强地学习和生长，非常感谢！

郭津山：我想送给他们的诗句是"灯前目力虽非昔，犹课蝇头二万言"。首先是因为这句诗的作者陆游本身就是一个十分好学的人。其次我觉得就像老年时的陆游不如年轻时有那么好的视力一样，山区的孩子也无法像大城市的孩子一样，享受便利的生活和优越的条件；但是陆游仍然做到了"犹课蝇头二万言"——读完了书本上的两万个蝇头小字，祝愿山区的孩子在艰苦的条件下努力学习。最后，这句诗的上一句是"读书本意在元元"，"元元"指天下百姓，希望这些孩子为了振兴中华而读书。

向芝谊：我的答案是"时人不识凌云木，直待凌云始道高"。首先是因为我们的聆听者是可爱的小学生们，所以我选择了一句朗朗上口、浅白易懂的诗，非常便于他们去记忆和吟诵，希望通过这首诗让他们了解诗的美，为他们开启诗韵的大门。其次是因为在我心中，这些小朋友非常像这首诗里所写的植物——小松，他们在非常艰苦的环境下仍然不自弃，以一种昂扬向上的姿态，顽强地拔节生长着。

王立群：郭津山小朋友选的诗，出自陆游的《读书》，寓意很好，但是和山区孩子并不是很契合。向芝谊引用的杜荀鹤的《小松》，最重要的诗句是"时人不识凌云木，直待凌云始道高"——鼓励这些孩子们，你们今天默默无闻，将来可能就是诺奖获得者。所以两个人相比较起来，向芝谊这个更恰当一点。

康震：杜荀鹤的《小松》本来是说他自己的——我现在虽然没发达，

等我发达了你们就知道我是什么了。但这首诗用来形容晚辈的成长是最为恰切的，在这个场合也很合适——"自小刺头深草里"，不就相当于在山区吗？"而今渐觉出蓬蒿"，孩子们已经有点成才的苗头了。虽然现在的人还觉得你们不算什么，但是总有一天，等你们长成参天巨木的时候，人们终于不得不承认，自古英雄出少年。

助力千人团·航空机长

　　大家好，我是马保利。我是一名机长，爱好诗词的我时常将诗词带上三万英尺高空。在经历去年的新冠疫情之后，过年时许多很久没有回过家的人，后来也终于与家人团聚了。作为祖国交通运输事业的一员，我想通过机长广播，用一句诗送给今年春节那些返乡的人们，你们能帮帮我么？

蒲琛苇：我的答案是"莺啼燕语报新年，马邑龙堆路几千"（唐·皇甫冉《春思》）。莺啼燕语可以巧妙地比喻春运时期在空中繁忙穿梭的航班，而春运的航班则为航班上乘客的亲人们带来团聚的喜悦。后半句"马邑龙堆路几千"指飞机跨越的路程。随着今天科技的发展，飞机能日行万里，远在他乡的游子都能及时回家，过个团圆年了。

陈曦俊：我给出的答案是王湾的诗句"海日生残夜，江春入旧年"（《次北固山下》）。在辞旧迎新的时节，尤其是夜间航班，在万米高空上，返乡的人看到太阳从大海中升起，驱散夜的黑暗，我想他们一定非常温暖，非常开心。

第三环节

个人追逐赛

一、身临其境

1.大家好，此时此刻，我正在浙江著名的天台山。这里有许多神话传说，其中非常有名的一个传说，是东汉时期，刘晨和阮肇两人进到天台山采药，碰到两位神仙姐姐，于是在这儿一住就是大半年。后来等到他们回到家的时候，发现家人已经全部不在了。一问才知道，这世上已过了七世。那么，在下面三个选项当中，哪一个选项所用的典故，就是这个刘晨和阮肇的典故呢？

A.春来遍是桃花水，不辨仙源何处寻

B.桃花流水窅然去，别有天地非人间

C.长恨桃源诸女伴，等闲花里送郎归

答案：C

嘉宾点评

康震：选项 A，"春来遍是桃花水，不辨仙源何处寻"，出自盛唐大诗人王维写的《桃源行》。他把陶渊明的《桃花源记》给写了出来，所使用的典故都出自《桃花源记》。

选项 B，"桃花流水窅然去，别有天地非人间"，出自盛唐另一位大诗人李白的《山中问答》，这首诗里用的典故出自陶渊明的《桃花源记》。

选项 C，"长恨桃源诸女伴，等闲花里送郎归"，出自唐代小说家皇甫枚的小说《非烟传》。步非烟是一名女子，写了一首诗送给她的情郎，来表达自己对情郎的眷恋。其中所用的典故，正是刘晨和阮肇遇仙的故事。

2. 大家好，我现在是在江苏昆山亭林公园内的昆曲博物馆。昆曲原名昆山腔，就发源于昆山地区，是我国古老的剧种之一，被誉为百戏之祖、百戏之师。2001 年，昆曲被联合国教科文组织列入"人类口述和非物质文化遗产代表作"。我所在的这个古色古香的戏台，就是专门用来表演昆曲的。诗人们常以诗词写下他们欣赏昆曲时的感受，那么，请问以下哪一项描写的是作者欣赏昆曲的感受呢？

A. 梨园弟子白发新，椒房阿监青娥老

B. 一往情深深几许，深山夕照深秋雨

C. 却为情深每入破，等闲难与俗人听

答案：C

嘉宾点评

杨雨：昆曲开始于明代，后来经过魏良辅大力改革，最后又融合了余姚腔、海盐腔、弋阳腔等等。选项C出自明末清初著名学者黄宗羲的《听唱牡丹亭》，显然就是写听昆曲《牡丹亭》的感受，而且其中的"情深"一词也来自汤显祖的《牡丹亭题词》。黄宗羲作为大学者都在欣赏《牡丹亭》，可见《牡丹亭》，或者说用昆曲演唱的《牡丹亭》，在当时的流行程度是非常高的。

二、趣味知识

1.《清明上河图》是一幅宋代市民生活的风俗画卷，随着画幅的展开，我们仿佛漫步于汴河两岸，到处可见各种酒肆、茶坊、客店、香铺，各类摊贩也一一映入眼帘，都市生活的气息扑面而来。外卖在今天是不可或缺的懒人福利，其实在《清明上河图》中就出现了疑似"外卖小哥"的身影。请问他们不可能派送以下哪种食物？

A. 槐柳成阴雨洗尘，樱桃乳酪并尝新
B. 碧蔓凌霜卧软沙，年来处处食西瓜
C. 番薯种自番邦来，功均粒食亦奇哉

答案：C

嘉宾点评

王立群：《清明上河图》里的外卖小哥很清晰，左手掂了两个餐具，右手拿了一双筷子，中间围了一个围裙，这就是个典型的外卖小哥。其实在宋代，送外卖是个很普遍的事情，不单有人步行着送，而且在临安的西湖还会用一种叫"湖船"的船去送外卖。所以《清明上河图》里画的确实很类似我们今天的外卖。选项B的西瓜传入中国比较早，魏晋南北朝时就有了，当时叫寒瓜。而番薯是明代传入中国的。

康震：番薯传入中国的过程特别具有戏剧性。它原产于美洲，从美洲传到太平洋诸岛，地理大发现之后，又从欧洲传到全世界。因为番薯好吃而且产量大，在灾荒年间是很重要的主食。明朝万历年间福建遭遇了大旱，老百姓没吃的，华侨陈振龙就找到福建巡抚金学曾，建议他引种和推广番薯，救了很多人的命。人们为了纪念他，又把番薯叫作金薯。后来明代著名科学家徐光启把番薯推广到江南地区，从此以后，番薯就成为人们餐桌上的美食。

2. 苏轼诗"二八佳人细马驮，十千美酒渭城歌"中的"二八佳人"
指的是以下哪一项？
A. 二十八位佳人
B. 二十八岁的佳人
C. 十六岁的佳人

答案：C

嘉宾点评

王立群：在数学方面，中国的十进制起源非常早。在湖南湘西出土的秦代里耶秦简上面就有九九乘法口诀。所以"二八佳人"就是十六岁的小美女。

3. 近代民主革命英雄秋瑾有词曰："休言女子非英物，夜夜龙泉壁上鸣。"其中"龙泉"的意思是？
A. 古琴
B. 宝剑
C. 蟋蟀

答案：B

嘉宾点评

康震：龙泉剑跟西晋著名的大臣张华有关系。有个叫雷焕的人善于夜观天象，所以张华就问雷焕，斗牛之间为什么紫气这么旺盛？雷焕说这是剑气，就在丰城。所以张华就把雷焕任命为丰城令。雷焕去了之后从地底下挖出来"龙泉"和"太阿"两把剑，把其中的龙泉剑送给了张华。"龙泉"这个典故就来自这里。

王立群：我补充一点，龙泉剑的本名叫龙渊剑，因为唐高祖叫李渊，为了避他的讳改名叫龙泉剑，这把剑唐高祖曾经佩戴过。

4. 这是一幅唐代名画，请仔细观察一下，此画的内容与下列哪联诗最接近？

A. 今日良宴会，欢乐难具陈
B. 奇文共欣赏，疑义相与析
C. 散发乘夕凉，开轩卧闲敞

答案：B

嘉宾点评

龙洋：这幅画叫《高逸图》，又名《竹林七贤图》，是唐末书画家孙位创作的。这幅画如今是残卷，图中只剩了"四贤"。这幅画看一次不容易，因为它现在收藏于上海博物馆，是上博镇馆之宝，只有在庆祝上博十周年的时候展出过一次。

王立群：选项A出自汉代《古诗十九首》中的一首，开始就是"今日良宴会，欢乐难具陈"。

选项B出自陶渊明的《移居二首》，其中讲到他想搬家，搬到一个有很多好邻居的地方，大家可以在一块谈论，最后两句很有名，"奇文共欣赏，疑义相与析"，"奇文"就是好文章。

选项C出自孟浩然的《夏日南亭怀辛大》，明显是在夏天的傍晚乘凉。这幅画不像乘凉，也不像宴会喝酒，画的是竹林七贤在一起谈玄论道的场景。

康震：竹林七贤这七个人有一个共同点，就是爱好谈玄。他们都有思想、有学问、有情趣，也有很多文艺爱好，但是他们表现出来的狂放的状态，都跟当时的政局有很大关系。这七个人身上体现了文人的傲岸不屈、卓尔不群的魏晋风流。总之这七个人被放在一幅画里，就有很多含义，承载了历代文人的理想和期待。

第四环节
飞花令

相 思

🌸 百人团：愿君多采撷，此物最相思。——唐·王维《相思》

🌸 陈　燕：谁家今夜扁舟子，何处相思明月楼。——唐·张若虚《春江花月夜》

🌸 百人团：情人怨遥夜，竟夕起相思。——唐·张九龄《望月怀远》

🌸 陈　燕：天涯地角有穷时，只有相思无尽处。——宋·晏殊《木兰花·春恨》

🌸 百人团：长相思兮长相忆，短相思兮无穷极。——唐·李白《三五七言》

🌸 陈　燕：唯有相思似春色，江南江北送君归。——唐·王维《送沈子归江东》

🌸 百人团：花自飘零水自流，一种相思，两处闲愁。——宋·李清照《一剪梅》（红藕香残玉簟秋）

🌸 陈　燕：长相思，在长安。——唐·李白《长相思三首》（其三）

🌸 百人团：入我相思门，知我相思苦。——唐·李白《三五七言》

🌸 陈　燕：直道相思了无益，未妨惆怅是清狂。——唐·李商隐《无题》

🌸 百人团：梦断魂销，一枕相思泪。——宋·苏轼《蝶恋花》（昨夜秋

风来万里）

🌼 陈　燕：相思相见知何日，此时此夜难为情。——唐·李白《三五七言》

🌼 百人团：玲珑骰子安红豆，入骨相思知不知。——唐·温庭筠《南歌子词二首》（其二）

🌼 陈　燕：只愿君心似我心，定不负相思意。——宋·李之仪《卜算子》（我住长江头）

何　处

🌼 百人团：谁家今夜扁舟子，何处相思明月楼。——唐·张若虚《春江花月夜》

🌼 向芝谊：何处望神州，满眼风光北固楼。——宋·辛弃疾《南乡子·登京口北固亭有怀》

🌼 百人团：春归何处？寂寞无行路。若有人知春去处，唤取归来同住。——宋·黄庭坚《清平乐》（春归何处）

🌼 向芝谊：种桃道士归何处，前度刘郎今又来。——唐·刘禹锡《再游玄都观》

🌼 百人团：人面不知何处去，桃花依旧笑春风。——唐·崔护《题都城南庄》

🌼 向芝谊：滟滟随波千万里，何处春江无月明。——唐·张若虚《春江花月夜》

🌼 百人团：异乡何处最牵愁，独上边城城上楼。——宋·魏野《登原州城呈张贲从事》

🌼 向芝谊：芍药与君为近侍，芙蓉何处避芳尘。——唐·罗隐《牡丹花》

❀百人团：借问酒家何处有，牧童遥指杏花村。——唐·杜牧《清明》

❀向芝谊：枝上柳绵吹又少，天涯何处无芳草。——宋·苏轼《蝶恋花·春景》

❀百人团：借问梅花何处落，风吹一夜满关山。——唐·高适《塞上听吹笛》

❀向芝谊：欲寄彩笺兼尺素，山长水阔知何处。——宋·晏殊《蝶恋花》（槛菊愁烟兰泣露）

❀百人团：何处合成愁，离人心上秋。——宋·吴文英《唐多令·惜别》

❀向芝谊：何处春深好，春深富贵家。——唐·白居易《和春深二十首》（其一）

❀百人团：二十四桥明月夜，玉人何处教吹箫。——唐·杜牧《寄扬州韩绰判官》

❀向芝谊：哀哀寡妇诛求尽，恸哭秋原何处村。——唐·杜甫《白帝》

❀百人团：丞相祠堂何处寻，锦官城外柏森森。——唐·杜甫《蜀相》

❀向芝谊：黄鹤知何去，剩有游人处。——毛泽东《菩萨蛮·黄鹤楼》

❀百人团：不知何处吹芦管，一夜征人尽望乡。——唐·李益《夜上受降城闻笛》

❀向芝谊：何处春深好，春深贫贱家。——唐·白居易《和春深二十首》（其二）

数字 + 动物

❀向芝谊：两个黄鹂鸣翠柳，一行白鹭上青天。——唐·杜甫《绝句

四首》（其三）

🌺 陈　燕：春风得意马蹄疾，一日看尽长安花。——唐·孟郊《登科后》

🌺 向芝谊：飘飘何所似，天地一沙鸥。——唐·杜甫《旅夜书怀》

🌺 陈　燕：竹外桃花三两枝，春江水暖鸭先知。——宋·苏轼《惠崇春江晚景二首》（其一）

🌺 向芝谊：要扫除一切害人虫，全无敌。——毛泽东《满江红·和郭沫若同志》

🌺 陈　燕：黄鹤一去不复返，白云千载空悠悠。——唐·崔颢《黄鹤楼》

🌺 向芝谊：玉珰缄札何由达，万里云罗一雁飞。——唐·李商隐《春雨》

🌺 陈　燕：杨花落尽子规啼，闻道龙标过五溪。——唐·李白《闻王昌龄左迁龙标遥有此寄》

🌺 向芝谊：子规啼彻四更时，起视蚕稠怕叶稀。——宋·谢枋得《蚕妇吟》

🌺 陈　燕：身无彩凤双飞翼，心有灵犀一点通。——唐·李商隐《无题》

🌺 向芝谊：金猴奋起千钧棒，玉宇澄清万里埃。——毛泽东《七律·和郭沫若同志》

🌺 陈　燕：千山鸟飞绝，万径人踪灭。——唐·柳宗元《江雪》

🌺 向芝谊：两岸猿声啼不住，轻舟已过万重山。——唐·李白《早发白帝城》

🌺 陈　燕：飞来山上千寻塔，闻说鸡鸣见日升。——宋·王安石《登飞来峰》

🌺 向芝谊：世上岂无千里马，人中难得九方皋。——宋·黄庭坚《过

平舆怀李子先时在并州》

🌸 陈　燕：七月在野，八月在宇，九月在户，十月蟋蟀入我床
下。——《诗经·豳风·七月》

🌸 向芝谊：五月不可触，猿声天上哀。——唐·李白《长干行二首》（其一）

第五环节

播主争霸赛

一、请根据康老师的画作内容猜出对应的诗句。

1. 提示字：松

答案：为我一挥手，如听万壑松

2. 提示字：来

答案：有约不来过夜半，闲敲棋子落灯花

3. 提示字：有

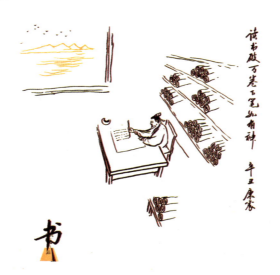

答案：读书破万卷，下笔如有神

4. 提示字：花

吾家洗砚池边树，朵朵花开淡墨痕　辛丑原表

画

答案：吾家洗砚池边树，朵朵花开淡墨痕

听蜀僧濬弹琴　唐·李白

蜀僧抱绿绮，西下峨眉峰。
为我一挥手，如听万壑松。
客心洗流水，馀响入霜钟。
不觉碧山暮，秋云暗几重。

约客　宋·赵师秀

黄梅时节家家雨，青草池塘处处蛙。
有约不来过夜半，闲敲棋子落灯花。

奉赠韦左丞丈二十二韵（节选）唐·杜甫

甫昔少年日，早充观国宾。
读书破万卷，下笔如有神。

赋料扬雄敌，诗看子建亲。
李邕求识面，王翰愿卜邻。

墨 梅 元·王冕

吾家洗砚池边树，朵朵花开淡墨痕。
不要人夸颜色好，只留清气满乾坤。

二、以下描写农业劳动的诗句中，哪一项没有写到除草？
A. 晨兴理荒秽，带月荷锄归
B. 昼出耘田夜绩麻，村庄儿女各当家
C. 相随饷田去，丁壮在南冈

答案：C

归园田居五首（其三） 晋·陶渊明

种豆南山下，草盛豆苗稀。
晨兴理荒秽，带月荷锄归。
道狭草木长，夕露沾我衣。
衣沾不足惜，但使愿无违。

四时田园杂兴六十首（其三十一） 宋·范成大

昼出耘田夜绩麻，村庄儿女各当家。
童孙未解供耕织，也傍桑阴学种瓜。

观刈麦（节选） 唐·白居易

妇姑荷箪食，童稚携壶浆。
相随饷田去，丁壮在南冈。

足蒸暑土气，背灼炎天光。
力尽不知热，但惜夏日长。

三、下列哪一选项中的"南山"，与其他两项不同？
A.采菊东篱下，悠然见南山
B.中岁颇好道，晚家南山陲
C.蓬莱宫阙对南山，承露金茎霄汉间

答案：A

饮酒二十首（其五）晋·陶渊明

结庐在人境，而无车马喧。
问君何能尔？心远地自偏。
采菊东篱下，悠然见南山。
山气日夕佳，飞鸟相与还。
此中有真意，欲辨已忘言。

终南别业 唐·王维

中岁颇好道，晚家南山陲。
兴来每独往，胜事空自知。
行到水穷处，坐看云起时。
偶然值林叟，谈笑无还期。

秋兴八首（其五）唐·杜甫

蓬莱宫阙对南山，承露金茎霄汉间。
西望瑶池降王母，东来紫气满函关。
云移雉尾开宫扇，日绕龙鳞识圣颜。
一卧沧江惊岁晚，几回青琐点朝班。

四、请问在一年之内，以下哪一项诗句写的"时节"最早？

A. 清明时节雨纷纷，路上行人欲断魂

B. 正是浴兰时节动，菖蒲酒美清尊共

C. 黄梅时节家家雨，青草池塘处处蛙

答案：A

清明 唐·杜 牧

清明时节雨纷纷，路上行人欲断魂。
借问酒家何处有，牧童遥指杏花村。

渔家傲 宋·欧阳修

五月榴花妖艳烘，绿杨带雨垂垂重。五色新丝缠角粽，金盘送，生绡画扇盘双凤。　　正是浴兰时节动，菖蒲酒美清尊共。叶里黄鹂时一弄，犹薝恼，等闲惊破纱窗梦。

约客 宋·赵师秀

黄梅时节家家雨，青草池塘处处蛙。
有约不来过夜半，闲敲棋子落灯花。

长风破浪会有时，
直挂云帆济沧海。

　　乘着长风扶摇直上，李白用雄奇飘逸的诗篇，支撑起璀璨的盛唐。纵然冰封黄河，雪满太行，他依旧气宇轩昂，抒发直挂云帆的豪放。遭遇流放，遇赦东还时，在朝霞满天的白帝城旁，他仍发出"千里江陵一日还"的快意与畅想。诗仙李白的一生，从未放弃理想和希望，他不停奔走，不停吟唱。黄河、泰山、长城、长江，纷纷化作五彩斑斓的耀眼诗章，代代相传。

　　今天让我们在《中国诗词大会》的舞台上，跟随气象恢宏的大唐诗歌，去领略大好河山，去巡看无限风光。

第一环节
大浪淘沙

1. 以下两个选项中，读音正确的是？
A. 渭城朝雨浥轻尘，客舍（shě）青青柳色新
B. 渭城朝雨浥轻尘，客舍（shè）青青柳色新

答案：B

送元二使安西 唐·王维

渭城朝雨浥轻尘，客舍青青柳色新。
劝君更尽一杯酒，西出阳关无故人。

嘉宾点评

蒙曼："舍"作动词讲，一个意思是"舍弃"，读三声，还可以读四声，意思是住宿。"舍"作名词讲，读四声，意思是"房舍"，还可以作谦词，比如"舍弟""舍亲"。还有成语"退避三舍（shè）"，古代三十里称为一舍。诗里的"客舍"是驿馆的意思，就是驿站的房舍。

康震：古代人表达别离之情的方式很丰富，比如灞桥折柳，劝杯酒，折枝柳，写首诗，也展现了古人内心的丰富。

2. 黄庭坚诗"管城子无食肉相，孔方兄有绝交书"中的"管城子"指的是以下哪一项？

A. 毛笔

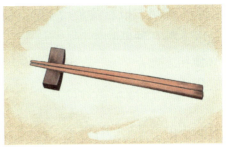

B. 筷子

答案：A

戏呈孔毅父　宋·黄庭坚

管城子无食肉相，孔方兄有绝交书。
文章功用不经世，何异丝窠缀露珠？
校书著作频诏除，犹能上车问何如。
忽忆僧床同野饭，梦随秋雁到东湖。

嘉宾点评

康震：韩愈写过一篇带有戏谑性的寓言文章《毛颖传》，说古时候毛笔被封在管城，所以叫"管城子"，后来这外号就成为毛笔的代称。

蒙曼："孔方兄"是钱的雅称，"孔方兄有绝交书"就是说韩愈他自己穷，似乎跟孔方兄已经绝交了。其实笔墨纸砚都有雅称，笔叫"毛颖"或者说"管城子"，也可以称为"中书君"，钱锺书先生曾把它当作笔名。墨叫"松处士"，纸叫"楮（chǔ）先生"，砚叫"寒泓"，还有把清酒称"圣人"、浊酒称"贤人"……很多的雅称写到诗里就有了诗意。

3. 李贺诗句"报君黄金台上意，提携玉龙为君死"中，"玉龙"指的是以下哪一种器物？

A. 玉笛

B. 宝剑

答案：B

雁门太守行 唐·李贺

黑云压城城欲摧，甲光向日金鳞开。
角声满天秋色里，塞上燕脂凝夜紫。
半卷红旗临易水，霜重鼓寒声不起。
报君黄金台上意，提携玉龙为君死。

嘉宾点评

蒙曼："提携玉龙为君死"——什么能致人生死？宝剑能致人生死，这里用"玉龙"比喻宝剑。但其实"玉龙"指什么都有可能，毛主席词"飞起玉龙三百万，搅得周天寒彻"，指的是冰雪。"玉龙"也可以指玉笛，比如姜夔词《疏影》"还教一片随波去，又却怨、玉龙哀曲"，这里就是指玉笛。所以中国古代这些雅号的意思，要根据它具体的使用场合来判断。在《雁门太守行》"黑云压城"这种战争场景里，它一定是宝剑。

龙洋：史料记载李贺是个很瘦弱的人，但是体弱多病也挡不住他建功立业的雄心。

4. "白也诗无敌，飘然思不群"，这里称赞的是哪位诗人？

A. 李白　　　　　　　B. 白居易

答案：A

春日忆李白 唐·杜甫

白也诗无敌，飘然思不群。
清新庾开府，俊逸鲍参军。
渭北春天树，江东日暮云。
何时一尊酒，重与细论文。

嘉宾点评

蒙曼：《春日忆李白》这首诗，是大概天宝五六载杜甫在长安时写的。现在李白和杜甫的关系已经是一个著名的梗了。杜甫比李白年轻十几岁，总是那么仰慕李白，一生中写了很多诗献给李白，"白也诗无敌，飘然思不群"就是夸赞李白的诗作无人能敌，他那高超的才思也远远超出一般人。还有一些像"三夜频梦君，情亲见君意"，李白被贬后，杜甫担心他的安全，写诗说"江湖多风波，舟楫恐失坠"，对李白的遭遇表示了极大的同情。所以杜甫写出了两个人关系中最美的画面，叫作"春树暮云"，就在这首诗里。

龙洋：杜甫有时候挺像鸿雁，因为李白总是用大鹏自比，我们想象大鹏和鸿雁的一场分别，鸿雁还在为这次分别低吟浅唱，但是大鹏早就悠游于天南海北、了无踪影了。

康震：李白对杜甫的情深义重也曾回赠过"鲁酒不可醉，齐歌空复情。思君若汶水，浩荡寄南征"这样的诗句，意思是由于杜甫不在身边同游，"齐歌"引不起感情，"鲁酒"也提不起酒兴，思友之情就像汶河水一样永不停息。

而且李白有四首诗跟杜甫有关联，这已经很不简单了。因为李白写诗的对象一般或大或小都是个官，多多少少在道教界都有名气，而且对他有点用。而杜甫既与他没有任何功利的关系，年龄又比他小，名气也比他小，在当时各个方面都比他要略逊一点。

李白能给他写四首诗，是很不容易的。但是杜甫不是对李白一人情深义重，他对很多交往过的朋友都非常情深义重，比如《赠卫八处士》里的卫八处士等。

第二环节
两两对抗赛

一、挑战多宫格

1. 请从以下九个字中识别一句诗词。

大	弓	沙
雪	如	卢
人	马	漠

答案：大漠沙如雪

马诗二十三首（其五）唐·李贺

大漠沙如雪，燕山月似钩。
何当金络脑，快走踏清秋。

2.请从以下九个字中识别一句诗词。

满	大	弓
风	雪	如
刀	人	马

答案：大雪满弓刀

和张仆射塞下曲六首（其三）唐·卢纶

月黑雁飞高，单于夜遁逃。
欲将轻骑逐，大雪满弓刀。

嘉宾点评

蒙曼：李贺一辈子没上过战场，身体也不好，但是写起边塞诗，"大漠沙如雪，燕山月似钩"——他未必看到那些东西，但大漠的气势就在想象空间里表现出来了。卢纶是大历十才子之一，跟李贺不一样，他是真正上过战场的，曾经在浑瑊（jiān）的河中元帅府当判官。不过这首诗也存在想象的问题——"欲将轻骑逐，大雪满弓刀"。河中元帅府在现在的山西永济，属于晋南地区，不见得会有"大雪满弓刀"这么宏伟的战场场面。但是诗人想象出来的边关、想象出来的边塞、想象出来的战斗，以这样的形式表达出来，我们仍然觉得气象万千。

龙洋:每次读李贺的诗都会觉得热血沸腾,比如说"男儿何不带吴钩,收取关山五十州"。

康震:这两首诗有很多共同的地方,第一,李贺和卢纶都怀才不遇,第二,这两首诗的背后都是组诗,李贺写《马诗二十三首》,卢纶写《出塞》一共是六首。李贺写马诗写不够,他是拿马来做文章,通过写马来写怀才不遇。如果怀才恰巧碰上名主,"我"肯定要为之效命,所以说"何当金络脑,快走踏清秋"——如果你给"我"一个金络脑,那"我"就上战场为你驰骋。李贺是通过写马来展现自己内心的不平,所以不得志的人笔下往往流出传奇的诗篇。把这两个诗人放在一起,确实是相得益彰。

3. 请从以下九个字中识别一句诗词。

又	春	年
旧	风	入
江	生	花

答案：江春入旧年

次北固山下　唐·王湾

客路青山外，行舟绿水前。
潮平两岸阔，风正一帆悬。
海日生残夜，江春入旧年。
乡书何处达？归雁洛阳边。

4.请从以下九个字中识别一句诗词。

春	年	多
风	入	草
生	花	香

答案：春风花草香

绝句二首（其一）唐·杜甫

迟日江山丽，春风花草香。
泥融飞燕子，沙暖睡鸳鸯。

嘉宾点评

蒙曼：草堂的生活对杜甫来说是一个难得的安慰。经历了之前半世颠沛流离，再加上安史之乱的打击，最后终于来到了浣花溪畔，得享了一段安定的生活，杜甫的心情是愉快的。人们经常说王维"诗中有画"，其实杜甫这首诗也是"诗中有画"。"迟日江山丽，春风花草香"——满眼都是生机，带给人满目春色的感觉。"泥融飞燕子，沙暖睡鸳鸯"——满眼都是适性，万物依照自己的性情自由自在地在自然界中生活着。什么叫情趣，什么叫诗意？其实有生机、能适性就是最大的诗意，所以别小看杜甫这首小诗，它蕴含着中国人心里真正的春天。

二、联想对对碰

1.请根据以下三个关键词，和一个提示字，说出诗词名句：

关键词：韦应物　空船　下雨

提示字：野

野						

百人团版：

春	自	横	来	无	带	人	野
眠	晓	晚	渡	急	舟	雨	潮

答案：春潮带雨晚来急，野渡无人舟自横

滁州西涧　唐·韦应物

独怜幽草涧边生，上有黄鹂深树鸣。
春潮带雨晚来急，野渡无人舟自横。

2. 请根据以下三个关键词，和一个提示字，说出诗词名句：

关键词：下雨　苏轼　慢慢走

提示字：吟

			吟			

百人团版：

打	何	行	妨	且	莫	声	吟
啸	听	当	穿	叶	剪	徐	林

答案：莫听穿林打叶声，何妨吟啸且徐行

定风波 宋·苏轼

莫听穿林打叶声，何妨吟啸且徐行。竹杖芒鞋轻胜马，谁怕？一蓑烟雨任平生。　　料峭春风吹酒醒，微冷，山头斜照却相迎。回首向来萧瑟处，归去，也无风雨也无晴。

嘉宾点评

康震：韦应物到江南做官，苏轼在乌台诗案后遭到了贬谪，他俩的心境有点相似。中唐的韦应物这批人，因为经历了安史之乱，有些人离开了长安，到地方做官。但大家都不愿意到地方去，因为地方官收入少、发展慢，要处理很多冗务，不胜其烦。在京洛两地做官，既有清望，俸禄也高，同时没那么多麻烦事，所以这批诗人心里不满意。韦应物这首诗非常有意思，虽然只有四句，但是有主有次。为了突出"独怜幽草涧边生"的暗，用了"上有黄鹂深树鸣"的亮来衬托；为了突出"野渡无人舟自横"的静，用了"春潮带雨晚来急"的动来衬托。四句里有两句是主角，两句是配角，这种作诗的手法是非常巧妙的。所以我们不但要知道诗人写诗的心境，了解他的思想，而且对诗法本身也要有领悟。

蒙曼：这两首诗都是诗人跌了跟头以后写出来的。韦应物曾是一个京师恶少："少事武皇帝，无赖恃恩私。身作里中横，家藏亡命儿。"这是一个少年豪侠，在三卫里侍卫皇帝，后来安史之乱打击到他了，他觉得不能够再这样荒唐下去，所以"折节读书"，变成一个关心百姓的好人——"身多疾病思田里，邑有流亡愧俸钱"，也形成了一种清新淡雅的诗风——"春潮带雨晚来急，野渡无人舟自横"。

苏轼当年其实也是一个很轻狂的少年郎，曾在文章中杜撰过历史故事，然后骗欧阳修说我这是用典，欧阳修查了半天也查不出来，原来是苏轼"想当然尔"。但是后来乌台诗案把他给打击了，他到了黄州以后心里想清楚、看淡了，然后才能"莫听穿林打叶声，何妨

吟啸且徐行"。跌了跟头之后才成就了后来的韦应物和后来的苏东坡，才有了"问汝平生功业，黄州惠州儋州"。

3. 请根据以下三个关键词，和一个提示字，说出诗词名句：

关键词：战船　前线　战马
提示字：风

			风				

百人团版：

铁洲	冰马	风州	夜秋	关瓜	渡大	散船	楼雪

答案：楼船夜雪瓜洲渡，铁马秋风大散关

书愤　宋·陆游

早岁那知世事艰，中原北望气如山。
楼船夜雪瓜洲渡，铁马秋风大散关。
塞上长城空自许，镜中衰鬓已先斑。
出师一表真名世，千载谁堪伯仲间。

4. 请根据以下三个关键词，和一个提示字，说出诗词名句：

关键词：战马　梦境　遗憾
提示字：风

				风		

百人团版：

雨	来	花	铁	河	卧	冰	阑
夜	落	听	梦	风	马	入	吹

答案：夜阑卧听风吹雨，铁马冰河入梦来

十一月四日风雨大作 宋·陆游

僵卧孤村不自哀，尚思为国戍轮台。
夜阑卧听风吹雨，铁马冰河入梦来。

嘉宾点评

蒙曼：这两个"风"特别好。第一个"风"："楼船夜雪瓜洲渡，铁马秋风大散关。"那时候还是真实的战争风云，陆游也就是经历了这两次大的军事活动，一个是瓜洲，另一个是大散关，加起来时间不长，但是给他一生都留下了不可磨灭的印象。到老了，"夜阑卧听风吹雨"，这时候其实已经是"风流总被雨打风吹去"了，人生七十已经到了末路，但是没关系，"铁马冰河入梦来"。这样的杀敌报国之心，至死未忘。

我特别欣赏梁启超在《读陆放翁集》中写的两首诗，其中一首说："辜负胸中十万兵，百无聊赖以诗鸣。谁怜爱国千行泪，说到胡尘意不平。"梁启超是真正懂陆游的，他说陆游是真正懂军事的，他不见得是要写诗做一个诗人，但是闲居在家他只能写诗明志，征战沙场、报效国家才是他心中所愿。

康震：前一首诗是在宋孝宗淳熙十三年（1186）写的，后一首诗是绍熙三年（1192）写的。从1186年到1192年这期间，陆游的人生可以说是几起几落。

对一个诗人，特别是对陆游这样有收复中原的壮志的诗人来讲，

这是一种折磨。尽管如此，陆游依然"书愤"。书愤是什么意思？书写心中的愤怒。即便是书写愤怒，他心里想到的依然是什么时候能像诸葛亮那样，六出祁山也罢，收复中原也罢，总之还是往积极的方向想。到后来"铁马冰河入梦来"，抒发的依然不是一己之私愤，而是感愤于自己无法走上前线。

所以说，陆游在诗歌史上最有号召力的地方就在于他始终高举爱国主义的旗帜。他发出了无所顾忌的大声呼告，起到了旗手的作用，这是他在中华诗史中非常独特而鲜明的形象。

助力千人团·奉节脐橙

大家好，我是重庆奉节的一名果农。奉节盛产诗词，从白帝城到瞿塘峡，从"杨柳青青江水平"到"不尽长江滚滚来"，诗人们在诗城奉节留下了许多著名诗篇。奉节还盛产橙子，著名的奉节脐橙肉质细嫩、无核少络、酸甜适度。我现在就在我的果园里，请各位选手帮帮我们，从古诗词的意象中，给我的果园起一个好听的名字，你会怎么起呢？

宋红日：我给出的答案是"三寸金"，这个答案出自杜甫的《阻雨不得归瀼西甘林》里的"园甘长成时，三寸如黄金"。我选这句诗有两个原因。其一，杜甫在被贬谪期间，由于朝廷俸禄不足以养家糊口，于是便在瀼西，也就是今天重庆奉节附近买了四十亩地，全部种上了橘树来维持生计。橘子个个颗粒饱满，个个颜色如黄金，形状大约三寸，于是杜甫有感而发，写下了"园甘长成时，三寸如黄金"这一名句。其二，这句诗下一句是"厥贡倾千林"，这里的"厥贡"指的是给朝廷以及王公大臣进贡，这也从侧面体现了这种橙子贵如黄金。这就是为什么我给这个果园起名叫"三寸金"。

朱泽昀：我给出的答案是"君须记"。这个名字出自苏轼的一句诗"一年好景君须记，最是橙黄橘绿时"。这句诗描写的是夏天过去、秋天来临的丰收景象，这时候橙子金黄，是最好吃的时候。这位大哥有这么大一片果园，每当丰收的时候，望到这漫山遍野金黄色就让人口水直流，"君须记"是非常合适的名字。另外，这首诗的作者是苏轼，他是一位"吃货"，也是一位带货达人。如果他为这个橘子带货，也能够卖得红红火火。所以叫它"君须记"，让大家记住我们这个果园的果子最好吃。

康震：杜甫说"三寸如黄金"，我觉得其实就应该叫作"黄金香"。这名字能让人记得住，因为大家会感觉不可思议：黄金怎么能香呢？宣传效果就达到了。

蒙曼：我觉得应该叫"南金园"。当年人们说虞世南是什么人？"南金之贵"，南方的贵人。另外还有苏轼的诗"北客有来初未识，南金无价喜新尝"，讲的就是橘子，"南金无价"是说这东西是无价之宝，而且像黄金一样金灿灿的。

第三环节

个人追逐赛

一、身临其境

1. 在中国历史上，爱喝酒的人不计其数，还制造出各种精美的酒器。

现在大家看到的这件文物，是西汉时期的一件错金银云纹青铜犀尊。这件文物不但铸造工艺高超，塑造的犀牛形象也栩栩如生。特别是在犀牛的背部有一个盖子，打开便可以注酒，而微微倾斜器身，酒就可以从犀牛的嘴中流出。请问下列诗句中，哪一项提到的酒器和它功能相似？

A. 花间一壶酒，独酌无相亲
B. 金陵子弟来相送，欲行不行各尽觞
C. 我有一瓢酒，可以慰风尘

答案：A

嘉宾点评

蒙曼：题目里说先把酒倒到尊里，再通过小口把酒倒出来，所以这是一个盛酒器。选项 A，"花间一壶酒，独酌无相亲"，人们一般不会直接对着壶来喝，所以壶是一个盛酒器。选项 B，"金陵子弟来相送，欲行不行各尽觞"，"尽觞"其实就是干杯的意思，觞是一种饮酒器。选项 C，"我

有一瓢酒，可以慰风尘"，瓢虽然形制比较粗糙，但仍然是饮酒器。

这个文物背后有很多故事。它重达十三公斤，不可能直接举起来喝酒。另外"尊"这个字上面是一个"酉"字，当酒讲，也当盛酒器讲；下面这个"寸"，是隶书之后才改写的样子，原来是两只手。两只手捧着一个盛酒器，这是去祭祀。所以"尊"最早的时候和祭奠的"奠"是一个意思，这两个字也可以互通的，后来才发生分化。

龙洋：青铜犀尊现在收藏于中国国家博物馆。去看过的人一定会惊讶，说当时制造这青铜器的人一定见过真犀牛，因为实在是栩栩如生。尤其是它的四个蹄子平稳落地，每个蹄子有三根脚趾，上面用错金银文饰修饰，特别像真的犀牛的皮肤。

这件文物也记录着当时人与动物共处的自然时光。因为三千多年前，华夏大地上是遍布犀牛的。但是到西汉以后，地球变冷，加上人类活动越来越频繁，犀牛、大象被迫迁徙，现在只零星地分布在热带雨林和一些沼泽地带。

2. 此时此刻，我正站在安徽黄山著名的清凉台。清代著名的思想家、文学家魏源，来到黄山写了一首诗，其中几句说，"性石不性木，肯共云生死""一峰踞一龙，万峰万龙倚"。那么，魏源这几句诗写的到底是黄山的哪一景？

A. 云海

B. 怪石

C. 奇松

答案：C

嘉宾点评

康震：这首诗是清代思想家、文学家魏源所写的《黄山诗》。"性石不性木，肯共云生死""一峰踞一龙，万峰万龙倚"，就是说黄山的奇松。但是这松树并不打算飞到天上去，而是像龙一样占据着一个又一个山峰。

　　我的身后就是黄山著名的团结松。为什么叫团结松？因为这松树好像是夫妻两个人环抱一体。据说，这团结松里还生了孩子。大家仔细看，这团结松夫妻二人中间，确实还有一棵小松树也在挺拔地成长，所以我觉得这松树应该叫"三人成众松"，寓意着团结奋进和向上。

二、趣味知识

1. 无论在古代还是现代，窗户都是房间的眼睛。柳永词告诉我们："向鸡窗，只与蛮笺象管，拘束教吟课。"请问，"鸡窗"是什么房间的窗户？

A. 客厅

B. 厨房

C. 书斋

答案：C

嘉宾点评

蒙曼：鸡窗是一个很有趣的典故。《幽明录》里讲到，晋朝有个兖州刺史，名叫宋处宗，他养了一只长鸣鸡，把它放在书房的窗户外面。有一天这个长鸣鸡忽然对他说话了，不但滔滔不绝地侃侃而谈，而且说的话特别有哲理。于是他就跟长鸣鸡对话，从而演讲口才大为提高。晋朝是一个崇尚清谈的时代，宋处宗从长鸣鸡那里得到了很多教诲，最后成功了，在此之后，"鸡窗"典故就流传下来了。

"向鸡窗，只与蛮笺象管，拘束教吟课"，出自柳永的一首《定风波》，用的就是"鸡窗"的典故。讲的是青年男女之间的事情，说"我"后悔了，当初不应该把他放走，应该把他留下来，一起在书斋里写写字、写写诗。

康震：宋人的书房比较讲究。相对来说，书肯定是比较多的。宋人藏书，像范仲淹、欧阳修、曾巩，少则一万卷，多则三万卷，甚至有人认为自己藏的书能跟皇家图书馆比，因为宋代的雕版印刷很发达。

这首词里说"只与蛮笺象管，拘束教吟课"，就很有意思。一个青楼的女子说要是当时把他留下来，他在书房里写写字、读读书，"我"就在旁边做点针线活，这不就是一个传统的耕读人家的景象吗？说白了，她的内心深处想说，当时如果把他留下来，"我"就嫁给他，做他的妻子，每天他读诗书，"我"做女红。

在这个艳情、甚至带有一点风尘题材的词里，也提到了书房，一方面因为柳永本身是读书人，另一方面也能看出来，宋代读书的风气是很浓厚的。这个青楼女子心目中的情郎，其实也是读书人，而并不是挣很多钱的富商。所以词虽短小，但它给我们透露出了一些很重要的历史信息。

2.韩愈曾在参观一位名人的藏书时，赞叹道："一一悬牙签，新若手未触。"请问，诗中的"牙签"指的是什么呢？

A.书签

B.便签

C.坠子

答案：A

嘉宾点评

蒙曼：因为是藏书的地方，所以"一一悬牙签"指的是书签，用象牙做的书签。这个藏了这么多书的书斋主人也不得了，是唐朝的一位高人，叫作李泌。韩愈这么形容李泌家的书："邺侯家多书，插架三万轴。一一悬牙签，新若手未触。"这其实也是在说李邺侯这个人太聪明了，书看一遍就全都记住了，所以新得就像手没有摸过一样。但是我觉得一般人都没有那么聪明，所以我们不追求"新若手未触"，而追求"韦编三绝"，这样才能有所进步。

3. 以下哪一项诗句表达了节约粮食的意思？
A. 春种一粒粟，秋收万颗子。
B. 谁知盘中餐，粒粒皆辛苦。
C. 吏禄三百石，岁晏有余粮。

答案：B

嘉宾点评

康震：中国古代诗人普遍有一种悯农的创作传统，表达对农人耕作辛劳之苦的同情。选项 A 出自李绅的《悯农二首》(其一)，前两句写春种秋收，重点是后两句"四海无闲田，农夫犹饿死"，与节省粮食没关系。选项 C 出自白居易的《观刈麦》，说他自己无功无德，做"吏禄三百石"的官，每年有好多粮食，表达了对自己没有亲自参加劳动生产的惭愧。

选项 B 出自李绅《悯农二首》(其二)，说的是要节约粮食。其实在悯农的传统里，节约粮食是一个很重要的主题，包括现在也是，习总书记好几次强调，一定要制止餐饮中的浪费现象。因为我们国家还不十分富裕，无论是吃的、穿的、用的各种资源，在人均方面还很不富裕。所以节约是一种理念，勤俭是持家之道，这是个价值观的问题。

我们重温这些诗，有诗情画意，有田园牧歌，有些诗则用形象、直白、通俗的方式来告诉大家应该怎么生活，应该秉持一种什么样的态度。

蒙曼：这就是"一粥一饭，当思来之不易;半丝半缕,恒念物力维艰"。

龙洋：厉行节俭从来都是我们中华民族优秀的传统美德，所以我们应该好好地继承这一传统，把它发扬光大。尤其是经历了去年的疫情之后，正如习近平总书记所说的，我们更要敲响警钟，把饭碗端在自己手里。

4.周恩来曾立下"为中华之崛起而读书"的壮志，下面他的哪句诗表达了同样的意思?

A. 大江歌罢掉头东

B. 邃密群科济世穷

C. 难酬蹈海亦英雄

答案：B

无题 周恩来

大江歌罢掉头东，邃密群科济世穷。
面壁十年图破壁，难酬蹈海亦英雄。

嘉宾点评

康震：这三个选项其实是出自同一首诗，是周恩来总理年轻时（1917）从南开毕业去日本留学时写的。"大江歌罢调头东，邃密群科济世穷。面壁十年图破壁，难酬蹈海亦英雄。"这是我们现在最熟悉的周恩来的诗。

"大江歌罢调头东"，"我"是一个华夏的学子，唱完了苏东坡的"大江东去"之后，立下救国的志向毅然东去。东去干什么？"邃密群科济世穷"，"我"要到当时比较发达的国家去取经，"邃密群科"就是要钻研科学技术，目的是为了拯救还在贫困中的中国。

他的态度是什么呢？"面壁十年图破壁"，"面壁十年"是说北魏时的达摩祖师在少室山面壁修行。"图破壁"用的是梁代王僧繇画

龙点睛的典故，他在金陵乐安寺的墙壁上画了一条龙，没有画眼睛，说不能画，画了龙就飞走了，结果一点，果不其然，这条龙破壁而去。

这一句把两个典故放在一起，是说面壁十年不只是为了做学问而做学问，而是为了中华能够一朝腾飞。第四句说"难酬蹈海亦英雄"，最后能不能学成呢？这个不好说，即便最后没有成功，甚至像陈天华那样投海以警醒世人，也是值得的。换句话说，英雄不一定非得是成功了，功成不必在我。

写这首诗时是1917年，周恩来总理只有十九岁，很年轻，而且他还在读中学的时候，不就有"为中华之崛起而读书"的故事吗？所以我们发现了一个特点，无论是毛泽东、周恩来、邓小平，这些伟人们都是在非常年轻的时候就已经确立了自己的人生志向。这非常重要，就像诗里所说的，"面壁十年图破壁，难酬蹈海亦英雄"。牺牲是常有的，但是他们前赴后继地秉持着理念、坚持着奋斗，最终才真正把中华民族从苦难和贫穷中解救出来，建立了新中国。

所以现在回过头来看，青年时代的周恩来和老一辈革命家所写的诗词真是别有意味。今年也是我们建党一百周年，在这个时候来回顾这些革命先烈和他们的革命诗词，对我们更好地建设国家有非常深远的意义。

第四环节

飞花令

青山

🌸百人团：青山遮不住，毕竟东流去。——宋·辛弃疾《菩萨蛮·书江西造口壁》

🌸 百人团：两岸青山相对出，孤帆一片日边来。——唐·李白《望天门山》

🌸 黄嘉伟：三山半落青天外，二水中分白鹭洲。——唐·李白《登金陵凤凰台》

🌸 百人团：两岸青山相送迎，谁知离别情。——宋·林逋《长相思》（吴山青）

🌸 黄嘉伟：绿水青山枉自多，华佗无奈小虫何。——毛泽东《七律二首》（其一）

🌸 百人团：山外青山楼外楼，西湖歌舞几时休。——宋·林昇《题临安邸》

🌸 黄嘉伟：红雨随心翻作浪，青山着意化为桥。——毛泽东《七律二首》（其二）

🌸 百人团：埋骨何须桑梓地，人生无处不青山。——毛泽东《七绝·改西乡隆盛诗赠父亲》

🌸 黄嘉伟：踏遍青山人未老，风景这边独好。——毛泽东《清平乐·会昌》

🌸 百人团：一水护田将绿绕，两山排闼送青来。——宋·王安石《书湖阴先生壁二首》（其一）

🌸 黄嘉伟：蜀江水碧蜀山青，圣主朝朝暮暮情。——唐·白居易《长恨歌》

🌸 百人团：客路青山下，行舟绿水前。——唐·王湾《次北固山下》

🌸 黄嘉伟：江碧鸟逾白，山青花欲燃。——唐·杜甫《绝句二首》（其二）

❀百人团：荷笠带斜阳，青山独归远。——唐·刘长卿《送灵澈上人》

❀黄嘉伟：青山隐隐水迢迢，秋尽江南草未凋。——唐·杜牧《寄扬州韩绰判官》

❀百人团：绿树村边合，青山郭外斜。——唐·孟浩然《过故人庄》

❀黄嘉伟：东风吹雨过青山，却望千门草色闲。——唐·卢纶《长安春望》

❀百人团：我见青山多妩媚，料青山见我应如是。——宋·辛弃疾《贺新郎》

❀黄嘉伟：今古长如白练飞，一条界破青山色。——唐·徐凝《庐山瀑布》

❀百人团：蓬山此去无多路，青鸟殷勤为探看。——唐·李商隐《无题》

❀黄嘉伟：是处青山可埋骨，他年夜雨独伤神。——宋·苏轼《狱中寄子由二首》（其一）

杨 柳

❀百人团：羌笛何须怨杨柳，春风不度玉门关。——唐·王之涣《凉州词二首》（其一）

❀周胤好：杨柳青青江水平，闻郎江上唱歌声。——唐·刘禹锡《竹枝词二首》（其一）

❀百人团：今宵酒醒何处，杨柳岸，晓风残月。——宋·柳永《雨霖铃》（寒蝉凄切）

❀周胤好：昔我往矣，杨柳依依。今我来思，雨雪霏霏。——《诗经·小雅·采薇》

❀百人团：春风杨柳万千条，六亿神州尽舜尧。——毛泽东《七律二

首》（其二）

🌸 周胤好：忽见陌头杨柳色，悔教夫婿觅封侯。——唐·王昌龄《闺怨》

🌸 百人团：杨柳青青著地垂，杨花漫漫搅天飞。——隋·佚名《送别诗》
🌸 周胤好：渡头杨柳青青，枝枝叶叶离情。——宋·晏几道《清平乐·留人不住》

🌸 百人团：草长莺飞二月天，拂堤杨柳醉春烟。——清·高鼎《村居》
🌸 周胤好：舞低杨柳楼心月，歌尽桃花扇底风。——宋·晏几道《鹧鸪天》（彩袖殷勤捧玉钟）

🌸 百人团：扬子江头杨柳春，杨花愁杀渡江人。——唐·郑谷《淮上与友人别》
🌸 周胤好：庭院深深深几许，杨柳堆烟。帘幕无重数。——宋·欧阳修《蝶恋花》（庭院深深深几许）

🌸 百人团：我失骄杨君失柳，杨柳轻飏直上重霄九。——毛泽东《蝶恋花·答李淑一》
🌸 周胤好：杨柳回塘，鸳鸯别浦，绿萍涨断莲舟路。——宋·贺铸《踏莎行》（杨柳回塘）

🌸 百人团：沾衣欲湿杏花雨，吹面不寒杨柳风。——宋·释志南《绝句》
🌸 周胤好：一上高城万里愁，蒹葭杨柳似汀洲。——唐·许浑《咸阳城东楼》

方 位 ＋ 气 象

🌸 周胤好：东风不与周郎便，铜雀春深锁二乔。——唐·杜牧《赤壁》
🌸 黄嘉伟：东风知我欲山行，吹断檐间积雨声。——宋·苏轼《新城道中二首》（其一）

🌸 周胤好：北风卷地白草折，胡天八月即飞雪。——唐·岑参《白雪歌送武判官归京》

🌸 黄嘉伟：夜来南风起，小麦覆陇黄。——唐·白居易《观刈麦》

🌸 周胤好：西风烈，长空雁叫霜晨月。——毛泽东《忆秦娥·娄山关》

🌸 黄嘉伟：正西风落叶下长安，飞鸣镝。——毛泽东《满江红·和郭沫若同志》

🌸 周胤好：东风恶。欢情薄，一怀愁绪，几年离索。——宋·陆游《钗头凤》

🌸 黄嘉伟：春城无处不飞花，寒食东风御柳斜。——唐·韩翃《寒食》

🌸 周胤好：相见时难别亦难，东风无力百花残。——唐·李商隐《无题》

🌸 黄嘉伟：小楼昨夜又东风，故国不堪回首月明中。——五代·李煜《虞美人》

🌸 周胤好：帘卷西风，人比黄花瘦。——宋·李清照《醉花阴》（薄雾浓云愁永昼）

🌸 黄嘉伟：菡萏香销翠叶残，西风愁起绿波间。——五代·李璟《摊破浣溪沙》（菡萏香销翠叶残）

🌸 周胤好：古道西风瘦马，夕阳西下，断肠人在天涯。——元·马致远《天净沙·秋思》

🌸 黄嘉伟：东边日出西边雨，道是无晴却有晴。——唐·刘禹锡《竹枝词二首》（其一）

🌸 周胤好：昨夜西风凋碧树，独上高楼，望尽天涯路。——宋·晏殊《蝶恋花》（槛菊愁烟兰泣露）

🌸 黄嘉伟：昨夜星辰昨夜风，画楼西畔桂堂东。——唐·李商隐《无题》

❀ 周胤好：宁可枝头抱香死，何曾吹堕北风中。——宋·郑思肖《寒菊》

❀ 黄嘉伟：木落雁南度，北风江上寒。——唐·孟浩然《早寒江上有怀/早寒有怀》

❀ 周胤好：轮台东门送君去，去时雪满天山路。——唐·岑参《白雪歌送武判官归京》

❀ 黄嘉伟：画栋朝飞南浦云，珠帘暮卷西山雨。——唐·王勃《滕王阁诗》

❀ 周胤好：东风夜放花千树，更吹落，星如雨。——宋·辛弃疾《青玉案·元夕》

❀ 黄嘉伟：东风未肯入东门，走马还寻去岁村。——宋·苏轼《正月二十日与潘郭二生出郊寻春忽记去年是日同至女王城作诗乃和前韵》

❀ 周胤好：千里黄云白日曛，北风吹雁雪纷纷。——唐·高适《别董大二首》（其一）

❀ 黄嘉伟：千磨万击还坚劲，任尔东西南北风。——清·郑燮《竹石》

❀ 周胤好：北国风光，千里冰封，万里雪飘。——毛泽东《沁园春·雪》

❀ 黄嘉伟：乐游原上清秋节，咸阳古道音尘绝。音尘绝，西风残照，汉家陵阙。——唐·李白《忆秦娥》（箫声咽）

❀ 周胤好：南风知我意，吹梦到西洲。——南朝乐府《西洲曲》

❀ 黄嘉伟：纵被春风吹作雪，绝胜南陌碾成尘。——宋·王安石《北陂杏花》

❀ 周胤好：南风之薰兮，可以解吾民之愠兮。——先秦·佚名《南风歌》

❀ 黄嘉伟：把酒祝东风，且共从容。——宋·欧阳修《浪淘沙》（把酒祝东风）

第五环节

擂主争霸赛

一、请根据康老师的画作内容猜出对应的诗句。

1. 提示字：强

答案：射人先射马，擒贼先擒王

2. 提示字：烽

答案：白日登山望烽火，黄昏饮马傍交河

3. 提示字：雪

答案：欲将轻骑逐，大雪满弓刀

4. 提示字：云

答案：风劲角弓鸣，将军猎渭城

前出塞九首（其六） 唐·杜甫

挽弓当挽强，用箭当用长。
射人先射马，擒贼先擒王。
杀人亦有限，列国自有疆。
苟能制侵陵，岂在多杀伤。

古从军行 唐·李颀

白日登山望烽火，黄昏饮马傍交河。
行人刁斗风沙暗，公主琵琶幽怨多。
野云万里无城郭，雨雪纷纷连大漠。
胡雁哀鸣夜夜飞，胡儿眼泪双双落。
闻道玉门犹被遮，应将性命逐轻车。
年年战骨埋荒外，空见蒲桃入汉家。

和张仆射塞下曲六首（其三） 唐·卢纶

月黑雁飞高，单于夜遁逃。
欲将轻骑逐，大雪满弓刀。

观猎 唐·王维

风劲角弓鸣，将军猎渭城。
草枯鹰眼疾，雪尽马蹄轻。
忽过新丰市，还归细柳营。
回看射雕处，千里暮云平。

二、成语"折戟沉沙"，形容失败惨重，出自杜牧的"折戟沉沙铁未销，自将磨洗认前朝"。请问这支戟是在哪场战争中折的？

A. 赤壁之战

B. 官渡之战

C. 淝水之战

答案：A

赤壁 唐·杜牧

折戟沉沙铁未销，自将磨洗认前朝。

东风不与周郎便，铜雀春深锁二乔。

三、今天口语里把从小一起长大的玩伴称为"发小"，以下哪两句诗中的人物是"发小"关系？

A. 问姓惊初见，称名忆旧容

B. 总角之宴，言笑晏晏

C. 昼出耘田夜绩麻，村庄儿女各当家

答案：B

喜见外弟又言别 唐·李益

十年离乱后，长大一相逢。

问姓惊初见，称名忆旧容。

别来沧海事，语罢暮天钟。

明日巴陵道，秋山又几重。

诗经·卫风·氓（节选）

及尔偕老，老使我怨。
淇则有岸，隰则有泮。
总角之宴，言笑晏晏。
信誓旦旦，不思其反。
反是不思，亦已焉哉！

四时田园杂兴六十首（其三十一）宋·范成大

昼出耘田夜绩麻，村庄儿女各当家。
童孙未解供耕织，也傍桑阴学种瓜。

四、李白《襄阳歌》中写道："清风朗月不用一钱买，玉山自倒非人推。""玉山"原指的是哪位美男子？

A. 潘安
B. 宋玉
C. 嵇康

答案：C

襄阳歌（节选）唐·李白

君不见晋朝羊公一片古碑材，龟头剥落生莓苔。
泪亦不能为之堕，心亦不能为之哀。谁能忧彼身后
事，金凫银鸭葬死灰。清风朗月不用一钱买，玉山
自倒非人推。舒州杓，力士铛，李白与尔同死生。
襄王云雨今安在，江水东流猿夜声。

五、下列诗句所描写的桃花流水，哪一项与陶渊明无关？

A. 桃花尽日随流水，洞在清溪何处边

B. 颠狂柳絮随风舞，轻薄桃花逐水流

C. 每见桃花逐流水，无回不忆武陵人

答案：B

桃花溪 唐·张旭

隐隐飞桥隔野烟，石矶西畔问渔船。
桃花尽日随流水，洞在清溪何处边。

绝句漫兴九首（其五） 唐·杜甫

肠断春江欲尽头，杖藜徐步立芳洲。
颠狂柳絮随风舞，轻薄桃花逐水流。

同张炼师溪行 唐·施肩吾

青溪道士紫霞巾，洞里仙家旧是邻。
每见桃花逐流水，无回不忆武陵人。

六、下列诗句都写到了"思君"，哪一项是写思念爱人？

A. 思君若汶水，浩荡寄南征

B. 思君一相访，残雪似山阴

C. 思君如满月，夜夜减清辉

答案：C

沙丘城下寄杜甫 唐·李白

我来竟何事，高卧沙丘城。

城边有古树，日夕连秋声。
鲁酒不可醉，齐歌空复情。
思君若汶水，浩荡寄南征。

寻戴处士　唐·许浑

车马长安道，谁知大隐心。
蛮僧留古镜，蜀客寄新琴。
晒药竹斋暖，捣茶松院深。
思君一相访，残雪似山阴。

赋得自君之出矣　唐·张九龄

自君之出矣，不复理残机。
思君如满月，夜夜减清辉。

《中国诗词大会》(第六季）电视节目主创人员

出品人　慎海雄

总策划　薛继军　田学军

总监制　阚兆江

制片人　颜　芳

总导演　刘　磊

学术顾问　叶嘉莹　周笃文　钟振振　康　震

学术总负责　李定广

题库专家　方笑一　李小龙　李南晖　谢　琰　刘青海　辛晓娟
　　　　　李天飞　莫道才　田　率　王　聪　笪颢天　王笑非
　　　　　江　英

电视策划　时统宇　靳智伟　胡智锋　俞　虹　冷　淞　徐　川

媒体支持　央视网　央视频　云听

合作单位　教育部　国家语言文字工作委员会　共青团中央

主办单位　中央广播电视总台

中国诗词大会

第六季

中国诗词大会

第六季

下 册

《中国诗词大会》栏目组 编著

中华书局

目　录

第十期

虎踞龙盘今胜昔，天翻地覆慨而慷。

序 言

　　《中国诗词大会》是我非常喜欢的一档节目。因为通过节目能够看到现在这么多人喜爱古典诗词，这真是一个文化振兴的好现象。不但是我自己，我在日本的侄子、远在美国和加拿大的学生们，也常常通过手机和电邮纷纷给我传来节目的讯息。这个节目办得非常好，对于推广我们的古典诗词、引发大家阅读诗词的兴趣确实是很有帮助的！作为一个九十六岁的老人，看到社会上各行各业、方方面面的人士都对古典诗词抱有浓厚的兴趣，我真是高兴，觉得自己于上世纪 70 年代末回国教授古典诗词的选择没有错！

　　中国古人做诗词，是带着身世经历、生活体验，融入了自己的理想志意而写的，他们把自己内心的感动写了出来，千百年后再读其作品，我们依然能够体会到同样的感动，这就是中国古典诗词的生命。

　　《中国诗词大会》出彩之处就在于立意高远，内容环节不仅有古典诗词的背诵、古代文化常识的识记，更重要的是在传递我们民族代代相传的诗词文化中特有的精神品格。《弟子规》里言："不力行，但学文。长浮华，成何人。"《中国诗词大会》既不推崇娱乐至上，也不倚重记问之学，虽然是一档竞赛节目，但谦谦君子、鸿儒谈笑展现出的是我们民族的气度与风貌；重在参与、播撒种子体现出各年龄段诗词爱好者的胸襟与担当。参赛选手们的言行，践行了中国古典诗词中的品格与修养，彰显了中华优秀传统文化中的精髓与妙义。

　　《荀子·劝学》云："小人之学也，入乎耳，出乎口。口耳之间，

则四寸耳，曷足以美七尺之躯哉！"今日的我们诵读千载以上的诗词，为的不仅仅是能背会写，更重要的是去体会那一颗颗诗心，与古人的生命情感碰撞，进而提升自己当下的修为。

《中国诗词大会》自 2016 年开播，到今年已经是第六季了，报名人数不断增多，节目形式不断创新，社会反响也非常广泛。这让我想起两句诗："好将一点红炉雪，散作人间照夜灯。"我非常高兴看到各行各业的人们对古典诗词拥有浓厚兴趣，使我更加坚信：中国的古典诗词绝对不会消亡。古典诗词凝聚着中华文化独一无二的理念、志趣、气度、神韵，是我们民族的血脉，是全体中华儿女的精神家园。只要是有感觉、有感情、有修养的人，就一定能够读出诗词中所蕴含的真诚的、充满兴发感动之力的生命，这种生命是生生不息的。愿中国的古典诗词可以成为更多人生命中的指路明灯！

叶嘉莹

辛丑立春

第六期

会当凌绝顶，
一览众山小。

　　与李白相比，杜甫代表着另一个大唐，温厚、深沉、友爱，像是夜晚里的路灯，照亮前行的路程，也温暖着寒冬里的世代人群。中华诗词就这样走出了自己的风云时代，走出了自己的磅礴气象，也走出了一代又一代诗史的传承者、史诗的创造者。

　　今天，就让我们在《中国诗词大会》第六季的舞台上，一起感悟一代诗圣的爱国之情，共同去礼赞历代先贤的仁爱之心！

第一环节

大浪淘沙

1.李贺诗句："何当金络脑，快走踏清秋。""金络脑"指的是以下哪一项？

A.马鞍 　　　　　　　　B.辔头

答案：B

马诗二十三首（其五） 唐·李贺

大漠沙如雪，燕山月似钩。
何当金络脑，快走踏清秋。

嘉宾点评

康震：金络脑指的是用黄金装饰的辔头，又称马笼头。之所以说"何当金络脑"，实际上是说希望朝廷能重用自己，给自己戴上一个黄金做的辔头来显示对他的器重，用现在的话说，就是要尊重人才、重用人才。

2.《诗经·秦风·蒹葭》："蒹葭苍苍，白露为霜。所谓伊人，在水一方。""蒹葭"指的是？

A.芦苇 B.狗尾草

答案：A

诗经·秦风·蒹葭

蒹葭苍苍，白露为霜。所谓伊人，在水一方。
溯洄从之，道阻且长。溯游从之，宛在水中央。

蒹葭萋萋，白露未晞。所谓伊人，在水之湄。
溯洄从之，道阻且跻。溯游从之，宛在水中坻。

蒹葭采采，白露未已。所谓伊人，在水之涘。
溯洄从之，道阻且右。溯游从之，宛在水中沚。

嘉宾点评 🌀

龙洋："蒹葭苍苍"的"蒹葭"指的是芦苇，而这"伊人"的内涵就丰富多了。

康震："伊人"可以是你的有情人，也可以是你向往的事业，也可以是你梦想的境界，怎么讲都行。这种象征性和感发性，就是诗的魅力所在。

3.以下两个选项中，正确的一项是？
A.年年白骨埋荒外，空见蒲桃入汉家
B.年年战骨埋荒外，空见蒲桃入汉家

答案：B

古从军行　唐·李颀

白日登山望烽火，黄昏饮马傍交河。
行人刁斗风沙暗，公主琵琶幽怨多。
野云万里无城郭，雨雪纷纷连大漠。
胡雁哀鸣夜夜飞，胡儿眼泪双双落。
闻道玉门犹被遮，应将性命逐轻车。
年年战骨埋荒外，空见蒲桃入汉家。

嘉宾点评

杨雨：李颀的《古从军行》，其实讲的是战争带给双方的悲惨命运。以往的边塞诗、战争诗往往哀叹己方由出征带来的背井离乡、妻离子散的悲剧命运，而李颀在这首诗里面表现的情怀和格局更为宏大，写出了对战争的批判，具有悲悯色彩——既悲悯"年年战骨埋荒外"，也悲悯"胡儿眼泪双双落"。

4.陶渊明隐居"南山"下，作诗曰："众鸟欣有托，吾亦爱吾庐。"其中的"庐"指的是？
A.庐山
B.草屋

答案：B

读山海经十三首（其一）　晋·陶渊明

孟夏草木长，绕屋树扶疏。
众鸟欣有托，吾亦爱吾庐。
既耕亦已种，时还读我书。
穷巷隔深辙，颇回故人车。

欢然酌春酒，摘我园中蔬。

微雨从东来，好风与之俱。

泛览周王传，流观山海图。

俯仰终宇宙，不乐复何如？

嘉宾点评

康震：陶渊明虽然隐居在庐山脚下，但"吾意爱吾庐"这一句指的是他住的草屋，也就是他在《归园田居》里所说的"草屋八九间"。他爱他的隐居之所，所以回答草屋是对的。

龙洋：这"庐"既指他实际居住的草屋，其实也指他为自己构建的精神家园。更重要的是，陶渊明构建的精神家园成了后代文人隐居生活的象征。比如杜甫《茅屋为秋风所破歌》里的"吾庐独破受冻死亦足"，又比如白居易《吾庐》里的"吾庐不独贮妻儿，自觉年侵身力衰"。

第二环节

两两对抗赛

一、挑战多宫格

1. 请从以下十二个字中识别一句诗词。

排	相	一	送
两	对	来	青
云	岸	山	出

答案：两岸青山相对出

望天门山 唐·李白

天门中断楚江开，碧水东流至此回。
两岸青山相对出，孤帆一片日边来。

2. 请从以下十二个字中识别一句诗词。

相	一	道	两
对	同	青	云
外	山	出	雨

答案：青山一道同云雨

送柴侍御 唐·王昌龄

沅水通波接武冈，送君不觉有离伤。
青山一道同云雨，明月何曾是两乡。

嘉宾点评

龙洋："两岸青山相对出，孤帆一片日边来。"平常一说到"孤帆"，就觉得意象应该是很孤独的。为什么我们在听这句诗的时候，一点都不觉得李白孤独呢？

康震：李白这时候二十四五岁，意气风发，"仗剑去国，辞亲远游"。他从现在的四川出发，沿江东下，目的地是去扬州、去金陵，他要去见世面、会朋友、做大事。这首诗写得很气派："两岸青山相对出，孤帆一片日边来。"虽然是一片孤帆，但从太阳边上来是有寓意的，说明了他自己心中的理想。

诗里说"天门中断楚江开，碧水东流至此回"，也作"至北回"，因为长江是自西向东流的，但是在行进到安徽和县，快到当涂的时候，长江在此转了个弯。在安徽和县这个地方，东梁山和西梁山是在长江的两岸，所以才会有"两岸青山相对出"。

李白跟安徽，特别是跟当涂，缘分很深。这次是他青少年时代，迎着朝阳"孤帆一片日边来"，来到了安徽。若干年之后，他也是在安徽当涂他的族叔李阳冰家里去世，而且临终前还把自己平生所写的诗文交给李阳冰编纂。这个集子叫《草堂集》，应该是李白最早的诗文集，但后来失传了。不过李阳冰为此书写的《草堂集序》，现在是我们研究李白生平最重要的材料。而且李白临终前还写了《临路歌》，"大鹏飞兮振八裔，中天摧兮力不济"，表明自己要跌落下来了。

李白年轻的时候，乘船从这里经过，写下这样充满理想的诗篇，临终的时候虽然不免悲凉，但依然以大鹏自喻。我们今天读的这首《望天门山》，可以说是一篇充满理想的诗。

龙洋：他一生从来都没有放弃过理想和希望，所以即使是最后绝笔留下的诗，也说"馀风激兮万世"。这种自信是他个人的自信，其实也是盛世大唐的自信。

杨雨：我很喜欢"青山"这个意象，因为它不仅是自然风景的一种，还可以是流动不拘的时空中凝固不变的那一面。它可以跟很多意象进行搭配和组合，营造出一种动和静的对比、变和不变的对比、永恒和短暂的对比。"两岸青山相对出"是静态的风景，"孤帆一片日边来"又是动态的景致，本来文字是不动的，但是通过这样动态的和静态的风景对比，我们感觉文字好像也流动起来了。

3. 请从以下十二个字中识别一句诗词。

君	劝	尽	更
借	酒	家	问
何	一	杯	新

答案：劝君更尽一杯酒

送元二使安西 唐 · 王维

渭城朝雨浥轻尘，客舍青青柳色新。
劝君更尽一杯酒，西出阳关无故人！

4. 请从以下十二个字中识别一句诗词。

借	酒	家	问
何	一	杯	新
浊	万	里	曲

答案：浊酒一杯家万里

渔家傲·秋思 宋·范仲淹

塞下秋来风景异，衡阳雁去无留意。四面边声连角起。千嶂里，长烟落日孤城闭。 浊酒一杯家万里，燕然未勒归无计。羌管悠悠霜满地。人不寐，将军白发征夫泪。

嘉宾点评

杨雨：这两首诗词放在一起，有一个特别重要的共同点：它们都是传唱一时的歌曲。尤其是王维的《送元二使安西》，又称《渭城曲》，有个小故事想和大家分享。

在唐代的时候，王维这首诗到底有多流行呢？有一个刑部侍郎，他们家住的街口有个卖烧饼的小贩，天天早上出摊的时候就唱《渭城曲》。刑部侍郎特别喜欢吃他卖的烧饼，有次就跟他聊天，一聊天才知道卖烧饼的小贩其实家里特别穷，纯靠烧饼摊来养家糊口。刑部侍郎比较同情他，说我给你一万钱，你去开个店面，每天到我府上送几个烧饼，全当还钱了。

过了一段时间之后，这个刑部侍郎突然发现好久没有听到这个小贩唱《渭城曲》了，就问他，你为什么很久不唱《渭城曲》了？小贩说，我现在本钱大了，心思粗了，目标又高远了，所以没有时间唱歌了。

然后这个刑部侍郎就感慨，说凡事都要不忘初心，不管我在这条道路上走多远，最开始最简单的快乐在哪里？这就是一首《渭城曲》引发的感慨。

二、联想对对碰

1.请根据以下三个关键词，和一个提示字，说出诗词名句：

关键词：追逐　暗夜　战马
提示字：雁

			雁		

百人团版：

野	江	飞	云	火	单	月	逃
黑	径	遁	高	夜	船	于	雁

答案：月黑雁飞高，单于夜遁逃

和张仆射塞下曲六首（其三）　唐·卢纶

月黑雁飞高，单于夜遁逃。
欲将轻骑逐，大雪满弓刀。

2.请根据以下三个关键词，和一个提示字，说出诗词名句：

关键词：战马　傍晚　旌旗
提示字：萧

				萧	

百人团版：

大	挥	萧	瑟	兹	鸣	长	日
萧	马	自	手	落	风	照	旗

答案：落日照大旗，马鸣风萧萧

后出塞五首（其二） 唐·杜甫

朝进东门营，暮上河阳桥。
落日照大旗，马鸣风萧萧。
平沙列万幕，部伍各见招。
中天悬明月，令严夜寂寥。
悲笳数声动，壮士惨不骄。
借问大将谁？恐是霍嫖姚。

嘉宾点评

康震：这两首诗很有意思，一个是中唐诗人卢纶写的《塞下曲》，一个是盛唐诗人杜甫写的《后出塞》。卢纶的《塞下曲》六首主要围绕将军来写。浑瑊（jiān）是唐朝著名的大将，立过不世的功勋。卢纶在他的营帐里面做一些文书工作。

这六首诗的主题就像这首诗一样："月黑雁飞高，单于夜遁逃。欲将轻骑逐，大雪满弓刀。"又比如："林暗草惊风，将军夜引弓。平明寻白羽，没在石棱中。"他的《塞下曲》站位很高，是在主帅营帐之内围绕主帅所创作的一系列称颂旗开得胜、马到成功的主题。

但是杜甫不一样，他没有出过塞，也没有当过兵。杜甫看待出塞，不管是《前出塞》还是《后出塞》，都是从政治的角度来看。《后出塞》这五首是按时间顺序排列的，第一首写这个士兵到范阳的军营里去报到，第二首写他们排兵列阵。到第三首第四首的时候，就在写主

将不是个东西,看上去军营里又是贪污又是腐化,边营本来没什么事,都是我们自己挑起的战争,都是不义的战争。到了第五首,发现主帅根本是要叛变的,说白了写的就是安禄山。所以这组诗的结果是这个士兵最后逃跑了,开小差溜回家了。

实际上这首诗写在唐玄宗天宝十四载(755)前后,就是在安禄山将要叛唐的前后。他是借着士兵的自述,来写当时安史之乱,或者这场祸乱即将爆发,实际是在警告执政者,警告当时的圣上。这首诗是写在盛唐将危、大厦将倾之际,具有特别的警示作用。这是杜甫特别伟大的地方,他毫无疑问是盛唐诗人中的一个智者。

龙洋:这么说来我们对杜甫就又有了一个更深刻的感受,他就像苍茫大地上的一个行者,一边行走,一边感受,一边流泪,一边创作。

3. 请根据以下三个关键词,和一个提示字,说出诗词名句:

关键词:杜甫　创作　李白
提示字:惊

		惊			

百人团版:

风	成	笔	诗	人	泣	神	雨
鬼	日	晴	山	落	雪	惊	月

答案:笔落惊风雨,诗成泣鬼神

寄李十二白二十韵（节选） 唐·杜甫

昔年有狂客，号尔谪仙人。
笔落惊风雨，诗成泣鬼神。
声名从此大，汩没一朝伸。
文彩承殊渥，流传必绝伦。

4. 请根据以下三个关键词，和一个提示字，说出诗词名句：

关键词：李白　孟浩然　仰慕
提示字：爱

	爱			

百人团版：

孟	下	子	高	天	白	夫	闻
流	山	君	吾	花	爱	首	风

答案：吾爱孟夫子，风流天下闻

赠孟浩然 唐·李白

吾爱孟夫子，风流天下闻。
红颜弃轩冕，白首卧松云。
醉月频中圣，迷花不事君。
高山安可仰，徒此揖清芬。

嘉宾点评

龙洋：很有意思，我们能看到一个偶像的等差序列。孟浩然是李白的偶像，李白是杜甫的偶像。

杨雨：而且可以看到唐诗的代际传承，李白和杜甫都会向前代诗人学习。李白是"俊逸鲍参军"，他的诗很多都向鲍照他们学习的；杜甫是"颇学阴何苦用心"，阴铿、何逊是他所学习的前代诗人。即便在同代诗人，虽然年龄差了十几岁，但基本属于同一个时代，他们也毫不避讳自己对同辈诗人的仰慕和学习。

杜甫说李白"笔落惊风雨，诗成泣鬼神"，除了李白的诗意之外，也学习他那种豪迈、洒脱、傲岸的气质——痛饮狂歌，飞扬跋扈。李白学习孟浩然，除了诗意，还有"红颜弃轩冕，白首卧松云"的傲岸不羁、不慕名利的情怀。所以天才不是生来就有的，而是不断学习造就的。

康震：这两首诗放在一起构成了一个朋友圈。具体到这首《寄李十二白二十韵》来说，一个人崇拜另一个人，必然要对他非常了解。杜甫有二十多首诗都写到李白、回忆李白、想念李白、梦到李白，好像他真的变成个"小迷弟"一样。

杜甫对李白的崇拜，建立在对他非常深刻的理解的基础上。"白也诗无敌，飘然思不群。"他很早就认识到李白在诗坛上独一无二的地位，深刻认识到李白这个人在人格上非常宝贵的价值，所以才会不遗余力地对他进行赞美。

至于李白对于孟浩然，我觉得李白这个人要说"我爱你"是很难的，他从来没有在诗里说我爱谁，但他却说了"吾爱孟夫子，风流天下闻"。为什么爱他呢？他很风流！他风流在何处呢？他不爱官场，他喜欢自由。这都跟李白自己有些像，当然李白是爱官的，但同时也爱自由。

李白崇拜孟浩然，孟浩然又跟王维是好朋友，王维和岑参、杜甫又一同写过上大明宫早朝的诗，杜甫、高适、李白又同游梁宋，李白又跟王昌龄关系很好，王昌龄跟王之涣、高适关系又很好，等等。你就能看出来，伟大的盛唐诗坛是由一群"一片冰心在玉壶"的伟

大诗人组成，互相之间都有着非常良好的友谊和诗歌的交往。

助力千人团·乡思

大家好，我是法国驻武汉总领事贵永华，我喜欢中国，也喜欢诗词。我很喜欢李清照的《一剪梅》："红藕香残玉簟秋，轻解罗裳，独上兰舟。云中谁寄锦书来？雁字回时，月满西楼。"当我看到天空中的月亮，我就想起我的家乡，会想起法国诗人魏尔伦的诗歌《白色的月》。我想，无论在中国还是在法国，人们都吟诵月亮、赞颂月光。你们能不能帮我想想，有什么诗词可以表达我对故乡的思念？

孟维隆：我的答案是"海上生明月，天涯共此时"（唐·张九龄《望月怀远》）。他应该很思念家乡，这时候他的家人也应该思念他，刚好和这个诗就差不多一样的。诗的意思也跟这个差不多，茫茫的海上升起一轮明月，他的家人都在那边翘首以望，虽因为太远而见不到，但是都能看到月光。

周游：我的答案是"但愿人长久，千里共婵娟"（宋·苏轼《水调歌头》）。在领事心中更多是家国情怀，现在是疫情期间，他来到中国，

一样担心法国的疫情是什么样的情况，所以作为领事来说，他更希望两国人民合作长久，友谊长久，"千里共婵娟"。

第三环节
个人追逐赛

一、身临其境

1.此时此刻，我所站立的地方就是安徽黄山。我们看到身后的莲花峰非常的秀美，非常的壮丽。这山体好像莲花的花瓣层层叠叠，非常的美丽。那么问题就来了，在接下来的三个选项当中，究竟哪一个选项的一联诗写的是黄山的莲花峰呢？

A.素手把芙蓉，虚步蹑太清
B.丹崖夹石柱，菡萏金芙蓉
C.天河挂绿水，秀出九芙蓉

答案：B

嘉宾点评

康震：选项 A，"素手把芙蓉，虚步蹑太清"，出自李白的《古风五十九首》（其十九）。这首诗前面还有几句："西上莲花山，迢迢见明星。"这"西上莲花山"指的是西岳华山上面的莲花峰。

选项 C，"天河挂绿水，秀出九芙蓉"，出自李白的《望九华赠青阳韦仲堪》。诗的前面还有几句："昔在九江上，遥望九华峰。"这写的是安徽的九华山，说九华山的山峰就像九朵莲花一样，可见这个选项跟黄山也没有关系。

最后是选项 B，"丹崖夹石柱，菡萏金芙蓉"，出自李白的《送温处士归黄山白鹅峰旧居》。菡萏指的是莲花的花蕾，金芙蓉指的是阳光照在山体之上，有的山峰像花朵一样尚未绽放，有的则像金色的芙蓉花一样绽放了。所以正确的选项应该是 B。

2. 我现在在江苏昆山，在我面前，摆放着一碗诱人的汤面，红汤细面，配上爆鱼、卤鸭等浇头一起吃，口味鲜美，这就是当地最著名美食：奥灶面。请你在下列三个选项中，选出最合适的一项诗句，来形容眼前的这碗面。

A. 紫苣生春蕨，助我作汤饼

B. 汤饼一杯银线乱，蒌蒿数箸玉簪横

C. 肥葱细点，香油慢熘，汤饼如丝

答案：C

嘉宾点评

杨雨：选项C中的“汤饼”，就是汤面的前身，而奥灶面中食材，可不是随意添加的。这碗面里并没有出现选项A中的紫苣或选项B中的蒌蒿，只有选项C中的葱出现了，因此正确的选项应该是选项C。

“奥灶”在昆山话里是邋遢、不干净的意思，奥灶面馆创建于清朝，后来店主年老，店面陈旧，食客总觉得面不太干净，于是就戏称为“奥灶面”，结果这个名字不胫而走，广为流传。传说乾隆下江南时也曾品尝此面，极为赞赏，也曾打听“奥灶”的含义。

这个小片呈现的是浓油赤酱红汤奥灶面，当时我连吃了两碗。第一碗是清汤，要去品尝非常纯的汤的味道，另外一碗加红油，口味会更加浓烈一些。两种汤面，再配上一桌子各种各样的“浇头”，会品味出一种层次感。

二、趣味知识

1. 我是白居易。现在是宝历二年（826），我从苏州返回洛阳，途径扬州时，遇到了神交已久的诗人刘禹锡。我们俩是同龄人，都已经五十五岁了。刘禹锡这些年来遭遇贬谪，一直滞留南方，已经漂泊了23年。在酒席间，我写诗赠给他，其中说：“诗称国手徒为尔，命压人头不奈何！”刘禹锡比我想得开，当时就应和了我一首诗，其中的两句是?

A. 莫道桑榆晚，为霞尚满天

B. 晴空一鹤排云上，便引诗情到碧霄

C. 沉舟侧畔千帆过，病树前头万木春

答案：C

嘉宾点评

康震：题中的诗句出自白居易的《醉赠刘二十八使君》。我觉得白居易在讲这番话的时候，或者说他写这首诗的时候，本意是要为刘禹锡抱不平。可人家刘禹锡《酬乐天扬州初逢席上见赠》说的是什么？"今日听君歌一曲，暂凭杯酒长精神。"今天喝一杯酒听你给我写的这首诗，我的精神头也好一些。

在早年的时候，白居易和元稹既是好朋友，也是诗敌——这是白居易自己讲的。到了晚年的时候，他跟刘禹锡成了诗敌，把他们两个唱和的诗结为《刘白唱和集》。在《刘白唱和集》前面的序里，白居易写了一段非常经典的话。

他说原来元稹在的时候，是我之幸，也是我之不幸，为什么？幸是因为我们两个经常唱和，很快活。不幸的是什么？江南的才子们说起来的时候都是以元白并称，使我不能独步江南，这是最大的不幸。元稹去世了，我终于可以独步当代，又出来个刘禹锡，莫非又重新不幸？刘禹锡号为诗豪，诗风很健，像我这样的人都抵挡不住。

白居易这么骄傲的一个人，能对刘禹锡说这番话，把他俩的唱和集放在一起，还要交给他们子侄辈的人去保存，让它传之后世，说明他对刘禹锡那是真服气。

杨雨：题目里A选项"莫道桑榆晚，为霞尚满天"，其实也是刘白的唱和之作。白居易先写《咏老赠梦得》，感慨自己老了，老成什么样了呢？晚上眼睛干涩，睡不着觉；早上起来头发很稀疏，又懒得去梳头。白居易总是相对比较低沉，比较消极。

但是刘禹锡回《酬乐天咏老见示》："莫道桑榆晚，为霞尚满天。"他总是能够把白居易从消极悲观的情绪拉到乐观积极的状态中来。朋友之间这种彼此的理解和鼓励，真的是人生道路上相伴前行不可缺少的一种力量。

龙洋：我有时候就在想，大家都爱李白，可李白是天才，他的那种傲岸不羁真的学不来，只能仰望，只能膜拜。但是刘禹锡是可以学的，他乐观坚强，别人安慰他，他却反过来安慰了别人。什么是最好的友

谊? 既有感性的同气相求, 又有理性的共同超越。这就了不得!

2. 以下毛主席诗词中, 哪一项表达了对杨开慧的思念?
A. 携来百侣曾游, 忆往昔峥嵘岁月稠
B. 夜长天色总难明, 寂寞披衣起坐数寒星
C. 天若有情天亦老, 人间正道是沧桑

答案: B

嘉宾点评

康震: 选项 B 出自毛泽东《虞美人·枕上》。意思是, 黑夜漫长, 天色难明, 我无奈, 只好起床披衣坐望天空, 数算点点寒星。写这首词应该是在 1921 年前后, 当时毛泽东跟杨开慧新婚不久, 小别之后, 他很思念杨开慧, 就写了这首词。

这词如果不署名毛泽东的话, 也许会以为是哪一个古人所写, 甚至也许以为是李清照或者纳兰写的, 因为一往情深的词风非常相近。"堆来枕上愁何状, 江海翻波浪。夜长天色总难明, 寂寞披衣起坐数寒星。"为什么? 因为无法摆脱思念, 只能一颗一颗地数星星。由此可见, 毛主席古典诗词的功底是非常深的, 他不但精于豪放, 也擅长婉约, 真所谓大丈夫也有儿女情长。

龙洋: 因为他们既是夫妻, 又是战友, 所以我们从主席的诗词当中能感受到他作为伟人的非凡的格局和胸襟, 在这首宝贵的词里, 也能感受到他作为凡人的深情。

3. 下列诗句写到的钓鱼人, 哪一项用到了姜子牙的典故?
A. 闲来垂钓碧溪上, 忽复乘舟梦日边
B. 孤舟蓑笠翁, 独钓寒江雪
C. 愿随任公子, 欲钓吞舟鱼

答案: A

嘉宾点评

杨雨：李白不是不想做官，他一开始就认为自己是宰相之才，所以经常会在诗歌里把自己比成诸葛亮、管仲，或者是苏秦、姜太公。选项A，"忽复乘舟梦日边"，"日"这个意象在古典诗词里出现，经常会象征帝王。在这里代表了李白渴望能够出将入相的雄心壮志。所以我觉得有两句诗特别能代表李白的人生理想："待吾尽节报明主，然后相携卧白云。"他希望功成以后才身退，这才是真正的李白。

康震：但是李白因为总是"功"成不了，所以他这个"身"也退不成。他一直不停地说要功成身退："事了拂衣去，深藏身与名。"他向往姜太公这种非常传奇的功成名就的方式，那就是一蹴而就，千万人中拔得头筹，一飞冲天。正因为这样，他的诗往往写得很猛烈，很强烈，呼告感很强。这实际上也是一种很重要的自我标榜的方式。

4. 明人诗句"天街扇扑流光乱，书屋囊开夜色青"描写的是以下哪一项？

A. 繁星

B. 流星

C. 萤火虫

答案：C

嘉宾点评

杨雨：从"流光"可以看出来描写的是萤火虫，而且题目里"书屋囊开夜色青"，其实用到了晋朝人车胤囊萤夜读的典故。说的是车胤小时候勤奋好学，但家里很穷，没有灯油，他就用白色绢布做袋子，里面装了几十个萤火虫，夜里照亮书本来读书。这跟孙康"映雪"的故事组成了"囊萤映雪"的典故。

第四环节
飞花令

长安

🌸 百人团：总为浮云能蔽日，长安不见使人愁。——唐·李白《登金陵凤凰台》

🌸 华杭龙：长安回望绣成堆，山顶千门次第开。——唐·杜牧《过华清宫绝句三首》（其一）

🌸 百人团：遥怜小儿女，未解忆长安。——唐·杜甫《月夜》

🌸 华杭龙：秋风生渭水，落叶满长安。——唐·贾岛《忆江上吴处士》

🌸 百人团：西北望长安，可怜无数山。——宋·辛弃疾《菩萨蛮·书江西造口壁》

🌸 华杭龙：春风得意马蹄疾，一日看尽长安花。——唐·孟郊《登科后》

🌸 百人团：李白一斗诗百篇，长安市上酒家眠。——唐·杜甫《饮中八仙歌》

🌸 华杭龙：冲天香阵透长安，满城尽带黄金甲。——唐·黄巢《不第后赋菊》

🌸 百人团：三月三日天气新，长安水边多丽人。——唐·杜甫《丽人行》

🌸 华杭龙：家住吴门，久作长安旅。——宋·周邦彦《苏幕遮》（燎沉香）

🌸 百人团：浮生只合尊前老，雪满长安道。——宋·舒亶《虞美

人·寄公度》

🌸 华杭龙：长安一片月，万户捣衣声。——唐·李白《子夜吴歌·秋歌》

人 间

🌸 百人团：流水落花春去也，天上人间。——五代南唐·李煜《浪淘沙令》（帘外雨潺潺）

🌸 王　皓：起舞弄清影，何似在人间。——宋·苏轼《水调歌头》（明月几时有）

🌸 百人团：此曲只应天上有，人间能得几回闻。——唐·杜甫《赠花卿》

🌸 王　皓：萧瑟秋风今又是，换了人间。——毛泽东《浪淘沙·北戴河》

🌸 百人团：天若有情天亦老，人间正道是沧桑。——毛泽东《七律·人民解放军占领南京》

🌸 王　皓：天意怜幽草，人间重晚晴。——唐·李商隐《晚晴》

🌸 百人团：雪沫乳花浮午盏，蓼茸蒿笋试春盘。人间有味是清欢。——宋·苏轼《浣溪沙》（细雨斜风作晓寒）

🌸 王　皓：金风玉露一相逢，便胜却人间无数。——宋·秦观《鹊桥仙》（纤云弄巧）

🌸 百人团：人生天地间，忽如远行客。——《古诗十九首·青青陵上柏》

🌸 王　皓：洒向人间都是怨，一枕黄粱再现。——毛泽东《清平乐·蒋桂战争》

🌸 百人团：桃花流水窅然去，别有天地非人间。——唐·李白《山中问答》

🌸 王　皓：春未绿，鬓先丝，人间别久不成悲。——宋·姜夔《鹧鸪天·元夕有所梦》

❀百人团：云雨自从分散后，人间无路到仙家，但凭魂梦访天
涯。——五代后蜀·张泌《浣溪沙》（独立寒阶望月华）

❀王　皓：人间四月芳菲尽，山寺桃花始盛开。——唐·白居易《大
林寺桃花》

❀百人团：我是人间惆怅客，知君何事泪纵横。——清·纳兰性德
《浣溪沙》（残雪凝辉冷画屏）

酒 器 + 数 字

❀王　皓：金樽清酒斗十千，玉盘珍羞直万钱。——唐·李白《行路
难三首》（其一）

❀华杭龙：花间一壶酒，独酌无相亲。——唐·李白《月下独酌四首》（其一）

❀王　皓：我有一瓢酒，可以慰风尘。——唐·韦应物《简卢陟》

❀华杭龙：人生如梦，一尊还酹江月。——宋·苏轼《念奴娇·赤壁怀古》

❀王　皓：三杯两盏淡酒，怎敌他，晚来风急。——宋·李清照《声
声慢》（寻寻觅觅）

❀华杭龙：桃李春风一杯酒，江湖夜雨十年灯。——宋·黄庭坚《寄
黄几复》

❀王　皓：一壶浊酒喜相逢。古今多少事，都付笑谈中。——
明·杨慎《临江仙》（滚滚长江东逝水）

❀华杭龙：新丰美酒斗十千，咸阳游侠多少年。——唐·王维《少年
行四首》（其一）

❀王　皓：陈王昔时宴平乐，斗酒十千恣欢谑。——唐·李白《将进酒》

❀华杭龙：五花马，千金裘，呼儿将出换美酒，与尔同销万古
愁。——唐·李白《将进酒》

第五环节
擂主争霸赛

一、请根据康老师的画作内容猜出对应的诗句。

1. 提示字：野

答案：野旷天低树，江清月近人

2. 提示字：流

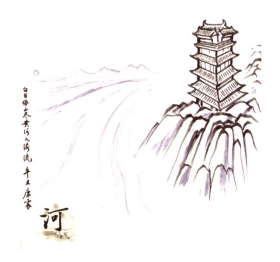

答案：白日依山尽，黄河入海流

3. 提示字：青

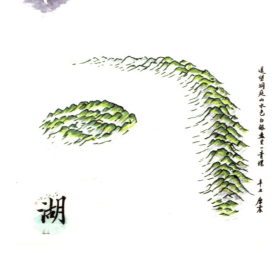

答案：遥望洞庭山水色，白银盘里一青螺

4. 提示字：山

答案：东临碣石，以观沧海。水何澹澹，山岛竦峙

宿建德江 唐·孟浩然

移舟泊烟渚，日暮客愁新。
野旷天低树，江清月近人。

登鹳雀楼 唐·王之涣

白日依山尽，黄河入海流。
欲穷千里目，更上一层楼。

望洞庭 唐·刘禹锡

湖光秋月两相和，潭面无风镜未磨。
遥望洞庭山水色，白银盘里一青螺。

观沧海 汉·曹操

东临碣石，以观沧海。
水何澹澹，山岛竦峙。
树木丛生，百草丰茂。
秋风萧瑟，洪波涌起。
日月之行，若出其中。
星汉灿烂，若出其里。
幸甚至哉，歌以咏志。

二、李白夸赞怀素草书"墨池飞出北溟鱼，笔锋杀尽中山兔"，其中
"杀尽中山兔"表达了什么意思？

A.形容怀素笔锋犀利，令狐兔退避

B. 借兔喻人，说怀素书法能令小人畏惧

C. 取中山兔毛做毛笔，形容怀素练习刻苦

答案：C

草书歌行　唐·李白

少年上人号怀素，草书天下称独步。

墨池飞出北溟鱼，笔锋杀尽中山兔。

八月九月天气凉，酒徒词客满高堂。

笺麻素绢排数箱，宣州石砚墨色光。

吾师醉后倚绳床，须臾扫尽数千张。

飘风骤雨惊飒飒，落花飞雪何茫茫。

起来向壁不停手，一行数字大如斗。

怳怳如闻神鬼惊，时时只见龙蛇走。

左盘右蹙如惊电，状同楚汉相攻战。

湖南七郡凡几家，家家屏障书题遍。

王逸少，张伯英，古来几许浪得名。

张颠老死不足数，我师此义不师古。

古来万事贵天生，何必要公孙大娘浑脱舞。

三、下列诗句中的"雪山"，哪一项是真正的雪山？

A. 青海长云暗雪山，孤城遥望玉门关

B. 黄云万里动风色，白波九道流雪山

C. 湖清霜镜晓，涛白雪山来

答案：A

从军行七首（其四） 唐·王昌龄

青海长云暗雪山，孤城遥望玉门关。
黄沙百战穿金甲，不破楼兰终不还。

庐山谣寄卢侍御虚舟 唐·李白

我本楚狂人，凤歌笑孔丘。手持绿玉杖，朝别黄鹤楼。五岳寻仙不辞远，一生好入名山游。庐山秀出南斗傍，屏风九叠云锦张，影落明湖青黛光。金阙前开二峰长，银河倒挂三石梁。香炉瀑布遥相望，回崖沓嶂凌苍苍。翠影红霞映朝日，鸟飞不到吴天长。登高壮观天地间，大江茫茫去不还。黄云万里动风色，白波九道流雪山。好为庐山谣，兴因庐山发。闲窥石镜清我心，谢公行处苍苔没。早服还丹无世情，琴心三叠道初成。遥见仙人彩云里，手把芙蓉朝玉京。先期汗漫九垓上，愿接卢敖游太清。

送友人寻越中山水 唐·李白

闻道稽山去，偏宜谢客才。
千岩泉洒落，万壑树萦回。
东海横秦望，西陵绕越台。
湖清霜镜晓，涛白雪山来。
八月枚乘笔，三吴张翰杯。
此中多逸兴，早晚向天台。

四、"宇宙"这个词经常出现在古诗词中，请问以下哪一项是形容宇宙的永恒？

A. 宇宙一何悠，人生少至百
B. 登山望宇宙，白日已西暝
C. 思出宇宙外，旷然在寥廓

答案：A

饮酒二十首（其十五）晋·陶渊明

贫居乏人工，灌木荒余宅。
班班有翔鸟，寂寂无行迹。
宇宙一何悠，人生少至百。
岁月相催逼，鬓边早已白。
若不委穷达，素抱深可惜。

感遇诗三十八首（其二十二）唐·陈子昂

微霜知岁晏，斧柯始青青。
况乃金天夕，浩露沾群英。
登山望宇宙，白日已西暝。
云海方荡潏，孤鳞安得宁。

苦热行 唐·王维

赤日满天地，火云成山岳。
草木尽焦卷，川泽皆竭涸。
轻纨觉衣重，密树苦阴薄。
莞簟不可近，絺绤再三濯。
思出宇宙外，旷然在寥廓。
长风万里来，江海荡烦浊。
却顾身为患，始知心未觉。

忽入甘露门，宛然清凉乐。

五、黄庭坚诗句"刘侯惠我小玄璧，自裁半璧煮琼糜"，请问这里的"小玄璧"指的是什么？

A. 墨

B. 茶

C. 玉

答案：B

奉谢刘景文送团茶　宋·黄庭坚

刘侯惠我大玄璧，上有雌雄双凤迹。

鹅溪水练落春雪，粟面一杯增目力。

刘侯惠我小玄璧，自裁半璧煮琼糜。

收藏残月惜未碾，直待阿衡来说诗。

绛囊团团馀几璧，因来送我公莫惜。

个中渴羌饱汤饼，鸡苏胡麻煮同吃。

第七期

大江东去，浪淘尽，
千古风流人物。

"莫听穿林打叶声，何妨吟啸且徐行。竹杖芒鞋轻胜马，谁怕？一蓑烟雨任平生。"这是大宋的词人，斯文在兹，从容面对，智慧旷达。

"醉里挑灯看剑，梦回吹角连营。八百里分麾下炙，五十弦翻塞外声。沙场秋点兵。"这是大宋的勇士，铁血担当，威武勇敢。

宋代文人的贡献还有很多，有"为有源头活水来"的理学思想，有"未卑未敢忘忧国"的文人品格，司马光的《通鉴》，毕昇的活字，米芾的书画，我们民族的文化在这个王朝是如此璀璨！

今天，就让我们在《中国诗词大会》第六季的舞台上，重温苏辛的词章，一同去感受大宋芳华，人生乐章！

第一环节

大浪淘沙

1. 以下两个选项中，读音正确的是？

A. 爱上层楼，为赋新词强（qiǎng）说愁

B. 爱上层楼，为赋新词强（qiáng）说愁

答案：A

丑奴儿·书博山道中壁 宋·辛弃疾

少年不识愁滋味，爱上层楼。爱上层楼，为赋新词强说愁。 而今识尽愁滋味，欲说还休。欲说还休，却道天凉好个秋。

嘉宾点评

蒙曼："强"有三个读音，"强（qiáng）"是强行、刚强，"强（qiǎng）"是勉强，"强（jiàng）"是倔强。这道题一是从意思上来区分，"为赋新词"是强硬地说愁，勉强地说愁，还是倔强地说愁呢？二是从声律上看，这里应该用仄声。

2. 杜甫诗称赞诸葛亮"万古云霄一羽毛"，其中"羽毛"指的是？

A. 飞鸟

B. 羽扇

答案：A

咏怀古迹五首（其五）唐·杜甫

诸葛大名垂宇宙，宗臣遗像肃清高。
三分割据纡筹策，万古云霄一羽毛。
伯仲之间见伊吕，指挥若定失萧曹。
运移汉祚终难复，志决身歼军务劳。

嘉宾点评

郦波："羽毛"应该指飞鸟，而且很多学者认为应该指在云霄中不同凡响的鸾凤。

蒙曼：这首诗到底怎么解释，有两种不同的说法。一个是说杜甫认为诸葛亮就像在天空中飞翔的鸾凤一样高明。还有一种说法是，三分天下这样的大事业，对诸葛亮来讲也只不过是万古云霄中一羽毛尔。反正不管怎么说，都是说诸葛亮这个人不得了。

3.李白诗"脚着谢公屐"中的谢公屐，其功能最接近于今天的哪种鞋子？

A.拖鞋

B.登山鞋

答案：B

梦游天姥吟留别 唐·李白

海客谈瀛洲，烟涛微茫信难求；越人语天姥，云霞明灭或可睹。天姥连天向天横，势拔五岳掩赤城。天台四万八千丈，对此欲倒东南倾。我欲因之梦吴越，一夜飞度镜湖月。湖月照我影，送我至剡溪。谢公宿处今尚在，渌水荡漾清猿啼。脚着谢公屐，身登青云梯。半壁见海日，空中闻天鸡。千岩万转路不定，迷花倚石忽已暝。熊咆龙吟殷岩泉，栗深林兮惊层巅。云青青兮欲雨，水澹澹兮生烟。列缺霹雳，丘峦崩摧。洞天石扉，訇然中开。青冥浩荡不见底，日月照耀金银台。霓为衣兮风为马，云之君兮纷纷而来下。虎鼓瑟兮鸾回车，仙之人兮列如麻。忽魂悸以魄动，恍惊起而长嗟。惟觉时之枕席，失向来之烟霞。世间行乐亦如此，古来万事东流水。别君去兮何时还？且放白鹿青崖间。须行即骑访名山。安能摧眉折腰事权贵，使我不得开心颜！

嘉宾点评

蒙曼：其实"屐"这东西很有趣。屐是中国人最早穿的鞋，我们所知道的对屐的记载是在孔子那个时候。后来到魏晋南北朝时期，名士有两大标配，一个是手挥的麈尾，另一个是脚穿的木屐。谢灵运穿着一种特制的木屐上山，上山时去掉前面那个齿，下山时去掉后面那个齿，主要是上下山防滑，与现在的登山靴很类似。

4. 白居易诗句"胡麻饼样学京都，面脆油香新出炉"中的胡麻饼与以下哪一项最接近？

A. 煎堆

B. 芝麻饼

答案：B

寄胡饼与杨万州 唐·白居易

胡麻饼样学京都，面脆油香新出炉。
寄与饥馋杨大使，尝看得似辅兴无。

嘉宾点评

蒙曼：胡麻饼是唐代的国民美食，很多名人都吃过。比如鉴真大师，鉴真大师东渡的时候知道一路要经历很多艰难困苦，所以先买上两车胡麻饼，相当于现在的压缩饼干，这一路上他还真没饿着。

还有唐玄宗在安史之乱逃跑的时候，一路上饥肠辘辘，杨国忠就跑到市场上给他买了几枚胡麻饼，他还舍不得吃，先给孩子吃。

然后就是大名鼎鼎的白居易了，白居易在爱吃这方面与苏东坡有一比。苏东坡留下了东坡肉，白居易留下了竹筒饭，另外他还喜欢吃胡麻饼。他在忠州做官的时候，发现忠州居然有类似京师的那种胡麻饼，就特别开心，赶紧给另外一个同样好吃的朋友——当年在万州的杨大使——寄去了。"寄与饥馋杨大使，尝看得似辅兴无"，尝尝它像不像咱们在京师里吃的辅兴坊做的胡麻饼啊？辅兴坊在长安城紧挨着宫城的西边，那个地方离西市不太远，达官贵人也常去吃。所以，大唐胡麻饼的第一宣推人就是白居易。

郦波：胡麻饼在古代非常有名，有名到什么地步呢？宋元之际的大史学家胡三省专门考证这个胡麻饼是怎么做出来的，结果他居然考证出来胡麻饼是蒸出来的。可是我们根据白居易的这句"面脆油香新出炉"，就知道其实胡麻饼应该是烤出来的。

第二环节
两两对抗赛

一、挑战多宫格

1. 请从以下十二个字中识别一句诗词。

帆	片	远	孤
影	日	一	碧
城	空	山	尽

答案：孤帆远影碧空尽

黄鹤楼送孟浩然之广陵 唐·李白

故人西辞黄鹤楼，烟花三月下扬州。
孤帆远影碧空尽，唯见长江天际流。

2.请从以下十二个字中识别一句诗词。

来	空	边	城
帆	片	远	孤
影	日	一	碧

答案：孤帆一片日边来

望天门山 唐·李白

天门中断楚江开，碧水东流至此回。
两岸青山相对出，孤帆一片日边来。

嘉宾点评

郦波：这两首诗放在一起特别好，"孤帆远影碧空尽"是孤帆远去；"孤帆一片日边来"是孤帆到来。

孟浩然"烟花三月下扬州"，估计是去扬州过烟花三月节了。这一条水运线一直到现在都非常重要。它是中国古代历史上最大的一条航运线，也是最稳定的一条航运线，是商业以及社会物资运输的命脉所在。

3.请从以下十二个字中识别一句诗词。

打	花	水	枝
雨	江	春	带
梨	连	夜	一

答案：梨花一枝春带雨

长恨歌（节选）唐·白居易

风吹仙袂飘飘举，犹似霓裳羽衣舞。
玉容寂寞泪阑干，梨花一枝春带雨。
含情凝睇谢君王，一别音容两渺茫。
昭阳殿里恩爱绝，蓬莱宫中日月长。

4.请从以下十二个字中识别一句诗词。

花	月	朝	水
江	晚	平	春
连	潮	海	夜

答案：春江潮水连海平

春江花月夜（节选）唐·张若虚

春江潮水连海平，海上明月共潮生。
滟滟随波千万里，何处春江无月明！
江流宛转绕芳甸，月照花林皆似霰。
空里流霜不觉飞，汀上白沙看不见。

5. 请从以下十二个字中识别一句诗词。

江	晚	平	春
连	潮	海	夜
来	带	雨	急

答案：春潮带雨晚来急

滁州西涧 唐·韦应物

独怜幽草涧边生，上有黄鹂深树鸣。
春潮带雨晚来急，野渡无人舟自横。

嘉宾点评

郦波："梨花一枝春带雨""春潮带雨晚来急""春江潮水连海平"，这是三春辉映，三个"春"。"梨花一枝春带雨"前面说杨贵妃怎么样？"犹似霓裳羽衣舞"——这是中国舞蹈史上最经典的《霓裳羽衣舞》。"春江潮水连海平"出自《春江花月夜》，它其实来源于一首南朝的曲子。而宋代寇准又将"春潮带雨晚来急，野渡无人舟自横"化用为"野水无人渡，孤舟尽日横"，这句又是宋代画院里最有名的一道题。三句诗的背后是什么？舞蹈、音乐、绘画。所以中国为什么叫诗的国度？因为诗可以贯穿所有的艺术领域。

蒙曼：什么带来了春天？春风、春雨，意象特别好。我们看古代写春雨的诗句都特别美："沾衣欲湿杏花雨""小楼一夜听春雨""柳丝长，春雨细"……你感觉春雨滋润大地，涨起春潮，涨到小溪里是什么样子？"春潮带雨晚来急"，因为溪流不够宽，所以下一点雨，潮水就涨起来了，而且就会流得非常的欢快、急切。

可是当所有的小溪奔向大海的时候又不一样了——"春江潮水连海平"。不管有多少小溪流到了大海，大海还是那么平静，因为它可以容纳无限的春潮。

二、联想对对碰

1. 请根据以下三个关键词，和一个提示字，说出诗词名句：

关键词：太守　密州　打猎
提示字：满

					满	

百人团版：

月	明	天	北	满	射	雕	狼
如	星	西	弓	望	挽	会	勾

答案：会挽雕弓如满月，西北望，射天狼

江城子·密州出猎 宋·苏轼

老夫聊发少年狂。左牵黄。右擎苍。锦帽貂裘，千骑卷平冈。为报倾城随太守，亲射虎，看孙郎。

酒酣胸胆尚开张。鬓微霜。又何妨。持节云中，何日遣冯唐。会挽雕弓如满月，西北望，射天狼。

2.请通过以下三个关键词，和一个提示字，说出诗词名句：

关键词：打猎　雪　鹰
提示字：轻

				轻

百人团版：

草	风	劲	眼	蹄	板	识	马
疾	轻	枯	荡	雪	鹰	尽	诚

答案：草枯鹰眼疾，雪尽马蹄轻

观猎 唐·王维

风劲角弓鸣，将军猎渭城。
草枯鹰眼疾，雪尽马蹄轻。
忽过新丰市，还归细柳营。
回看射雕处，千里暮云平。

嘉宾点评

郦波：王维是在年轻时写的这首《观猎》。"将军猎渭城"，这个渭城对王维来说太重要了，他年轻的时候在这儿观猎。到中年的时候怎么样？《送元二使安西》："渭城朝雨浥轻尘。"所以《送元二使安西》这首诗又被叫《渭城曲》。他写的《使至塞上》，要离开长安从哪儿走呢？渭城。所以渭城对于王维来说特别关键。

同样密州对于苏轼关键到什么地步？苏轼其实在密州，也就是今天的山东诸城，待了不过两年多时间。第一年先写了两首《江城子》，一首《江城子·密州出猎》是豪放词奠基之作；另一首《江城子·记梦》，"十年生死两茫茫"，千古悼亡之首。到了第二年，寒食节后写的是什么？《忆江南·超然台作》："诗酒趁年华。"中秋节写的是什么？"明月几时有，把酒问青天""但愿人长久，千里共婵娟"，千古明月词之首。

所以反过来，苏轼对于密州，王维对于渭城，也至关重要。这就是我们常说的那句话，一个人，一座城。

蒙曼：这两首诗词写的都是打猎，但是角度不一样。王维的角度是观猎，看人家打猎，所以这个打猎来龙去脉都讲得很清楚，别看五律就那么四十个字，却把整个过程都写出来了。

而苏东坡不一样，他就真在那儿打猎，不讲整个过程，只讲心情。"会挽雕弓如满月，西北望，射天狼"，拳拳爱国之心。当时西北西夏正在跟北宋作战，而且北宋打得不好，所以对宋朝士大夫而言，无论文臣还是武将，内心都有一种报国之情，所以在打猎的时候，有一种为国效力的豪情在里头。

3. 请根据以下三个关键词，和一个提示字，说出诗词名句：

关键词：门上题诗　美人如花　回忆
提示字：去

							去

百人团版：

桃	一	春	去	人	依	笑	知
风	花	不	旧	何	簇	处	面

答案：人面不知何处去，桃花依旧笑春风

题都城南庄 唐·崔护

去年今日此门中，人面桃花相映红。
人面不知何处去，桃花依旧笑春风。

4.请根据以下三个关键词，和一个提示字，说出诗词名句：

关键词：回忆 李商隐 音乐
提示字：弦

							弦

百人团版：

柱	吹	五	一	华	无	弦	锦
鼓	瑟	一	十	端	弦	年	思

答案：锦瑟无端五十弦，一弦一柱思华年

锦瑟 唐·李商隐

锦瑟无端五十弦，一弦一柱思华年。

庄生晓梦迷蝴蝶，望帝春心托杜鹃。
沧海月明珠有泪，蓝田日暖玉生烟。
此情可待成追忆，只是当时已惘然。

5. 请通过以下三个关键词，和一个提示字，说出诗词名句：

关键词：音乐　成都　将军
提示字：闻

							闻

百人团版：

天	闻	人	曲	得	难	有	应
间	此	能	上	生	只	几	回

答案：此曲只应天上有，人间能得几回闻

赠花卿　唐·杜甫

锦城丝管日纷纷，半入江风半入云。
此曲只应天上有，人间能得几回闻？

嘉宾点评

蒙曼：诗里提到最美的回忆，比方说"去年今日此门中，人面桃花相映红"，又比如"当时明月在，曾照彩云归"，还有"记得绿罗裙，处处怜芳草"。我觉得有这么一些美的意象，通过一句诗印刻在我们的脑海之中，这也是《中国诗词大会》给我们的最美的享受。我们在这儿看到一道题，想到了美丽的姑娘，想到了遥远的往事，想到一切美的意象。

助力千人团 · 雪地摩托车

大家好，我是黑龙江出入境边防检查总站大兴安岭边境管理支队民警张浩，我现在所在的位置是中国最北端的漠河市北极村，我们驻守的是全国纬度最高、位置最北、最寒冷的边境派出所。这里年平均气温零下 5.5 摄氏度，历史最低气温零下 52.3 摄氏度。在我们这里，雪地出行是必须掌握的技巧，因此，雪地摩托成了我们在寒冷冬日里执行任务的好伙伴。我想给我的"座驾"用诗词里的元素起个名字，你们能帮帮我么？

郭津山：我给出的答案是"玉龙"。第一个原因是毛主席的《念奴娇·昆仑》："飞起玉龙三百万，搅得周天寒彻。"这里是把雪形容成玉龙，我也希望漠河的警察叔叔开上玉龙雪地摩托，能够像毛主席一样拥有伟大的英雄气概。第二个原因，玉龙在中国文化里面有雪花、宝剑、玉笛等美好的寓意，我也希望漠河的警察叔叔们开上这个玉龙雪地摩托之后，能够化险为夷，这里也祝愿漠河的警察叔叔们新春快乐，万事如意。

赵明：我给出的答案是"飞鸿踏"，出自苏东坡的名句"人生到处知何似，应似飞鸿踏雪泥"。"飞鸿"可以形容摩托车非常轻快，"踏"在这里作为一个名词，指踏板，就是油门，进而指代雪地摩托车。这些警察叔叔如果能骑上这种摩托车在雪地上巡逻，那肯定是"泥

上偶然留指爪"，巡逻忽东又忽西，让那些想偷渡的人完全没有机会。

蒙曼：李白的《侠客行》说："银鞍照白马，飒沓如流星。"我想能不能就叫"飒沓流星"，不仅仅是"流星"，还是个"飒沓流星"，转得特别快。"飞鸿踏"，只说"飞鸿"感觉有点轻，一旦"踏"就有动感了。"玉龙"也不错，很大气，各有各的好处。

郦波：我认为"玉龙"比"飞鸿踏"要好得多。从诗词的角度上来讲，警察叔叔是在北极村漠河，纬度高，温度低，雪也大，又是警察，有人民英雄那种气势。所以这几个因素都包含在里头的话，毛主席这首《念奴娇·昆仑》非常适合。

助力千人团·冬奥会

大家好，我是杨扬。在 2002 年盐湖城冬奥会上，我为中国夺得了第一枚冬季奥运会金牌。而在今天，作为北京冬奥会和冬残奥会运动员委员会主席，我正在为 2022 年北京冬奥会而努力。即将在"家门口"迎来这项体育盛会，奥运健儿们都很兴奋，现在，各项目运动员都在积极备战、认真训练。我想请中国诗词大会的各位选手帮帮我，用一句诗词祝福这些冰雪运动员们，祝他们在 2022 年北京冬奥会上取得好成绩！

蒲琛玮：我的答案是"欲将轻骑逐，大雪满弓刀"。"轻骑"指轻快而又昂扬的队伍，我觉得非常适合用来形容出征奥运的健儿们，希望你们能够旗开得胜，马到成功。

吴幽：我的答案是"忽如一夜春风来，千树万树梨花开"。首先，这首诗的名字叫《白雪歌送武判官归京》，白雪本来就是冬天，另外冬奥会是一个非常包容、非常开放的平台，就好像是温暖的春风一样，运动健儿们就像被春风吹开的梨花。他们在运动场上争的不仅仅是输赢，而是拼搏、奋进、团结、友爱的奥运精神。我想把这首诗送给他们，希望他们在赛场上取得好成绩。

李佳杰：我的答案是"可上九天揽月，可下五洋捉鳖，谈笑凯歌还"。短道速滑始终是一项充满挑战性的项目，但我们的运动健将具有豪情壮志。2022年的北京冬奥会召开在即，在此谨祝全体参赛运动员们"可上九天揽月"，摘金夺银；"可下五洋捉鳖"，手到擒来。全国人民等着你们的好消息，等着为你们齐唱凯歌。

郦波：我最喜欢的还是吴幽的答案。这首诗是岑参在苦寒的岁月里写的壮大的歌唱，"胡天八月即飞雪"，岑参到了西域都护府，在那么艰苦的岁月里，可是内心的情怀是怎么样呢？"忽如一夜春风来，千树万树梨花开。"把这两句诗献给冰雪中的健儿特别好。

蒙曼：我觉得"大雪满弓刀"很好，直接扣在了雪，"谈笑凯歌还"也很好，直接扣在了凯歌。不过，"忽如一夜春风来，千树万树梨花开"，虽然没说雪，但我们知道雪下了；虽然没说凯歌，但我们知道千千万万人唱起凯歌来了。所以我觉得寓意好，选得好。

第三环节

个人追逐赛

一、身临其境

1.大家好，我现在是在甘肃省武威市的天祝藏族自治县。武威这个地方地势险要，把控着河西走廊，自古以来都是兵家必争之地。这地方不仅是一个军事重镇，同时也留下了很多流传千古的诗篇，其中最为著名的就是《凉州词》。唐代的很多诗人都用《凉州词》创作了脍炙人口的诗篇，那么今天我们站在天祝县，远望群山环绕，还有牦牛成群，那么这样的环境和气候条件，用下列哪一个选项最适宜表达呢？

A.五月天山雪，无花只有寒

B.凉州三月半，犹未脱寒衣

C.北风卷地白草折，胡天八月即飞雪

答案：B

嘉宾点评

郦波：选项A，"五月天山雪，无花只有寒"出自李白的《塞下曲》，在北方边境地区，正是夏季五月的时候，但是在天山却飘起了雪花。选项C，"北风卷地白草折，胡天八月即飞雪"出自岑参的《白雪歌送武判官归京》，这首诗是岑参在现在的新疆轮台所写的。

选项B也是岑参的诗。《河西春暮忆秦中》："凉州三月半，犹未脱寒衣。"凉州城虽然已经是暮春时节，但人们还穿着御寒的衣裳。应该说选项A和C的地点都是非常寒冷的，但并不符合古凉州的天气状况，所以正确的选择应该是B。

蒙曼：武威古称凉州，它到底冷到什么程度，热到什么程度？其实诗句本身也没有提供这个信息。因为五月的天山、八月的轮台和三月的凉州，也许这个气候都差不多，反正都是跟中原有很大的不同。但是重点在哪儿？武威曾经有一段时间叫凉州，汉武帝先占河西四郡——武威、张掖、酒泉、敦煌，后来成为唐代的凉、甘、肃、沙四个州。从大的刺史区角度来讲，整个河西走廊这一带，甚至整个甘肃都叫凉州。

2.南京，"江南佳丽地，金陵帝王州"，一座用诗写成的城市。李白的凤凰台、刘禹锡的乌衣巷、辛弃疾的赏心亭……这些诗人和他们不朽的作品，为南京赢得了"世界文学之都"的美誉。我现在身处的是古代诗人的"打卡圣地"——秦淮河。以下描写秦淮河的诗词中，哪一项切合我眼前的景象呢？

A. 想得玉楼瑶殿影，空照秦淮
B. 淮水东边旧时月，夜深还过女墙来
C. 烟笼寒水月笼沙，夜泊秦淮近酒家

答案：C

嘉宾点评

郦波：选项 A 出自李煜的《浪淘沙》，当时他统治的南唐已经灭亡，他在开封想象月色下金陵的旧时宫殿和秦淮河。选项 B 出自刘禹锡的《石头城》，石头城位于今南京市西清凉山上，是三国时东吴所建，不符合眼前的景象。只有选项 C 是杜牧《泊秦淮》写月色下的秦淮河沿岸的酒家，诗中秦淮河边的繁华的酒家依然可见。

龙洋：秦淮河真的是见证了南京城的前世今生。除了想起杜牧的诗，还会想起孔尚任的《桃花扇》，也会想起俞平伯、朱自清的《桨声灯影里的秦淮河》。

蒙曼：站在秦淮河畔，永远能感受到历史和现实交织在一起。走到哪里都会想这个地方过去发生过什么，有哪些诗在描写这个地方。这就是中国大地上好多景点最神妙的地方，你一下子思接千古了。到乌衣巷，不可能不想王、谢家族；在河上泛舟的时候，也会想到杜牧的诗，想到刘禹锡的诗；看小儿女在那儿活泼往来的时候，你可能也会想到"郎骑竹马来，绕床弄青梅"。今天还是如此，所以这就是一些文化名城、文化古都的特殊魅力所在。

二、趣味知识

1. 陈毅"要知松高洁，待到雪化时"的名句与下列哪联诗句意思相类似？

A. 试玉要烧三日满，辨材须待七年期
B. 清水出芙蓉，天然去雕饰

C. 千磨万击还坚劲，任尔东西南北风

答案：A

嘉宾点评

蒙曼：其实我们开国的元帅们、老一辈无产阶级革命家们都是擅长诗文的，要说排序的话，毛主席排第一，陈毅元帅应该排第二。毛主席对陈老总写的诗有很高的评价，说他是"上马能打仗，下马能赋诗"。郭沫若先生对陈毅元帅的评价也特别高，叫"一柱天南百战身，将军本色是诗人"。

《青松》这首诗出自一组诗，叫《冬夜杂咏》，写在 1960 年的冬天。那时中国正处于内忧外患的时刻，可以说是建国之后最困难的一段时间。陈老总就是在这样的冬夜感慨万千，写了好多诗，一共有 37 首。第一首后来发表出来，就是《青松》："大雪压青松，青松挺且直。要知松高洁，待到雪化时。"

其实是在说什么？是说我们是经得起时间检验的。大雪是重重的困难、重重的压力，青松象征着中国共产党和中国人民不屈的精神，眼看着雪好像很大，好像很沉，但是无论如何都会有雪化的那一天，等到那一天，青松还挺立在那里。这是一个时代的精神、一个民族的精神的反映。

选项 A "试玉要烧三日满，辨材须待七年期"出自白居易《放言五首》(其三)。白居易当时写的也是一组诗，也讲时间会考验人，如果时间不够的话，你可能检验不出来哪个人是好的，哪个人是坏的。"试玉要烧三日满"，说中山之玉烧三日三夜色不变，经得起三日三夜考验的那才是真的玉；"辨材须待七年期"，说榆木和樟木小的时候长得特别像，但是到长到七年之后就能看出来，哪一根是榆木，哪一根是樟木。所以也是说真金不怕火炼，好东西不怕时间检验。

2. 以下词牌名中包含的行为，哪一项发生在秋天？

A. 采桑子

B. 踏莎行

C. 捣练子

答案：C

嘉宾点评

龙洋：选项 A 采桑子和选项 B 踏莎（suō）行都发生在春天，莎是莎草，在春天生长。

蒙曼：捣练，就是把生丝、麻或布帛煮过以后，捶捣使其柔软洁白。捣练为什么发生在秋天？因为要制寒衣了，那个练得捣成很柔软的状态，然后才能裁衣服。

郦波：《捣练子》其实还有几个别名，如《剪征袍》等，因为缝制衣服前，要把白练也就是白绢在砧板上反复地捶捣，所以这个词牌叫《捣练子》。

3. 我是一轮明月。有一天，一个孩子看到我，将我呼作白玉盘。从此，我就与他相随相伴。数年后，他仗剑去国，辞亲远游，离开蜀地。我将影子映入平羌江水，照亮他行舟的方向。多年后，他客居长安，独酌无相亲，我携影子与他同饮，抚慰了他内心的孤独。数十年后，他隐居当涂，泛舟采石，为了捉住我的倒影落水而死。但我知道，这只是传说。他最终踏波仙去，将辉耀千秋的诗篇，留在了盛唐的月光里。又过了很多年，我听说有一位诗人，把他和我都写到了诗里，会是哪一联呢？

A. 屈平词赋悬日月，楚王台榭空山丘

B. 投得江心波底月，却归天上玉京仙

C. 君今失意还山窟，少陵诗集如明月

答案：B

嘉宾点评

郦波：李白挚爱明月，虽然他也写大鹏、写剑、写很多意象，可是他写的最多的还是月亮。月亮对于中国的诗歌来讲，不只是一个意象，还是一个终极的母题。其实从《诗经·陈风·月出》开始，月亮的意象就在中国文化里不断得到放大，而在李白的诗中，更是有无穷无尽的美丽月光。

龙洋：在中国，月亮的内涵极其丰富，说乡愁可以提月亮，美好的回忆可以提月亮，爱人可以提月亮，童年还是可以提月亮。

蒙曼：关于李白的死，有许多不同的说法，有历史的说法，有文人的说法，有民间的说法。历史的说法是什么？《旧唐书·李白传》中说李白是醉死的，醉死于宣城。文人的说法是什么？他那个族叔李阳冰给他的诗文集写序的时候说他是病死的。民间的说法反映在笔记小说里，《唐摭言》就说李白当时是"着宫锦袍游采石江中"，就是在采石矶那儿游玩，看见水中月亮的影子，然后这个"谪仙人"忍不住去拥抱月亮，而后就沉入江中。

李白是真正的谪仙人，从天上来又回到天上去，这是我们中国人集体塑造的一个美丽的想象。"投得江心波底月，却归天上玉京仙"，既有月亮，又有李白，而且还有一个李白的下落。我们中国人在看月亮的时候，其实不仅看到了嫦娥，不仅看到了吴刚，我们心里还都觉得也看到了李白。

龙洋：余光中先生在《寻李白》中写道："酒入豪肠，七分酿成了月光，余下的三分啸成剑气，绣口一吐就半个盛唐。"李白说："今人不见古时月，今月曾经照古人。"我想这轮月亮李白当年看过，我们今天也看着，后世还将继续看着。看着它，我们就会想起李白。

4.白居易："争得大裘长万丈，与君都盖洛阳城"，白居易用这样大的裘是要做什么？

A. 模仿苏轼，锦帽貂裘去打猎

B. 效法李白，千金裘换美酒

C. 学习杜甫，庇护天下寒士

答案：C

嘉宾点评

蒙曼：中国古代的诗人其实主体上出自士大夫阶层，杜甫也罢，白居易也罢，都是这个阶层的典型诗人。白居易这个人吃东西的时候也会想我该不该吃，比方说《观刈麦》，一看见人家在那儿收麦子，他马上想到"吏禄三百石，岁晏有余粮"——你看我都不种田，我怎么能吃东西呢？好像还挺忏悔的。

对于穿衣也是，自己穿上一件衣服了，也会想老百姓还没有穿上，"争得大裘长万丈，与君都盖洛阳城"——大家能够做我这样的一件大衣服多好，或者我能做一件这么大的衣服，让洛阳的所有老百姓都受庇护多好。这是一种中国古代延续下来、让我们觉得非常温暖的情怀。

他很像杜甫，杜甫其实更不得了。白居易是吃上了，然后想着别人还没有吃，穿上了想着别人还没有穿。杜甫是什么？杜甫其实没住上，他那首《茅屋为秋风所破歌》，屋顶上盖的茅草都被风吹走了，然后他还能想着"安得广厦千万间，大庇天下寒士俱欢颜！风雨不动安如山"——有着非常伟大的心灵。

所以我们把白居易和杜甫放在一起。今天一谈到诗人，不仅仅觉得这是个审美的话题，更觉得这是心灵的话题，他们充满了士大夫以天下为己任的情怀。

郦波：有一大批这样的诗人，写了这样的一类诗，在中国古代诗史上非常多，我们看到其中充满了悲悯，这一类诗可以称之为"扶贫济困"的诗，尤其"济困"的情怀尤为突出。李纲说"但得众生皆得饱，不辞羸病卧残阳"，文天祥说"但愿天下人，家家足稻粱"。无数的仁人志士写了大量这种充满了扶贫济困愿望的诗歌，那么，实现了吗？

实现了，直到2020年，我们终于完成了脱贫攻坚，全国所有的贫困县都摘帽了，这在中华文明史上是一个难以想象的创举。所以这些伟大的先贤，所有写过这一类济困诗的诗人，不论杜甫还是白居易，不论李纲还是文天祥，他们如果地下有知，如果能够看到今天的华夏、今天的中国、今天的神州，一定会含笑九泉的。

第四环节

飞花令

桃花

百人团：西塞山前白鹭飞，桃花流水鳜鱼肥。——唐·张志和《渔歌子》（西塞山前白鹭飞）

周胤好：人间四月芳菲尽，山寺桃花始盛开。——唐·白居易《大林寺桃花》

百人团：小园几许，收尽春光。有桃花红，李花白，菜花黄。——宋·秦观《行香子》（树绕村庄）

周胤好：去年今日此门中，人面桃花相映红。——唐·崔护《题都城南庄》

百人团：桃花流水窅然去，别有天地非人间。——唐·李白《山中问答》

❀周胤好：人面不知何处去，桃花依旧笑春风。——唐·崔护《题都城南庄》

❀百人团：百亩庭中半是苔，桃花净尽菜花开。——唐·刘禹锡《再游玄都观》

❀周胤好：春风桃李花开夜，秋雨梧桐叶落时。——唐·白居易《长恨歌》

❀百人团：桃花坞里桃花庵，桃花庵下桃花仙。——明·唐寅《桃花庵歌》

❀周胤好：桃花仙人种桃树，又摘桃花卖酒钱。——明·唐寅《桃花庵歌》

❀百人团：洛阳城东桃李花，飞来飞去落谁家？——唐·刘希夷《代悲白头翁》

❀周胤好：渔舟逐水爱山春，两岸桃花夹古津。——唐·王维《桃源行》

❀百人团：桃花落。闲池阁。山盟虽在，锦书难托。——宋·陆游《钗头凤·红酥手》

❀周胤好：双飞燕子几时回？夹岸桃花蘸水开。——宋·徐俯《春游湖》

❀百人团：竹外桃花三两枝，春江水暖鸭先知。——宋·苏轼《惠崇春江晚景二首》（其一）

❀周胤好：春来遍是桃花水，不辨仙源何处寻。——唐·王维《桃源行》

❀百人团：桃花潭水深千尺，不及汪伦送我情。——唐·李白《赠汪伦》

人 生

❀百人团：人生代代无穷已，江月年年只相似。——唐·张若虚《春

江花月夜》

🌸 赵　明：人生如逆旅，我亦是行人。——宋·苏轼《临江仙·送钱穆父》

🌸 百人团：自信人生二百年，会当水击三千里。——毛泽东《七古残
　　　　　句》

🌸 赵　明：人生得意须尽欢，莫使金樽空对月。——唐·李白《将进酒》

🌸 百人团：人生在世不称意，明朝散发弄扁舟。——唐·李白《宣州
　　　　　谢朓楼饯别校书叔云》

🌸 赵　明：人生到处知何似，应似飞鸿踏雪泥。——宋·苏轼《和子
　　　　　由渑池怀旧》

🌸 百人团：一生一代一双人，争教两处销魂。——清·纳兰性德《画
　　　　　堂春》（一生一代一双人）

🌸 赵　明：生当作人杰，死亦为鬼雄。——宋·李清照《夏日绝句》

🌸 百人团：谁道人生无再少？门前流水尚能西。休将白发唱黄
　　　　　鸡。——宋·苏轼《浣溪沙·游蕲水清泉寺》

🌸 赵　明：人生易老天难老，岁岁重阳。今又重阳，战地黄花
　　　　　分外香。——毛泽东《采桑子·重阳》

🌸 百人团：对酒当歌，人生几何！——汉·曹操《短歌行》

🌸 赵　明：人生自是有情痴，此恨不关风与月。——宋·欧阳修《玉
　　　　　楼春》（尊前拟把归期说）

🌸 百人团：人生若只如初见，何事秋风悲画扇？——清·纳兰性德
　　　　　《木兰花·拟古决绝词》

🌸 赵　明：人生无根蒂，飘如陌上尘。——晋·陶渊明《杂诗十二首》
　　　　　（其一）

颜色 + 颜色

🌸 赵　明：两个黄鹂鸣翠柳，一行白鹭上青天。——唐·杜甫《绝句四首》（其三）

🌸 周胤好：白毛浮绿水，红掌拨清波。——唐·骆宾王《咏鹅》

🌸 赵　明：一去紫台连朔漠，独留青冢向黄昏。——唐·杜甫《咏怀古迹五首》（其三）

🌸 周胤好：漠漠水田飞白鹭，阴阴夏木啭黄鹂。——唐·王维《积雨辋川庄作》

🌸 赵　明：三山半落青天外，二水中分白鹭洲。——唐·李白《登金陵凤凰台》

🌸 周胤好：青山依旧在，几度夕阳红。——明·杨慎《临江仙》（滚滚长江东逝水）

🌸 赵　明：小园几许，收尽春光。有桃花红，李花白，菜花黄。——宋·秦观《行香子》（树绕村庄）

🌸 周胤好：绿蚁新醅酒，红泥小火炉。——唐·白居易《问刘十九》

🌸 赵　明：白酒新熟山中归，黄鸡啄黍秋正。——唐·李白《南陵别儿童入京》

🌸 周胤好：赤橙黄绿青蓝紫，谁持彩练当空舞？——毛泽东《菩萨蛮·大柏地》

🌸 赵　明：千里黄云白日曛，北风吹雁雪纷纷。——唐·高适《别董大二首》（其一）

🌸 周胤好：一年好景君须记，正是橙黄菊绿时。——宋·苏轼《赠刘景文》

❀赵　明：黑云压城城欲摧，甲光向日金鳞开。——唐·李贺《雁门太守行》

❀周胤好：日出江花红胜火，春来江水绿如蓝。——唐·白居易《忆江南三首》（其一）

❀赵　明：山明水净夜来霜，数树深红出浅黄。——唐·刘禹锡《秋词二首》（其二）

❀周胤好：江碧鸟逾白，山青花欲燃。——唐·杜甫《绝句二首》（其二）

❀赵　明：长安大道连狭斜，青牛白马七香车。——唐·卢照邻《长安古意》

植 物 + 红

❀周胤好：青山绿水，白草红叶黄花。——元·白朴《天净沙·秋》

❀赵　明：桃花一簇开无主，可爱深红爱浅红。——唐·杜甫《江畔独步寻花七首》（其五）

❀周胤好：何须浅碧深红色，自是花中第一流。——宋·李清照《鹧鸪天·桂花》

❀赵　明：红酥手。黄縢酒。满城春色宫墙柳。——宋·陆游《钗头凤》（红酥手）

❀周胤好：停车坐爱枫林晚，霜叶红于二月花。——唐·杜牧《山行》

❀赵　明：绿杨烟外晓寒轻，红杏枝头春意闹。——唐·宋祁《玉楼春·春景》

❀周胤好：春色满园关不住，一枝红杏出墙来。——宋·叶绍翁《游园不值》

❀赵　明：红藕香残玉簟秋。轻解罗裳，独上兰舟。——宋·李清

照《一剪梅》（红藕香残玉簟秋）

🌸 周胤好：坐看红树不知远，行尽青溪不见人。——唐·王维《桃源行》
🌸 赵　明：花褪残红青杏小。燕子飞时，绿水人家绕。——宋·苏
　　　　　　轼《蝶恋花·春景》

🌸 周胤好：花红易衰似郎意，水流无限似侬愁。——唐·刘禹锡《竹
　　　　　　枝词九首》（其二）
🌸 赵　明：山桃红花满上头，蜀江春水拍山流。——唐·刘禹锡《竹
　　　　　　枝词九首》（其二）

第五环节

擂主争霸赛

一、请根据康老师的画作内容猜出一联诗句。

1. 提示字：寒

答案：风萧萧兮易水寒，壮士一去兮不复还

2. 提示字：酒

借问酒家何处有 牧童遥指杏花村 辛丑唐紫

答案：借问酒家何处有，牧童遥指杏花村

3. 提示字：家

云横秦岭家何在雪拥蓝关马不前 辛丑唐紫

答案：云横秦岭家何在，雪拥蓝关马不前

4. 提示字：青

答案：明月几时有？把酒问青天

易水歌 战国·荆轲

风萧萧兮易水寒，壮士一去兮不复还。

清明 唐·杜牧

清明时节雨纷纷，路上行人欲断魂。
借问酒家何处有？牧童遥指杏花村。

左迁至蓝关示侄孙湘 唐·韩愈

一封朝奏九重天，夕贬潮州路八千。
欲为圣明除弊事，肯将衰朽惜残年。
云横秦岭家何在？雪拥蓝关马不前。
知汝远来应有意，好收吾骨瘴江边。

水调歌头　宋·苏轼

　　明月几时有？把酒问青天。不知天上宫阙，今夕是何年。我欲乘风归去，又恐琼楼玉宇，高处不胜寒。起舞弄清影，何似在人间。　转朱阁，低绮户，照无眠。不应有恨，何事长向别时圆？人有悲欢离合，月有阴晴圆缺，此事古难全。但愿人长久，千里共婵娟。

二、古人送别，经常折路边杨柳相赠，用以表达惜别之情。下列哪联诗中的杨柳具有这个含义？

A. 一上高城万里愁，蒹葭杨柳似汀洲

B. 扬子江头杨柳春，杨花愁杀渡江人

C. 沾衣欲湿杏花雨，吹面不寒杨柳风

答案：B

咸阳城东楼　唐·许浑

一上高城万里愁，蒹葭杨柳似汀洲。
溪云初起日沉阁，山雨欲来风满楼。
鸟下绿芜秦苑夕，蝉鸣黄叶汉宫秋。
行人莫问当年事，故国东来渭水流。

淮上与友人别　唐·郑谷

扬子江头杨柳春，杨花愁杀渡江人。
数声风笛离亭晚，君向潇湘我向秦。

绝句 宋·僧志南

古木阴中系短篷，杖藜扶我过桥东。
沾衣欲湿杏花雨，吹面不寒杨柳风。

三、"伤心桥下春波绿，曾是惊鸿照影来"这里的"惊鸿"指谁？
A. 洛神
B. 陆游
C. 唐琬

答案：C

沈园二首（其一） 宋·陆游

城上斜阳画角哀，沈园非复旧池台。
伤心桥下春波绿，曾是惊鸿照影来。

四、下列三联诗句都写到了雨，如果按一年之内的季节先后排序，
最晚的一项是？
A. 黄昏犹作雨纤纤，夜静无风势转严。
B. 天街小雨润如酥，草色遥看近却无。
C. 黑云翻墨未遮山，白雨跳珠乱入船。

答案：A

雪后书北台壁二首（其一） 宋·苏轼

黄昏犹作雨纤纤，夜静无风势转严。
但觉衾裯如泼水，不知庭院已堆盐。
五更晓色来书幌，半夜寒声落画檐。
试扫北台看马耳，未随埋没有双尖。

早春呈水部张十八员外 唐·韩愈

天街小雨润如酥，草色遥看近却无。
最是一年春好处，绝胜烟柳满皇都。

六月二十七日望湖楼醉书五首（其一）宋·苏轼

黑云翻墨未遮山，白雨跳珠乱入船。
卷地风来忽吹散，望湖楼下水如天。

五、以下哪一项诗句不是描绘书法的？
A.恍恍如闻神鬼惊，时时只见龙蛇走
B.诏谓将军拂绢素，意匠惨淡经营中
C.矮纸斜行闲作草，晴窗细乳戏分茶

答案：B

草书歌行 唐·李白

少年上人号怀素，草书天下称独步。
墨池飞出北溟鱼，笔锋杀尽中山兔。
八月九月天气凉，酒徒词客满高堂。
笺麻素绢排数箱，宣州石砚墨色光。
吾师醉后倚绳床，须臾扫尽数千张。
飘风骤雨惊飒飒，落花飞雪何茫茫。
起来向壁不停手，一行数字大如斗。
恍恍如闻神鬼惊，时时只见龙蛇走。
左盘右蹙如惊电，状同楚汉相攻战。
湖南七郡凡几家，家家屏障书题遍。

王逸少，张伯英，古来几许浪得名。

张颠老死不足数，我师此义不师古。

古来万事贵天生，何必要公孙大娘浑脱舞。

丹青引赠曹将军霸（节选）唐·杜甫

诏谓将军拂绢素，意匠惨淡经营中。

斯须九重真龙出，一洗万古凡马空。

玉花却在御榻上，榻上庭前屹相向。

至尊含笑催赐金，圉人太仆皆惆怅。

临安春雨初霁 宋·陆游

世味年来薄似纱，谁令骑马客京华？

小楼一夜听春雨，深巷明朝卖杏花。

矮纸斜行闲作草，晴窗细乳戏分茶。

素衣莫起风尘叹，犹及清明可到家。

第八期

出师一表真名世，
千载谁堪伯仲间。

　　南宋大诗人陆游，才情雄富，诗作近万首！他写爱情，山盟虽在，锦书难托；他写田园，柳暗花明，山重水复；他写梅花，驿外断桥，芬芳如故；他写求学，书卷之外，事必躬行。但他写的最多的，是拳拳的爱国之心，殷殷的报国之志。他说："僵卧孤村不自哀，尚思为国戍轮台"，他说："王师北定中原日，家祭无忘告乃翁。"

　　可以说，陆游的精神，就是爱国主义的精神，就是执着追求理想信念的精神！"三万里河东入海，五千仞岳上摩天"，今天，就让我们在《中国诗词大会》的舞台上，高唱爱国诗人的诗篇，一同将一片丹心写入千秋史册！

第一环节
大浪淘沙

1. 以下两个选项中，正确的是？
A. 风又飘飘，雨又萧萧。
B. 风又萧萧，雨又飘飘。

答案：A

一剪梅·舟过吴江　宋·蒋捷

一片春愁待酒浇，江上舟摇，楼上帘招。秋娘渡与泰娘桥，风又飘飘，雨又萧萧。　何日归家洗客袍？银字笙调，心字香烧。流光容易把人抛，红了樱桃，绿了芭蕉。

嘉宾点评

郦波：这道题要说容易也容易，只要你记得蒋捷的词；要说难，也很容易混淆。风也可以"萧萧"——"风萧萧兮易水寒"。其实蒋捷在这里化用了白居易《隋堤柳》的诗句："风飘飘兮雨萧萧。"

"萧"这个字本来是和风的关系比较大，萧是一种草。"彼采萧兮，一日不见，如三秋兮。""一日不见，如隔三秋"就是从这里来的。这种草和风联系在一起，风行草野，后来引申出"萧瑟"的意思来。

可是风同样也可以"飘飘"，《老子》中说："飘风不终朝，骤雨不终日。"再加上"萧"和"飘"在平水韵中都是下平二萧韵，所以行文中往往可以颠倒的。

2.曹植诗句"仰手接飞猱，俯身散马蹄"中的"马蹄"指的是以下哪一项？

A.马蹄金

B.箭靶

答案：B

白马篇 三国·曹植

白马饰金羁，连翩西北驰。
借问谁家子，幽并游侠儿。
少小去乡邑，扬声沙漠垂。
宿昔秉良弓，楛矢何参差。
控弦破左的，右发摧月支。
仰手接飞猱，俯身散马蹄。
狡捷过猴猿，勇剽若豹螭。
边城多警急，虏骑数迁移。
羽檄从北来，厉马登高堤。
长驱蹈匈奴，左顾凌鲜卑。
弃身锋刃端，性命安可怀？
父母且不顾，何言子与妻！
名在壮士籍，不得中顾私。
捐躯赴国难，视死忽如归！

嘉宾点评

郦波：曹植的哥哥曹丕在《典论·自叙》中有"俯马蹄而仰月支也"之语，"月支"是高处的靶子，而"马蹄"是低处的靶子。"俯身散马蹄"表现了游侠儿高强的武艺，射出的箭势大力沉，靶子都被射碎，功夫就高到这个地步。

曹植写这首诗的时候，其实才十五岁。建安十二年（207），他跟随父亲曹操北征乌桓，在白狼山大捷之后，曹操写出组诗《步出夏门行》，这是四言诗的巅峰。而十五六岁的曹植写下《白马篇》这首五言诗的杰作。

3.《长恨歌》中"钗留一股合一扇，钗擘黄金合分钿"的"合"是什么意思？

A. 合拢

B. 盒子

答案：B

长恨歌（节选）唐·白居易

回头下望人寰处，不见长安见尘雾。
唯将旧物表深情，钿合金钗寄将去。
钗留一股合一扇，钗擘黄金合分钿。
但教心似金钿坚，天上人间会相见。

嘉宾点评

蒙曼："钗留一股合一扇"，其实是两个信物。杨贵妃当年从唐玄宗那儿得到两个东西，一个是金钗，另外一个是首饰盒。

而现在杨贵妃在天上仙境，临邛道士去找她的灵魂，回来后跟唐玄宗说，我跟她沟通过了，可是需要一个凭证。于是这两个信物就被剖开了，钗是两股，唐玄宗留下了一股。而合是什么？就是首饰盒，首饰盒是有盖儿的。大家看"合"这个字，上面是盖儿，下面是底儿，其实是他把盖儿或者底儿给了道士作为凭证，自己留下了另外一半，所以才是"钗擘黄金合分钿"，有点破镜重圆的意思。

现在用的这个"盒"字，下面有一个器皿的"皿"字，这个"盒"字出现得更晚一些。大家都学过一篇课文《杨修之死》，曹操曾经收过一盒奶酪，盒子上写的是"一合酥"，杨修就把它分给众人了。别人就说为什么呀？丞相的酥你为什么给分了呢？他说一合酥不就是一人一口酥吗？可见用的是这个"合"字。

4.《木兰诗》中有诗句"朔气传金柝，寒光照铁衣"，请问"柝"的作用是？

A. 杀敌 　　　　　　　B. 打更

答案：B

木兰诗（节选） 北朝乐府

万里赴戎机，关山度若飞。朔气传金柝，寒光照铁衣。将军百战死，壮士十年归。

嘉宾点评

蒙曼：这个"柝"大家最好到博物馆看看，它是一个像锅那样的东西，下面有三个爪，上面有一个把儿。它还有一个名字，在唐诗里多次出现——刁斗，"行人刁斗风沙暗，公主琵琶幽怨多"中的刁斗。它既可以用来煮东西吃，也可以用来打更。古代战场的情况就是这样，一个器物必须有多种功能，这样才能够满足快捷行进的需要。

郦波：说到这个"柝"，其中有个问题。大家看"柝"字的偏旁是什么？木字旁。说明它最早应该是木制的，那么是用来做什么的？

《春秋穀梁传》记载，天子救日用五兵五鼓，诸侯用三兵三鼓，大夫击门，士击柝。这才是它原来的作用。也就是在日食的时候，天子要陈五兵敲响五鼓，诸侯要陈三兵敲响三鼓，大夫要击门，士这个阶层就击柝。古人认为这是在跟"天狗"作战，是用声音来赶跑"天狗"，后来逐渐演变成晚上报时的打更。

龙洋：我们民族的文化源远流长，博大精深。虽然花木兰可能是一个虚构的人物，但是我们都知道，通过这样的形象，定义了中华民族的一种精神、一种气度，那就是巾帼不让须眉的女英雄形象。

第二环节
两两对抗赛

一、挑战多宫格

1. 请从以下十二个字中识别一句诗词。

桃	君	更	劝
浊	风	一	家
杯	酒	李	春

答案：桃李春风一杯酒

寄黄幾复 宋·黄庭坚

我居北海君南海，寄雁传书谢不能。
桃李春风一杯酒，江湖夜雨十年灯。
持家但有四立壁，治病不蕲三折肱。
想得读书头已白，隔溪猿哭瘴烟藤。

2. 请从以下十二个字中识别一句诗词。

浊	风	一	家
杯	酒	李	春
万	如	忽	里

答案：浊酒一杯家万里

渔家傲·秋思 宋·范仲淹

塞下秋来风景异，衡阳雁去无留意。四面边声连角起。千嶂里，长烟落日孤城闭。　　浊酒一杯家万里，燕然未勒归无计。羌管悠悠霜满地。人不寐，将军白发征夫泪。

嘉宾点评

郦波：这两杯酒最妙的是能体现中国诗歌非常深刻的内涵。"桃李春风一杯酒"后面跟的是"江湖夜雨十年灯"，转眼已是十年，这是时间之长；"浊酒一杯家万里，燕然未勒归无计"写的是空间之远。

其实我们生活在这个世界上，所要面对的就是时间和空间的问题，时间无限、空间无垠，我们要怎么来驾驭时空呢？"江湖夜雨十年灯"很苦，正突显了"桃李春风一杯酒"这一瞬间的美丽，彰显了友情之深。

再来看无垠的空间。"浊酒一杯家万里"，什么样的人离家万里？是边疆的将士们，"燕然未勒归无计"——他们心里始终念着归家。无垠的空间和无限的时间里，只有作为万物之灵的人的存在、精神的存在，诗歌才可以思接千载，神游万仞。

蒙曼：具体看这句诗，其中用的全是名词。虽然"鸡声茅店月，人迹板桥霜"或者"枯藤老树昏鸦，小桥流水人家"，也都是全用名词来营造意境，然而这四句都是用若干名词排列出一种情趣、一种意境，黄庭坚却营造出了截然相反的两种情绪、两种意境。"桃李春风一杯酒"是白天、是春天、是风流得意之时，"江湖夜雨十年灯"是晚上、是秋天、是落拓之时。所以纯粹用名词营造出这样截然相反的两种意境、两种情趣来，这就是黄庭坚的本事了。

龙洋：而且这两句诗对照强烈，有种形式上的美感，但这个形式的美感又反哺了内容，于是就感觉两句话说尽了十年事，特别聚焦到那一晚回忆的幽深的意境中，真的很美。

3. 请从以下十二个字中识别一句诗词。

学	看	稚	头
棋	子	蓬	垂
灯	纶	花	敲

答案：蓬头稚子学垂纶

小儿垂钓 唐·胡令能

蓬头稚子学垂纶，侧坐莓苔草映身。
路人借问遥招手，怕得鱼惊不应人。

4. 请从以下十二个字中识别一句诗词。

看	稚	闲	棋
子	落	垂	灯
针	花	敲	钓

答案：闲敲棋子落灯花

约客　宋·赵师秀

黄梅时节家家雨，青草池塘处处蛙。
有约不来过夜半，闲敲棋子落灯花。

嘉宾点评

郦波：这两首诗都有闲情意趣，把两位诗人和这两首诗放在一起特别让人感慨。第一首诗是胡令能写的，胡令能有个外号叫胡钉铰，因为他不是知识分子出身，原来的职业是补锅的。

他在《全唐诗》中只有四首诗，除了这首《小儿垂钓》，还有一首《王昭君》也写得非常好。他没有受过正统的教育，可是却有一颗诗心。

赵师秀就更让人感慨了。赵师秀是"永嘉四灵"之一，而且是南宋皇家宗室。他是宋太祖赵匡胤的八世孙，地位相当高，可是一辈子屈居下僚，非常凄苦，因为皇帝时刻防备着他们这些皇室宗族。

虽然胡令能是社会最底层，可是他却能有诗书之乐，能写出志趣之乐。赵师秀虽然写出了弈棋之乐，可是作为宗室，他的生活其实很抑郁，使他最后成为"四灵"之冠。

这两首诗，一个写钓鱼，一个写下棋，这都是中国人非常喜欢的两种活动。可是前段时间我看到一则新闻，居然有11个人跑到港珠澳大桥桥墩底下冒险去钓鱼，本来是很有意思的事情，做过头就变味了。下棋也一样，魏晋时期非常流行，可陶渊明的祖先陶侃就反对下棋。《菜根谭》中有一句话非常有意思："钓水，逸事也，尚持生杀之柄；弈棋，清戏也，且动战争之心。"所以即使是闲趣的活动，也会过犹不及，所以中国的思想家很早就告诉我们要秉持中庸之道。

蒙曼：在这两首诗中我看到的是另外一类人，那就是隐士。胡令能是真隐士，倒不是说他一心想要隐居，而是在心态上有隐士之风。赵师秀虽然做过官，但是心境上也是偏于隐逸一路的，所以他们能

观察到一些很幽微的生活细节。

对于他们来讲，钓鱼也好，下棋也罢，真不是有什么机心。他们是真觉得生活中有这样一些幽微的意趣，这是我们中国人精神的另外一种风范。在入世和出世之间我们能够做出不同的精神选择。

赵师秀影响了后来的江湖诗派。江湖诗派主要是底层的知识分子，他们一方面过着清贫的生活，另一方面保持着诗意状态。

二、联想对对碰

1. 请根据以下三个关键词，和一个提示字，说出诗词名句：

关键词：酒家　南朝　名曲
提示字：恨

							恨

百人团版：

女	琵	庭	唱	商	亡	花	隔
不	犹	知	国	琶	恨	江	后

答案：商女不知亡国恨，隔江犹唱后庭花

泊秦淮　唐·杜牧

烟笼寒水月笼沙，夜泊秦淮近酒家。
商女不知亡国恨，隔江犹唱后庭花。

2.请根据以下三个关键词，和一个提示字，说出诗词名句：

关键词：名曲　雄关　王之涣
提示字：春

春					

百人团版：

何	门	柳	度	羌	玉	怨	关
风	须	不	浅	春	笛	碧	杨

答案：羌笛何须怨杨柳，春风不度玉门关

凉州词二首（其一）唐·王之涣

黄河远上白云间，一片孤城万仞山。
羌笛何须怨杨柳，春风不度玉门关。

嘉宾点评

郦波：这两道题放在一起，都以"名曲"做关键词，有着很重要的寓意，可以体现出中国诗歌和音乐的重要关系。

"凉州词"本是陇右守将郭知运进献给唐玄宗的西域音乐。唐玄宗是大音乐家，他和词的关系特别密切。我们现在见到的绝大多数词牌都是唐代的曲牌。

曲牌中只有很小一部分来自太常乐，大部分都来自教坊曲。教坊曲就是因为大音乐家李隆基而更加普及，他也被称为"梨园之祖"。最开始从太常中分出别支教坊，后来又从教坊里分出别支梨园，所以现在的梨园一拜祖师，拜的就是唐玄宗李隆基。

"凉州词"就是因为李隆基特别喜欢而教给教坊，成为一时名曲。而杜牧诗"隔江犹唱后庭花"中的《后庭花》全名是《玉树后庭花》，和《春江花月夜》是同一个作者，都是南朝陈后主创作的。

陈后主虽然是个昏君、亡国之君，但也是位大音乐家。《春江花月夜》现在很有名，其实在唐宋的时候名气并不大，尤其是张若虚的《春江花月夜》，最早收在郭茂倩的《乐府诗集》中。郭茂倩不是单独收它，还收了其他五个人的七首《春江花月夜》，因为这首曲子太有名了，所以他是把这些当成曲子来收的，顺便收了张若虚的《春江花月夜》。这首诗到明清之后才大放异彩。

《尚书·尧典》中说"诗言志"，后面还有几句话很关键，"歌永言，声依永"。从《尚书·尧典》开始，中国的音乐就和诗歌紧密融合在一起了。所以儒家的追求是什么？"兴于诗，立于礼，成于乐。"从诗歌出发，最后要回到音乐。所以中国既是一个诗歌的国度，也是一个音乐的国度。

蒙曼：我们再来说说为什么商女"隔江犹唱后庭花"，为什么不唱《折杨柳》。其实，《玉树后庭花》属于清商乐，清商乐是从汉朝的相和歌辞发展来的，然后加上吴声、加上西曲，最后才形成，反映的是南方的声音。

南朝的声音，是婉约的声音。所以说"商女不知亡国恨，隔江犹唱后庭花"，杜牧听到的一定是这个样子的，然后引起他的感慨。

那么军中唱什么？"羌笛何须怨杨柳"，就是说军中唱《折杨柳》。为什么唱《折杨柳》？因为《折杨柳》属于军乐，那是汉朝张骞通西域之后，从西域传来的曲子，然后宫廷乐师李延年就把它整理成二十八首曲目。最初是天子的舞乐，后来到东汉的时候传播到边塞，成为军乐。所以军中唱的是《折杨柳》，在边地军中听到的必然是羌笛吹奏的《折杨柳》。

3.请根据以下三个关键词，和一个提示字，说出诗词名句：

关键词：李白　武汉　乐器
提示字：落

					落		

百人团版：

中	玉	月	笛	鹤	落	江	花
五	长	黄	梅	三	吹	城	楼

答案：黄鹤楼中吹玉笛，江城五月落梅花

与史郎中钦听黄鹤楼上吹笛 唐·李白

一为迁客去长沙，西望长安不见家。
黄鹤楼中吹玉笛，江城五月落梅花。

4.请根据以下三个关键词，和一个提示字，说出诗词名句：

关键词：乐器　边关　酒器
提示字：光

					光		

百人团版：

美	催	夜	饮	光	琵	萄	上
欲	琶	玉	马	葡	杯	吹	酒

答案：葡萄美酒夜光杯，欲饮琵琶马上催

凉州词二首（其一）唐·王翰

葡萄美酒夜光杯，欲饮琵琶马上催。
醉卧沙场君莫笑，古来征战几人回。

嘉宾点评

郦波：笛子、琵琶和唐诗的关系非常密切。笛子自然不用说了，李白写出《清平调》后，唐玄宗"亲调玉笛以倚曲"，就是立刻用玉笛给他伴乐吹了出来。唐代十部乐里面七八部都与笛子有关。

琵琶原来不是竖着弹的，而是胡人在马上横着弹的。向前为批，向后为把，原来叫批把，后来演绎成为琵琶。当琵琶火起来后，出现了很多琵琶大师，像雷海青、段善本、李管儿等。说到李管儿，我想起了白居易的《琵琶行》。他写《琵琶行》的时候，他的好朋友元稹已经写了一首《琵琶歌》，其中形容李管儿的琵琶技艺为"风雨萧条鬼神泣"，所以白居易在《琵琶行》里就写"大珠小珠落玉盘"。这两个人是至交，在诗词创作上也相互促进。

到了五代时期，最擅长弹琵琶的是大周后，她是一个音乐天才，用一把烧槽琵琶恢复了《霓裳羽衣曲》。

助力千人团·花鸟岛守塔人

大家好，我是浙江舟山嵊泗花鸟岛上的守塔人，我们在有着百年历史的花鸟灯塔上值守，在这里眺望着祖国的浩瀚海疆。在东海上，嵊泗列岛独特的地理位置，让我们每天都能迎接祖国的第一缕朝阳。特别是新年到来的时候，当太阳从海平面上浮现，我的心中更是有着无限感动。我想用一句诗词，来赞美新年的第一缕阳光，你们能帮帮我么？

马清扬：我想到的诗句是"飞来山上千寻塔，闻说鸡鸣见日升"。这句诗出自王安石的《登飞来峰》，是王安石在高塔上观看日出的辉煌情景时所作，表达了他渴望大展宏图并对前途充满信心的豪情。我觉得守塔人在新春伊始，看见这幅情景，一定会为我们祖国的大好河山感到无比骄傲和自豪。

王恒屹：我给出的诗句是："东方欲晓，莫道君行早。踏遍青山人未老，风景这边独好。"一轮红日从东方冉冉升起，请不要说你来得太早了。走遍青山绿水，我们这里的风景最好。所以我给出了这句词。

第三环节

个人追逐赛

一、身临其境

1.大家好。此时此刻我在浙江著名的天台山。这里流水潺潺，风景秀丽，在我的身后就是天台山著名的石梁飞瀑。那么现在问题来了，在下面三个选项中，究竟哪两句诗是用来形容石梁飞瀑的？

A. 天台四万八千丈，对此欲倒东南倾

B. 金阙前开二峰长，银河倒挂三石梁

C. 南国天台山水奇，石桥危险古来知

答案：C

嘉宾点评

郦波：其实天姥山有条古道能一直走到天台山。当年李白就要走这条古道，因为他的一个偶像在那里，这个偶像就是司马承祯。

说到司马承祯，大家都知道"终南捷径"这个成语，他要隐居在天台山的时候，唐玄宗挺舍不得他，朋友也都挽留他，这时卢藏用指着终南山说："此中大有佳处，何必在天台。"旁边就有终南山，你要隐居就隐居到终南山好了。这时候司马承祯沉吟了一下，看着卢藏用说，"乃仕途之捷径耳"，也就是说终南山不过是做官的捷径。所以卢藏用当时很不好意思，因为他原来隐居在终南山，这个时候已经是显官了。"终南捷径"由此而来。

天台山是一个文化圣地，这里曾经还有一位大师——智颉大师，世称智者大师、天台大师，他就隐居在天台山。天台山海拔虽然不

算高，但它在文化史上的高度是无与伦比的。这说明一个道理，神州因为先贤而伟大，山水因为诗词而有灵魂。

2. 我现在是在南京东郊的紫金山，又称钟山，是北宋政治家、文学家王安石晚年退居金陵时经常游览的地方。这里古木森森，环境清幽。那么问题来了，以下诗句都出自王安石之手，请问哪一项描写的是这里的风光？

A. 京口瓜洲一水间，钟山只隔数重山
B. 飞来山上千寻塔，闻说鸡鸣见日升
C. 茅檐相对坐终日，一鸟不鸣山更幽

答案：C

嘉宾点评

郦波：当时黄庭坚直接嘲讽王安石这首诗，叫点金成铁。我们知道王籍《入若耶溪》"蝉噪林逾静，鸟鸣山更幽"是千古名联。王安石来一句"一鸟不鸣山更幽"，黄庭坚嘲笑他也就算了，连曾巩的曾侄孙曾季狸也嘲笑王安石根本不理解王籍的诗，一直到清代的诗人也说王安石这一句是死句。

然而一般人评论王安石的这首诗都是就诗论诗，从文学的角度上讲，王籍的"蝉噪林逾静，鸟鸣山更幽"这种对比手法用得非常棒。可是王籍是什么人？王籍是一个真正的隐者，他到了山林之间，是要和大自然融为一体的。可是王安石写"一鸟不鸣山更幽",他要说的是什么?

　　我个人揣度,是他变法失败之后退居金陵,终于回到了这个清静之地,再不用听那些反对派的聒噪。他当年说"天变不足惧,人言不足恤,祖宗之法不足守"是为了开启一场变革与变法,可是在非议声中他的改革失败了。这样的大政治家,不能实现他的理想和抱负,只能退居钟山,在这儿写下"一鸟不鸣山更幽",如果从政治的角度去理解这句诗,可能更贴合王安石当年的心境。

蒙曼:这里面最重要的是"幽"和"寂"的区别。"鸟鸣山更幽"是有活的东西在这儿的,所以它是幽;如果"一鸟不鸣",什么都没有的话,这就不是幽了,它落入一种寂灭的境界,这个寂灭的境界可能是变法失败之后的心境。

　　王安石改诗成瘾,改诗改了很多,梅花的诗也改,蝴蝶的诗也改。这个人确实挺执拗的,看见什么都想改一改。变法也是,看见不合适的地方就想改一改,有的地方改对了,有的地方没改对。这句其实从文学的角度来讲没改对。

郦波:改诗这件事其实和今天人的观念不一样,今人有知识版权的概念,你不可随意地将别人的诗拿来用,然而古人不是这样的。从汉乐府的时候就有这样的传统,古人是只要前面有成句,用到现在这个场景可以升华一下,或者我作为前人的粉丝,特别喜欢偶像的某个句子,那就可以将这句化用。

　　古人在诗歌创作上的观念和我们今天不一样,我们不能简单地以今天的标准去评论他们。当然有的人改得是点铁成金,有的就会点金成铁。这里就要靠推敲,就彰显了个人诗学的功夫。

二、趣味知识

1.我是江上的一条船。我载过羁旅的苦闷,也载过少女的忧愁;我送走冰封的绝望,也带来温暖的慰藉;我欢欣于节日的锣鼓,也颠沛于渔人的疾苦;我停泊在离别的港湾,也停泊在相思的渡口。一位诗人找到我，他说："人生在世不称意，明朝散发弄扁舟。"他要去哪里呢？

A. 放逐的海岛

B. 隐逸的江湖

C. 藏宝的龙宫

答案：B

嘉宾点评

郦波：这两句诗出自《宣州谢朓楼饯别校书叔云》，是李白写给自己的族叔李云的一首送别诗。这首诗在送别诗中很另类，其他的送别诗，比如《送元二使安西》《别董大》等等，主要是安慰对方，给对方一种情感的寄托，或者未来的展望。可是李白在这首诗里上来就是"弃我去者，昨日之日不可留；乱我心者，今日之日多烦忧"，根本没说李云的事，而是直接灌注了一种悲愤却又豪迈的情感。

送别的地点也很关键，在宣州的谢朓楼。李白最喜欢谢家人，不论是谢朓、谢灵运，还是谢安，他都崇拜得不得了。谢安打赢了淝水之战，维系了东晋的平安；谢灵运开辟了游仙诗；而谢朓对于南北朝诗歌的发展至关重要。声律诗的四声八病，或是永明体这些重要的积淀，其中贡献最大的就是谢朓。梁武帝萧衍甚至说三日不读谢朓的诗，便觉口中无味。

2. 李清照《声声慢》"乍暖还寒时候，最难将息"，指的是什么时节？

A. 初春

B. 夏末秋初

C. 深秋

答案：C

嘉宾点评

蒙曼：乍暖还寒也可以是早春，因为早春也挺冷的。但李清照在这里有一个独特的创造，她把乍暖还寒解释成小阳春，其实小阳春就是十月。为什么十月又可以叫小阳春？因为秦代的时候，十月是岁首，岁首就是一阳复始的时候，所以十月也是阳春。但是跟我们说"阳春三月"的阳春又不一样，因为这时候气温很快会变冷，它并不真的带来春天，所以叫作小阳春。

郦波：宋人有一个喝酒的习惯，特别爱喝酒的人喝一种扶头卯酒。扶头卯酒就是在卯时差不多黎明前就开始喝，因为古人休息得很早，日落而息，所以一般起得也很早。据考证，李清照非常喜欢喝这种扶头卯酒。所以"三杯两盏淡酒，怎敌他、晚来风急"，更能体现出深秋时节这种"寻寻觅觅，冷冷清清，凄凄惨惨戚戚"的气氛，也更能体现出李清照的凄凉晚景。

为什么凄凉？因为李清照的丈夫、金石学家赵明诚在临终前把保护家藏文物的希望都寄托在李清照身上，而李清照用她瘦弱的肩膀和二十七年的流浪时光去保全这些文物。

可是二十七年江湖漂泊，却被人偷被人抢，还遭遇张汝舟的骗婚，李清照告发张汝舟后又被下到狱中，所以当时很多人都不理解她。李清照晚年避居浙江，邻居有个小女孩很聪明，李清照想把平生所学教给她，小女孩却说"才藻非女子事也"，而陆游居然认可这个小女孩的说法。

陆游是那么深情的爱国主义诗人，他都不理解李清照，可见李清照当年的心境。她晚年所写的这首《声声慢》，在这个词牌中无人可超越。李清照这个名字起得太好——朗朗清辉照古今。

3. 这是收藏在故宫博物院的唐代韩滉的《五牛图》，画家韩滉是中唐时期德宗朝的宰相，擅长画田园风物，尤其是牛、马等主题，倾注了画家对农村生活的热爱以及对农民疾苦的同情。图中所画的五头牛或昂首或低头、或正或侧，姿态各异，都极为逼真，笔法雄健而

富于变化，是绘画史上的名作。

请问，下列哪一联诗中的"黄牛"不是动物？

A. 三朝上黄牛，三暮行太迟
B. 牧童骑黄牛，歌声振林樾
C. 黄牛细犊车，游戏出孟津

答案：A

嘉宾点评

龙洋：这一联诗出自李白的《上三峡》，要和《下江陵》（即《早发白帝城》）一起读。

郦波：这首诗可以串联起李白与杜甫。《上三峡》和《下江陵》，为什么一定要放在一起，这对于理解李白很重要。你看他下江陵的时候，"千里江陵一日还"，多快。可是上三峡的时候多慢，"三朝又三暮，不觉鬓成丝"。

诗中的"黄牛"是黄牛峡。传说大禹治水的时候，在此遇到大山凿不开，洪水排不出去，后来有神牛帮他拱开了山。所以山壁上形成一个人牵着黄牛的姿态，山岩就叫黄牛岩，这个地方就叫黄牛峡。

上三峡确实很慢，李白此时就更觉得慢了，因为他正在流放夜郎的路上。可是下江陵为什么那么快？因为突然遇赦而返，然后他写道："朝辞白帝彩云间，千里江陵一日还。两岸猿声啼不住，轻舟已过万重山。"可是我们要问了，李白受永王牵连可是犯了反叛大罪，怎么突然就被赦免了呢？其实这个时候不是单独赦免李白，是因为唐肃宗乾元二年（759）天下大旱，饿殍千里，唐肃宗大赦天下。与此同时，因为天下大旱，杜甫只好西出秦州，就是甘肃天水。同样的大旱，李白却迎来了解放，也就"千里江陵一日还"了。

蒙曼：唐朝宰相善画是有传统的。初唐宰相阎立本画过《步辇图》，这也是传世名作，而韩滉也是宰相级别。

现在大家都说他善画牛、马，其实当时人们说韩滉最善画人物，他画风俗比画牛马好，只是我们现在看不见了。韩滉曾为江东西道节度使，管辖当时最富庶的地区。他这个人很好，一辈子省吃俭用，不修衙署，也不修自己家的房子。从他当官开始一直到他终老死去，一辈子只骑过五匹马，这五匹马最后都是老死于枥下。

他为什么有这样的一个作风？这应该是源于他们家的家风，他父亲是唐玄宗时期著名的宰相韩休。这里有一个非常著名的典故——吾貌虽瘦，天下必肥。有一次唐玄宗在饮酒作乐，韩休就说你要是这样下去，天下人会不服你的，国家会乱。于是唐玄宗就不敢玩了。后来宦官看玄宗瘦了，就说韩相公在这儿陛下越来越瘦，把他打发走吧。然后唐玄宗说了这句话："吾貌虽瘦，天下必肥。"

为什么我要讲这个事情？咱们今天能看到《五牛图》还多亏了敬爱的周总理。1950年的时候，这幅画出现在香港，香港的爱国人士拍电报回来告知了这个消息。那个时候国家百废待兴，周恩来总理在国家没有钱的情况下，给新华社的香港分社拍电报，说不惜代价也要抢救国宝。抢救回来的原图可以说是惨不忍睹，1977年经故

宫博物院孙承枝先生的精心修复，变成了现在我们看到的这个样子，成为镇馆之宝。周恩来总理有一个侧坐在躺椅上的形象，一般就给他写这句话——吾貌虽瘦，天下必肥。

4. 宋人诗句"教战诚无敌，充庭实可嘉"，描述了一种动物，推测是？
A. 大象
B. 绵羊
C. 骆驼

答案：A

嘉宾点评

郦波：宋以后还有标准的象兵制，但中原地区几乎见不到野生大象了。大家看河南为什么简称豫？有很多学者考证，豫的象形文字像是人牵着大象，这里曾经植被茂密，有很多的大象，故有此名。

中国人用象的历史很长，宋代已经有标准的建制叫驯象所。到了元明时期，兵制里都有专门的象兵。其实在先秦时期，像《左传》《吕氏春秋》中，都已经记载用大象作战。李白的诗句"长风破浪会有时"，其中用了宗悫的典故，宗悫"愿乘长风破万里浪"，这是他年轻的时候回答他叔叔的问话，史料中记载着他指挥的最有名的一场战役，就是用狮子模型破了象兵。其实古人破象兵最常见的就是放鞭炮，放鞭炮能让大象惊狂。

唐代的时候，大象一是可以用于作战；二是用在宫廷的礼仪中，尤其是朝廷的大典礼仪中一定要有大象出现。《旧唐书》中记载，唐中宗神龙元年（705），皇帝在洛阳城南门观斗象。还有《唐会要》里也记载，一些属国进贡的大象养在禁中，有善舞的就当作元会充庭的装饰。所以中国人的驯象史，包括驯些奇特的动物，比如犀牛等，还是很丰富的。

蒙曼：再讲两个事情，第一个叫教战，第二个叫充庭。教战就是操练娴熟用于战斗；充庭就是古代皇帝在大朝会的时候，会把自己的仪仗、卤簿等仪位都摆在庭院之中，展示一下帝王的威严。要是拿这两个条件去看这道题的几个选项就知道了，绵羊既不能打仗更不能充庭，不是充门面的东西。

骆驼是可以打仗的，在唐朝时骑骆驼是非常普遍的。它可以去教战，但是不能够充庭。充庭是因为什么？太平有象，这是一个祥瑞。在汉朝史书就记载，那时候大象就用作充庭，做仪仗之用。

充庭之象威仪最盛是在唐玄宗的时候。唐玄宗什么都玩，那时候有舞马、舞象、舞犀，后来这些驯象在安史之乱之后流落到安禄山手里，就不知所踪了。驯象后来也还有，但是已经不像唐朝那么花团锦簇了。

第四环节

飞花令

少年

🌸王恒屹：且与少年饮美酒，往来射猎西山头。——唐·高适《邯郸少年行》

❀周胤好：老夫聊发少年狂，左牵黄，右擎苍。——宋·苏轼《江城子·密州出猎》

❀王恒屹：少年听雨歌楼上，红烛昏罗帐。——宋·蒋捷《虞美人·听雨》

❀周胤好：恰同学少年，风华正茂；书生意气，挥斥方遒。——毛泽东《沁园春·长沙》

❀王恒屹：少年不识愁滋味，爱上层楼。——宋·辛弃疾《丑奴儿·书博山道中壁》

❀周胤好：少年安得长少年，海波尚变为桑田。——唐·李贺《啁少年》

❀王恒屹：少年易老学难成，一寸光阴不可轻。——宋·朱熹《劝学诗》

❀周胤好：新丰美酒斗十千，咸阳游侠多少年。——唐·王维《少年行四首》（其一）

❀王恒屹：秦地少年多酿酒，已将春色入关来。——唐·杜牧《及第后寄长安故人》

❀周胤好：少年辛苦终身事，莫向光阴惰寸功。——唐·杜荀鹤《题弟侄书堂》

❀王恒屹：欲买桂花同载酒，终不似、少年游。——宋·刘过《唐多令》（芦叶满汀洲）

❀周胤好：年少万兜鍪，坐断东南战未休。——宋·辛弃疾《南乡子·登京口北固亭有怀》

❀王恒屹：劝君莫惜金缕衣，劝君惜取少年时。——唐·杜秋娘《金缕衣》

❀周胤好：五陵年少争缠头，一曲红绡不知数。——唐·白居易《琵琶行》

❀王恒屹：花有重开日，人无再少年。——宋·陈著《续侄溥赏酴醿劝

酒二首》（其一）

🌸周胤好：少年侠气，交结五都雄。——宋·贺铸《六州歌头》（少年侠气）

🌸王恒屹：慈恩塔下题名处，十七人中最少年。——唐·白居易《句》（其一）
🌸周胤好：夜深忽梦少年事，梦啼妆泪红阑干。——唐·白居易《琵琶行》

🌸王恒屹：宣父犹能畏后生，丈夫未可轻年少。——唐·李白《上李邕》
🌸周胤好：少年十五二十时，步行夺得胡马骑。——唐·王维《老将行》

江 南

🌸百人团：江南可采莲，莲叶何田田。——汉乐府《江南》
🌸杨宗郁：正是江南好风景，落花时节又逢君。——唐·杜甫《江南逢李龟年》

🌸百人团：春风又绿江南岸，明月何时照我还。——宋·王安石《泊船瓜洲》
🌸杨宗郁：江南好，风景旧曾谙。——唐·白居易《忆江南三首》（其一）

🌸百人团：江南忆，最忆是杭州。——唐·白居易《忆江南三首》（其二）
🌸杨宗郁：日出江花红胜火，春来江水绿如蓝，能不忆江南。——唐·白居易《忆江南三首》（其一）

🌸百人团：江南无所有，聊赠一枝春。——晋·陆凯《赠范晔诗》
🌸杨宗郁：江南忆，其次忆吴宫。——唐·白居易《忆江南三首》（其三）

🌸百人团：青山隐隐水迢迢，秋尽江南草未凋。——唐·杜牧《寄扬州韩绰判官》

❀杨宗郁：若到江南赶上春，千万和春住。——宋·王观《卜算子·送鲍浩然之浙东》

❀百人团：人人尽说江南好，游人只合江南老。——唐·韦庄《菩萨蛮》（人人尽说江南好）

❀杨宗郁：江南几度梅花发，人在天涯鬓已斑。——宋·刘著《鹧鸪天》（雪照山城玉指寒）

❀百人团：西山白雪三城戍，南浦清江万里桥。——唐·杜甫《野望》

❀杨宗郁：落日楼头，断鸿声里，江南游子。——宋·辛弃疾《水龙吟·登建康赏心亭》

江 山

❀百人团：江山如画，一时多少豪杰。——宋·苏轼《念奴娇·赤壁怀古》

❀王恒屹：山无陵，江水为竭。冬雷震震，夏雨雪。天地合，乃敢与君绝。——汉乐府《上邪》

❀百人团：千古江山，英雄无觅，孙仲谋处。——宋·辛弃疾《永遇乐·京口北固亭怀古》

❀王恒屹：江碧鸟逾白，山青花欲燃。——唐·杜甫《绝句二首》（其二）

❀百人团：迟日江山丽，春风花草香。——唐·杜甫《绝句二首》（其一）

❀王恒屹：江山如此多娇，引无数英雄竞折腰。——毛泽东《沁园春·雪》

❀百人团：指点江山，激扬文字，粪土当年万户侯。——毛泽东《沁园春·长沙》

❀王恒屹：江山代有才人出，各领风骚数百年。——清·赵翼《论诗》

❀百人团：江山留胜迹，我辈复登临。——唐·孟浩然《与诸子登岘山》

❀ 王恒屹：江流天地外，山色有无中。——唐·王维《汉江临眺》

建 筑 ＋ 天 气

❀ 王恒屹：窗含西岭千秋雪，门泊东吴万里船。——唐·杜甫《绝句四首》（其三）

❀ 杨宗郁：溪云初起日沉阁，山雨欲来风满楼。——唐·许浑《咸阳城东楼》

❀ 王恒屹：昨夜星辰昨夜风，画楼西畔桂堂东。——唐·李商隐《无题》

❀ 杨宗郁：小楼一夜听春雨，深巷明朝卖杏花。——宋·陆游《临安春雨初霁》

❀ 王恒屹：小楼昨夜又东风，故国不堪回首月明中。——五代南唐·李煜《虞美人》（春花秋月何时了）

❀ 杨宗郁：楼船夜雪瓜洲渡，铁马秋风大散关。——宋·陆游《书愤》

❀ 王恒屹：昨夜西风凋碧树，独上高楼，望尽天涯路。——宋·晏殊《蝶恋花》（槛菊愁烟兰泣露）

❀ 杨宗郁：燕山雪花大如席，片片吹落轩辕台。——唐·李白《北风行》

❀ 王恒屹：东风不与周郎便，铜雀春深锁二乔。——唐·杜牧《赤壁》

❀ 杨宗郁：雾失南楼，云低东阁。——宋·陈德武《踏莎行》（雾失南楼）

❀ 王恒屹：南朝四百八十寺，多少楼台烟雨中。——唐·杜牧《江南春》

❀ 杨宗郁：老兔寒蟾泣天色，云楼半开壁斜白。——唐·李贺《梦天》

❀ 王恒屹：我欲乘风归去，又恐琼楼玉宇，高处不胜寒。——宋·苏轼《水调歌头》（明月几时有）

❀ 杨宗郁：黑云压城城欲摧，甲光向日金鳞开。——唐·李贺《雁门太守行》

🌸 王恒屹：城阙辅三秦，风烟望五津。——唐·王勃《送杜少府之任蜀州》

🌸 杨宗郁：伫倚危楼风细细。望极春愁，黯黯生天际。——宋·柳永《蝶恋花》（伫倚危楼风细细）

🌸 王恒屹：八月秋高风怒号，卷我屋上三重茅。——唐·杜甫《茅屋为秋风所破歌》

🌸 杨宗郁：鸡声茅店月，人迹板桥霜。——唐·温庭筠《商山早行》

🌸 王恒屹：舞榭歌台，风流总被、雨打风吹去。——宋·辛弃疾《永遇乐·京口北固亭怀古》

🌸 杨宗郁：漠漠轻寒上小楼，晓阴无赖似穷秋。——宋·秦观《浣溪沙》（漠漠轻寒上小楼）

🌸 王恒屹：寒蝉凄切，对长亭晚。骤雨初歇。——宋·柳永《雨霖铃》（寒蝉凄切）

🌸 杨宗郁：解释春风无限恨，沉香亭北倚阑干。——唐·李白《清平调》

🌸 王恒屹：长风万里送秋雁，对此可以酣高楼。——唐·李白《宣州谢朓楼饯别校书叔云》

🌸 杨宗郁：东风袅袅泛崇光，香雾空蒙月转廊。——宋·苏轼《海棠》

🌸 王恒屹：轮台东门送君去，去时雪满天山路。——唐·岑参《白雪歌送武判官归京》

🌸 杨宗郁：洞房昨夜春风起，故人尚隔湘江水。——唐·岑参《春梦》

🌸 王恒屹：少年听雨歌楼上，红烛昏罗帐。——宋·蒋捷《虞美人·听雨》

🌸 杨宗郁：卷地风来忽吹散，望湖楼下水如天。——宋·苏轼《六月二十七日望湖楼醉书五首》（其一）

🌸 王恒屹：梅雪争春未肯降，骚人阁笔费评章。——宋·卢钺《雪梅二首》（其一）

颜色 + 云

🌺 杨宗郁：黄河远上白云间，一片孤城万仞山。——唐·王之涣《凉州词》

🌺 王恒屹：云横九派浮黄鹤，浪下三吴起白烟。——毛泽东《七律·登庐山》

🌺 杨宗郁：白云一片去悠悠，青枫浦上不胜愁。——唐·张若虚《春江花月夜》

🌺 王恒屹：青海长云暗雪山，孤城遥望玉门关。——唐·王昌龄《从军行七首》（其四）

🌺 杨宗郁：远上寒山石径斜，白云生处有人家。——唐·杜牧《山行》

🌺 王恒屹：但去莫复问，白云无尽时。——唐·王维《送别》

🌺 杨宗郁：白云回望合，青霭入看无。——唐·王维《终南山》

🌺 王恒屹：俄顷风定云墨色，秋天漠漠向昏黑。——唐·杜甫《茅屋为秋风所破歌》

🌺 杨宗郁：野径云俱黑，江船火独明。——唐·杜甫《春夜喜雨》

🌺 王恒屹：朝辞白帝彩云间，千里江陵一日还。——唐·李白《早发白帝城》

🌺 杨宗郁：黑云压城城欲摧，甲光向日金鳞开。——唐·李贺《雁门太守行》

🌺 王恒屹：黑云翻墨未遮山，白雨跳珠乱入船。——宋·苏轼《六月二十七日望湖楼醉书五首》（其一）

🌺 杨宗郁：好风凭借力，送我上青云。——清·曹雪芹《临江仙·柳絮》

🌺 王恒屹：白发悲花落，青云羡鸟飞。——唐·岑参《寄左省杜拾遗》

🌺 杨宗郁：云青青兮欲雨，水澹澹兮生烟。——唐·李白《梦游天姥吟留别》

🌺 王恒屹：黄云万里动风色，白波九道流雪山。——唐·李白《庐山谣寄卢侍御虚舟》

🌺 杨宗郁：十里黄云白日曛，北风吹雁雪纷纷。——唐·高适《别董大》

🌺 王恒屹：又疑瑶台镜，飞在白云端。——唐·李白《古朗月行》

🌺 杨宗郁：当窗理云鬓，对镜帖花黄。——北朝乐府《木兰诗》

🌺 王恒屹：云鬓花颜金步摇，芙蓉帐暖度春宵。——唐·白居易《长恨歌》

🌺 杨宗郁：小山重叠金明灭，鬓云欲度香腮雪。——唐·温庭筠《菩萨蛮》（小山重叠金明灭）

🌺 王恒屹：云横秦岭家何在，雪拥蓝关马不前。——唐·韩愈《左迁至蓝关示侄孙湘》

🌺 杨宗郁：老兔寒蟾泣天色，云楼半开壁斜白。——唐·李贺《梦天》

🌺 王恒屹：浮云蔽白日，游子不顾返。——《古诗十九首·行行重行行》

🌺 杨宗郁：天上浮云似白衣，斯须改变如苍狗。——唐·杜甫《可叹》

第五环节

擂主争霸赛

一、请根据康老师的画作内容猜出一联诗句。

1. 提示字 : 中

慈母手中线游子身上衣　辛丑康素

衣

答案 : 慈母手中线，游子身上衣

2. 提示字 : 故

故人具鸡黍邀我至田家　辛丑康素

食

答案 : 故人具鸡黍，邀我至田家

3. 提示字：雪

答案：柴门闻犬吠，风雪夜归人

4. 提示字：看

答案：行到水穷处，坐看云起时

游子吟 唐·孟郊

慈母手中线，游子身上衣。
临行密密缝，意恐迟迟归。
谁言寸草心，报得三春晖。

过故人庄 唐·孟浩然

故人具鸡黍，邀我至田家。
绿树村边合，青山郭外斜。
开轩面场圃，把酒话桑麻。
待到重阳日，还来就菊花。

逢雪宿芙蓉山主人 唐·刘长卿

日暮苍山远，天寒白屋贫。
柴门闻犬吠，风雪夜归人。

终南别业 唐·王维

中岁颇好道，晚家南山陲。
兴来每独往，胜事空自知。
行到水穷处，坐看云起时。
偶然值林叟，谈笑无还期。

二、杜甫诗云："何时一尊酒，重与细论文？"杜甫想跟哪一位朋友"细论文"？

A. 高适

B. 王维

C. 李白

答案：C

春日忆李白 杜甫

白也诗无敌，飘然思不群。
清新庾开府，俊逸鲍参军。
渭北春天树，江东日暮云。
何时一尊酒，重与细论文？

三、庾信诗云："啼枯湘水竹，哭坏杞梁城。"其中，"哭坏杞梁城"
用了哪位人物的典故？

A. 湘妃

B. 孟姜女

C. 梁山伯

答案：B

拟咏怀二十七首（其十一）南北朝·庾信

摇落秋为气，凄凉多怨情。
啼枯湘水竹，哭坏杞梁城。
天亡遭愤战，日蹙值愁兵。
直虹朝映垒，长星夜落营。
楚歌饶恨曲，南风多死声。
眼前一杯酒，谁论身后名。

四、杨万里诗云："赣江压糖白于玉，好伴梅花聊当肉。"请问他吃
的是什么？

A. 香煎梅花肉

B. 梅花蘸白糖

C. 糖醋清江鱼

答案：B

夜坐，以白糖嚼梅花 宋·杨万里

剪雪作梅只堪嗅，点蜜如霜新可口。
一花自可咽一杯，嚼尽梅花几杯酒。
先生清贫似饥蚊，馋涎流到瘦胫根。
赣江压糖白于玉，好伴梅花聊当肉。

五、下列诗句中的"江"，哪一项不是指长江？
A. 星垂平野阔，月涌大江流
B. 大江流日夜，客心悲未央
C. 江作青罗带，山如碧玉簪

答案：C

送桂州严大夫 唐·韩愈

苍苍森八桂，兹地在湘南。
江作青罗带，山如碧玉簪。
户多输翠羽，家自种黄甘。
远胜登仙去，飞鸾不假骖。

六、成语"炙手可热"出自杜甫《丽人行》："炙手可热势绝伦，慎
莫近前丞相嗔。"这位丞相是指？
A. 杨国忠
B. 李林甫
C. 张九龄

答案：A

丽人行 　唐·杜甫

三月三日天气新，长安水边多丽人。
态浓意远淑且真，肌理细腻骨肉匀。
绣罗衣裳照暮春，蹙金孔雀银麒麟。
头上何所有，翠微匎叶垂鬓唇。
背后何所见？珠压腰衱稳称身。
就中云幕椒房亲，赐名大国虢与秦。
紫驼之峰出翠釜，水晶之盘行素鳞。
犀箸厌饫久未下，鸾刀缕切空纷纶。
黄门飞鞚不动尘，御厨络绎送八珍。
箫管哀吟感鬼神，宾从杂遝实要津。
后来鞍马何逡巡，当轩下马入锦茵。
杨花雪落覆白蘋，青鸟飞去衔红巾。
炙手可热势绝伦，慎莫近前丞相嗔。

第九期

不要人夸颜色好，
只留清气满乾坤。

　　王冕虽然是一介布衣，但是骨气端翔，傲然不群。这正是中国古代士人的精神传统：富贵不能淫，贫贱不能移，威武不能屈。

　　就算是风刀霜剑，依然无所畏惧，"一蓑烟雨任平生"；就算是千山万壑，依旧勇往直前，"柳暗花明又一村"；纵然是大江大河，依然劈波斩浪，"直挂云帆济沧海"。独立的人格、自主的创造，这就是中国力量、中国精神！

　　今天《中国诗词大会》第六季迎来了第九期，让我们在《墨梅》清香的陪伴下，去感受中华诗词的魅力，去展示中华儿女的创造力！

第一环节

大浪淘沙

1.以下两个选项中，读音正确的是？

A.翻手作云覆手雨，纷纷轻薄何须数（shù）。

B.翻手作云覆手雨，纷纷轻薄何须数（shǔ）。

答案：B

贫交行 唐·杜甫

翻手作云覆手雨，纷纷轻薄何须数。

君不见管鲍贫时交，此道今人弃如土。

嘉宾点评

蒙曼："数（shǔ）"是动词，数一数；而数（shù）是名词，有几个数。其实这是一个最简单的区别。这个字还能读"shuò"，"数（shuò）见不鲜"就是"屡见不鲜"的意思。

龙洋：通过这联诗句可以看出，杜甫真是一个成语制造者。除了"翻手为云，覆手为雨"，他还创造了很多成语。

蒙曼：比如经常提到的"春树暮云""别开生面"。

龙洋：还有"润物无声""英姿飒爽"，等等，就像莎士比亚的作品深刻地影响了英语，古代诗人、词人们也在影响着今天的汉语，创造了很多成语和格言，很多语言习惯还在延续着。

2.以下两个选项中，正确的是？

A.此生谁料，心在天山，身老沧洲。

B.此生谁料，身在天山，心老沧洲。

答案：A

诉衷情 宋·陆游

当年万里觅封侯，匹马戍梁州。关河梦断何处，尘暗旧貂裘。 胡未灭，鬓先秋，泪空流。此生谁料，心在天山，身老沧洲。

嘉宾点评

康震：陆游的《诉衷情》是他在家乡绍兴所作。他想到当年"匹马戍凉州"——在前线面对敌阵时的情景。"心在天山"，这里的"天山"并不真的是指现在的新疆天山，而是指当初他所在的汉中地区，那时候是南宋的前沿阵地。

"沧洲"也不是指河北"武术之乡"沧州，而是指靠水边的地方，一般用来指隐逸之地，这里的沧洲指绍兴。这句诗意思是他心在前线，身却老在绍兴了。

蒙曼："沧洲"就是沧海，就是隐逸，他回到家也就是隐居起来没事干了。这相当于李白《江上吟》里"诗成笑傲凌沧洲"的那个沧洲，就等于沧海。

3. 李白诗句"遥看汉水鸭头绿，恰似蒲萄初酦醅"中的"鸭头绿"形容的是以下哪一项？

A.绿头鸭

B.绿色的水波

答案：B

襄阳歌（节选）唐·李白

鸬鹚杓，鹦鹉杯。

百年三万六千日，一日须倾三百杯。

遥看汉水鸭头绿，恰似葡萄初酦醅。

此江若变作春酒，垒曲便筑糟丘台。

嘉宾点评

蒙曼："遥看汉水鸭头绿"，这话是一个酒鬼说的，酒鬼心中什么都是酒。"鸭头绿"指的是像绿头鸭头上的绿毛那样的颜色，在诗中形容汉水绿色的水波，我们看着多漂亮。

但李白看到的是"恰似葡萄初酦醅"——葡萄酒刚刚酿成还没有过滤的时候，也是这种鸭头绿色。他能够一眼把汉江看成一个大酒池。之前的诗句是"百年三万六千日，一日须倾三百杯"——"一日须倾三百杯"之后，他看见汉水都变成酒缸了，绿色的波涛都变成酒的颜色了。这就是酒鬼心中的江湖。

用"鸭头绿"形容绿水是古诗词中常见的写法，比如温庭筠《罩鱼歌》写道："悠溶杳若去无穷，五色澄潭鸭头绿。"实际上"鸭头绿"也罢，"鹅黄"也罢，我们在诗词中看到一些跟动物有关还带着颜色的描写，通常指的是颜色，而不是动物。

比方说王安石《南浦》里写的"含风鸭绿粼粼起，弄日鹅黄袅袅垂"，这是说水波是绿色的，柳条是黄色的。"鸭绿""鹅黄"，中国古代讲颜色都讲得特别漂亮，不是跟植物有关，就是跟动物有关。

4.李贺《致酒行》："主父西游困不归，家人折断门前柳。"折断的柳树应该是什么样子？

A. 树干折断了　　　　　　　　　B. 柳枝折没了

答案：B

致酒行　唐·李贺

零落栖迟一杯酒，主人奉觞客长寿。
主父西游困不归，家人折断门前柳。
吾闻马周昔作新丰客，天荒地老无人识。
空将笺上两行书，直犯龙颜请恩泽。
我有迷魂招不得，雄鸡一声天下白。
少年心事当拏云，谁念幽寒坐呜呃。

嘉宾点评

蒙曼："折断门前柳"是什么意思？清代文学家王琦给李贺诗作注，就理解为家里人天天爬树望远，期待家人回归，一下把树干压断了。"断"到底是什么意思？"天高云淡，望断南飞雁。""断"就是尽。"折断门前柳"也就是"折尽门前柳"。不能折柳树的树干，只能折柳条。今天折一枝寄给远方的人，明天再折一枝，结果柳条折尽了，所以叫作"折断门前柳"。

康震：在唐代，任何一个地方只要是送别，无论灞桥折柳还是青门折柳，都是可以的。一般来讲，"灞桥折柳"比较有代表性和仪式感。

灞桥的柳树也比较多，是为了方便送行的人折它，所以就种了很多。"灞柳风光"也是长安八景之一，因此古人把"灞柳"变成了一个典型的意象。

第二环节

两两对抗赛

一、挑战多宫格

1. 请从以下十二个字中识别一句诗词。

答案：春风十里扬州路

赠别二首（其一） 唐·杜牧

娉娉袅袅十三余，豆蔻梢头二月初。
春风十里扬州路，卷上珠帘总不如。

2. 请从以下十二个字中识别一句诗词。

暖	不	总
管	扬	屠
送	如	春
领	风	州

答案：管领春风总不如

寄蜀中薛涛校书 唐·王建

万里桥边女校书，枇杷花里闭门居。
扫眉才子知多少，管领春风总不如。

嘉宾点评

蒙曼：这两首诗都是夸女子的。第一个是夸美女，说她"娉娉袅袅十三余"，在"春风十里扬州路"上有那么多女子，但是"卷上珠帘总不如"。第二个是夸才女，"扫眉才子知多少，管领春风总不如"。这是谁？这是"女校书"薛涛。

唐朝流行一个说法叫"扬一益二"，这两个地方是南方的风流富庶之地。而诗里的这两个"春风"，一个荡漾在扬州，一个吹拂在益州。

"春风十里扬州路"是扬州的春风，而扬州出美女。"管领春风总不如"的薛涛，在蜀地浣花溪做红笺，人称"薛涛笺"，是益州的春风。所以在春风吹拂之下，产生了多少意象？

最开始"春风十里"是女性的意象，后来到姜夔的"春风十里，尽荠麦青青"的时候，指的是扬州作为一个城市的繁华。后来人们又对词意进行了扩展，冯唐的诗里说"春风十里，不如你"，这个"春

113

风"的意象就更大了，其实就是一切繁华美好都可以叫春风了。

龙洋：中国人对春风有别样的感情。"春风送暖入屠苏"，春风可以暖酒；"二月春风似剪刀"，春风可以剪叶；"吹面不寒杨柳风"，春风拂面，沁人心脾。

康震：这两首诗里的女性各不相同，关键是作者也不一样。杜牧说"十年一觉扬州梦，赢得青楼薄幸名"，这当然是他失意时拿来自我解嘲的话，他怎么可能"十年一觉扬州梦"，只赢得一个青楼薄幸名呢？但此时此刻他面对美女，也不由得感慨"春风十里扬州路，卷上珠帘总不如"。

这里不是卷起竹帘或者什么别的窗帘，一个"珠帘"就说明很有钱，扬州确实是富庶繁华之地。这里说"娉娉袅袅十三余"，写的是小姑娘。薛涛肯定比她大一些，应该说是个文学女青年，"枇杷花里闭门居"，一般人不见。

但其实她见的人够多了，元稹、白居易、牛僧孺、令狐楚、裴度、杜牧……朋友圈很广。她还制作"薛涛笺""花笺"，蜀中因为有这样一个女子而增添了很多光彩。特别是"万里桥边女校书"，万里桥就是杜甫诗里的"门泊东吴万里船"的地方。

如果把这些诗串起来读，就会发现不只在这个朋友圈，而且在那个地方发生了很多事。三国时诸葛亮在万里桥设宴，送费祎出使东吴，后来杜甫写到"门泊东吴万里船"；再后来王建又写到"万里桥边女校书"，形成了益州一代一代传下来的文化圈，这就是一层一层的文化生成。

龙洋：这种传递的累积是有厚度的，我们在解构它的时候，又能感受到它的温度、广度和深度。

3. 请从以下十二个字中识别一句诗词。

笼	愁	见	人
尽	烟	长	花
安	不	使	看

答案：长安不见使人愁

登金陵凤凰台 唐·李白

凤凰台上凤凰游，凤去台空江自流。
吴宫花草埋幽径，晋代衣冠成古丘。
三山半落青天外，二水中分白鹭洲。
总为浮云能蔽日，长安不见使人愁。

4. 请从以下十二个字中识别一句诗词。

尽	烟	长	花
安	不	使	看
一	波	日	江

答案：一日看尽长安花

登科后 唐·孟郊

昔日龌龊不足夸，今朝放荡思无涯。
春风得意马蹄疾，一日看尽长安花。

嘉宾点评

蒙曼：正因为长安繁花似锦，所以不见长安才让人那么忧愁。长安是当时唐朝的政治中心，自然也是文化中心。诗人到那里去求取功名，"春风得意马蹄疾，一日看尽长安花"。科举是在长安考，人们做官还要到长安做，这是唐朝前中期所有人的梦想，那就是一定要在长安成就一番功业。

李白也是。他到长安之后什么感觉？"仰天大笑出门去，我辈岂是蓬蒿人。"那是因为他入长安了。后来他在长安不得意，离开长安后觉得"长安不见使人愁"，是说别人遮蔽了皇帝的眼，也遮蔽了他的报国之志。

"长安不见使人愁"这句诗出自《登金陵凤凰台》。很多人都说李白这是一首仿写之作，仿的是崔颢的《黄鹤楼》："昔人已乘黄鹤去，此地空余黄鹤楼。黄鹤一去不复返，白云千载空悠悠……"三次提到"黄鹤"，虽然不合格律，但是神行天下。

李白也觉得好得不得了："眼前有景道不得，崔颢题诗在上头。"所以他不在黄鹤楼写，到凤凰台去写"凤凰台上凤凰游"，一句之中就有两个凤凰。他还到鹦鹉洲去写："鹦鹉来过吴江水，江上洲传鹦鹉名。鹦鹉西飞陇山去，芳洲之树何青青。"诗中有三个"鹦鹉"。

但这里有一个很有趣的公案，那就是"昔人已乘黄鹤去，此地空余黄鹤楼"很可能不是崔颢的原作。因为《河岳英灵集》《国秀集》等等这些唐朝的选本，在提到崔颢这首诗的时候，写的都是"昔人已乘白云去"，也就是诗中只有两个"黄鹤"。

一直到明朝《唐诗解》中，这句诗才写成"昔人已乘黄鹤去"。如果是这样的话，那李白仿写的说法就很有趣了，因为李白毕竟比

《河岳英灵集》的编者更早接触到崔颢这首诗。如果说原作是"昔人已乘白云去",那么李白这些诗的传奇性就没那么强了。

李白为什么要反复使用凤凰、鹦鹉这些意象?一般认为是向"黄鹤"这种体例致敬。如果当时诗人看到的就是"昔人已乘白云去,此地空余黄鹤楼",那么这个致敬的意义就小了很多。

所以我认为在一首诗的传播过程中,诗人第一时间写的是什么也许不那么重要,最后传出来的是经过人民群众又改写过的。比如"昔人已乘白云去"后来改写成了"昔人已乘黄鹤去",然后又由这个改写出了"鹦鹉洲",改写出了"凤凰台",改写出了我们选择留下来的那个诗篇。

就好比"床前明月光"一样,现在我们感觉它的意境比"窗前明月光"要更加悠远宏大一些。"长安"意象也是一样,当时人们写长安的时候可能没有想过那么多,但是最后所有的长安意象在我们心中构成了一个不可比拟的、如同想象的画面。

康震:关于李白仿写崔颢的诗,我认为这其实是李白向崔颢致敬。这实际上是古代的一种文学现象,关于文学意象的传承。

不是说你写完了中秋明月,我就不能再这样写。比如"明月几时有,把酒问青天",人们都认为这应该是苏轼仿写的,借鉴了李白的"青天有月几时有,我今停杯一问之"。这是一种创作的"源"和"流"的关系。

但是《黄鹤楼》这首诗,确实在敦煌诗卷中、在《国秀集》中、在《河岳英灵集》中,以及当时的盛唐诗选里,都写作"昔人已乘白云去,此地空余黄鹤楼。黄鹤一去不复返,白云千载空悠悠"——出现了两次白云和两次黄鹤。

我认为,李白的诗写得好,崔颢的诗写得也很好,但是因为两首诗的结构比较相近,所以被认为是借鉴。就好像李白写了"山随平野近,江入大荒流",杜甫又写了"星垂平野阔,月涌大江流",当然目前没有人说杜甫是借鉴李白的,但这两首诗在结构上实在是太相近了。

唐代两个最伟大的诗人都没有中过进士，李白根本没参加过，杜甫考来考去就是考不中，这也反映了唐代社会的多样性。这就是唐诗为人所喜欢的一个原因——它呈现的生命样态非常丰富，而且异乎寻常地鲜明。

蒙曼：无论如何，当时的诗人内心一定是剑指长安。文化中心的意义就在于此，所有人都为它而喜，为它而愁，为它而痴，为它而狂。

二、联想对对碰

1.请根据以下三个关键词，和一个提示字，说出诗词名句：

关键词：辛弃疾　瘦美人　胖美人
提示字：土

							土

百人团版：

君	飞	纤	空	玉	见	皆	看
王	尘	不	月	土	燕	环	带

答案：君不见、玉环飞燕皆尘土

摸鱼儿　宋·辛弃疾

　　更能消、几番风雨，匆匆春又归去。惜春长怕花开早，何况落红无数。春且住，见说道、天涯芳草无归路。怨春不语，算只有殷勤，画檐蛛网，尽日惹飞絮。　　长门事，准拟佳期又误。蛾眉曾有人妒。千金纵买相如赋，脉脉此情谁诉？君莫舞，

君不见、玉环飞燕皆尘土。闲愁最苦，休去倚危栏，斜阳正在，烟柳断肠处。

2. 请根据以下三个关键词，和一个提示字，说出诗词名句：

关键词：胖美人　李白　沉香亭
提示字：裳

				裳			

百人团版：

云	风	露	容	想	拂	华	涌
浓	花	裳	春	槛	去	想	衣

答案：云想衣裳花想容，春风拂槛露华浓

清平调三首（其一）唐·李白

云想衣裳花想容，春风拂槛露华浓。
若非群玉山头见，会向瑶台月下逢。

嘉宾点评

龙洋：苏轼说，"短长肥瘦各有态，玉环飞燕谁敢憎"。不要小看了这胖美人、瘦美人，平常想不到这一点。

蒙曼：这代表了两种不同的审美。中国古代审美一直在随着时代的变化而变化，什么时候喜欢瘦，什么时候喜欢胖，而且瘦要瘦成什么样子，胖要胖成什么样子，这都是有学问的。

汉代的汉成帝钟爱瘦美女，喜欢"环肥燕瘦"中的"燕瘦"。瘦到什么程度？形容赵飞燕可"掌中舞"。她跟汉成帝两个人在船上游玩，还有大臣在那儿吹笙，一阵风吹来，因为美人太瘦了，似乎要被吹倒。这时候大臣赶紧一把抓住她的鞋，人们看到的角度不同，以为她在掌中跳舞，所以出现了"掌中舞"的说法。以掌中舞著名的瘦美人瘦到这个程度了，所以皇帝给她盖亭子，还把周围都围上栏杆，防止被吹走。

到了唐朝，杨贵妃是个丰满的美女，所以唐玄宗开玩笑说"尔则任吹多少"，任尔东西南北风，怎么也吹不走。可以说瘦有瘦的美，胖有胖的美。

"沉香亭北倚阑干"其实考的是"沉香亭"到底在哪里。沉香亭在当时也是一个标志着大唐风华的信物了，因为它是用沉香木做的。沉香木不是中国原产，是从异域运来的，非常珍贵。它和美女、皇帝、鲜花、诗人配在一起，这就形成了人的繁华和物的繁华集于一时的画面。

"解释春风无限恨，沉香亭北倚阑干。"想想那时候，中国最美好的事物聚集在一起——最风流的皇帝、最著名的美女、最天才的诗人、最繁华的物质，还有李龟年这样第一流的歌手……整个《清平调》这三章集齐了中国人对美的最完整的想象，所以说李白诗"高华"就高华在这里。

康震：其实，无论是赵飞燕还是杨玉环，中国古代这些女性也是挺惨的，总是被文人拿来说事。

在辛弃疾的笔下，"君不见、玉环飞燕皆尘土"。我有时读到这样的词句会愤愤不平，为什么单说玉环飞燕变成尘土了呢？他是用美女来比喻当时的权贵，说他们都如尘土，可为什么不直接说"明皇成帝皆尘土"呢？

杨贵妃和赵飞燕都是受害者，尤其杨贵妃，从当时历史来看，实际上成也是唐玄宗，不成也是唐玄宗。真正左右她们命运的是这些皇帝。但是在文人的笔下，她们反而一个个像是反面人物。

我觉得那些命运不能自主的人，往往在话语里容易被妖魔化。这两首诗放在一起恰恰是个很鲜明的对照，曾几何时，杨贵妃即便在李白这样骄傲的人的眼中，也是一个辉煌的、光明的形象。

但转瞬之间，到了辛弃疾那里却成了所谓的红颜祸水，甚至是"皆尘土"。这里面就能看出古代社会中价值观的变化，弱者往往是在书写中逐渐被渺小化了的。

蒙曼：其实我觉得这里面也不分什么皇帝、妃子，最后倒下去的可能是那些在时代之中赫赫扬扬的人，最后站起来的却是诗人。还是李白的那句最对，"屈平词赋悬日月，楚王台榭空山丘"。楚王也罢，美女也罢，最后就是一丘尘土。但是像李白、辛弃疾这样的诗人、词人，他们的名字能永传后世。这就是文化的力量。

康震：辛弃疾写这首词的时候，已经回归南宋十六七年了，但是他自己心里的正经事一件都没完成。他的心愿是带兵去收复中原，可是朝廷不信任他，不可能让他带兵。因为他是从北方回来的人，所以可以剿内贼，不可以去跟金国人作战。他心里很憋屈。

所以他才说："蛾眉曾有人妒。千金纵买相如赋，脉脉此情谁诉？"他在给皇帝上的札子里说得很清楚，"生平刚拙自信"——我是个很自信的人，但又拙于与人交往。"年来不为众人所容"——这么多年来大家都不容我。"恐言未脱口而祸不旋踵"——我常常话还没说出口，就把人得罪了一大堆。

这个难道是他自身的原因吗？不是，是因为他的主张跟这些人不一样。这些人都打算苟且偷安，他打算仗剑前行。所以"蛾眉曾有人妒"，他就把自己比作当年的那些美女。

辛弃疾这首词，婉约中有豪壮，两种风格交织在一起。婉约主要在上阕，写春光写得很妙，不想让春光离开。下阕"闲愁最苦，休去倚危栏，斜阳正在，烟柳断肠处"，这里包含了一些悲壮之气。

龙洋：这首作品里，我能感受到诗人将众芳芜秽、美人迟暮、英雄无用武之地这三种憾事都写尽了。

3.请根据以下三个关键词，和一个提示字，说出诗词名句：

关键词：桥　乐器　扬州
提示字：箫

							箫

百人团版：

桥	处	夜	明	二	玉	教	四
迹	人	十	吹	何	花	月	箫

答案：二十四桥明月夜，玉人何处教吹箫

寄扬州韩绰判官　唐·杜牧

青山隐隐水迢迢，秋尽江南草未凋。
二十四桥明月夜，玉人何处教吹箫。

4.请根据以下三个关键词，和一个提示字，说出诗词名句：

关键词：扬州　除法　月色
提示字：天

天					

百人团版：

州	二	明	分	天	扬	赖	三
无	是	下	夜	汴	分	月	十

答案：天下三分明月夜，二分无赖是扬州

忆扬州 唐·徐凝

萧娘脸薄难胜泪，桃叶眉尖易觉愁。
天下三分明月夜，二分无赖是扬州。

嘉宾点评

康震：这两首诗都是写扬州的。杜牧看来是真的爱扬州，这首诗里的扬州跟"春风十里扬州路"表现出来的扬州不一样，那次的扬州是一个姑娘，这次的扬州是月中箫声。前一个扬州不免有些艳丽，后一个扬州则富有风韵，显现出非常清凉的意境。

"二十四桥明月夜，玉人何处教吹箫。"当时杜牧已经卸任淮南节度使掌书记，准备回长安任职，应该说他内心比较高兴。唐朝人，特别是中晚唐的人，不喜欢在外面做官，喜欢在京城做官，所以这是件好事。

韩绰是杜牧的好朋友，他去世之后杜牧专门有一首诗《哭韩绰》。这里的"玉人"可以理解为韩绰，也可以理解为"韩绰们"，还可以理解为扬州，怎么想它都可以。一个诗人有没有才气，就在这些诗上体现出来了。

平铺直叙的叙事诗谁都能写，但空灵的诗一般人写不了。这首诗最后两句，"二十四桥明月夜，玉人何处教吹箫"，显示出了杜牧的才情。短诗最难写结尾。扬州到底是什么样子？把它形容成豆蔻年华，我们也都能想象得到。但形容成明月夜里从二十四桥传来的箫声，一般人想不到。

徐凝这首诗也有个疑问。通常认为"二分无赖是扬州"里的"无赖"指的是可爱，但其实不然。无赖的原意不是可爱，它就是无赖，是一种埋怨。因为徐凝要离开扬州，而他在扬州有个有情人，分别的时候很难过。

"执手相看泪眼，竟无语凝噎"，他当时的心理状态应该是跟柳永一模一样的，所以他才说"萧娘脸薄难胜泪，桃叶眉尖易觉愁"，这都指的是女性。两个人分别本来就是很发愁的事，柳永的词完全映照了这首诗："此去经年，应是良辰好景虚设。便纵有千种风情，更与何人说？"

一抬头，看见这可恶的月亮还在那儿照着，当时"我"跟她分别的时候"你"就在那儿照着，现在还这么照着，还这么大、这么亮，显得无动于衷。所以"我"非常地愤怒：天下三分明月夜，怎么两分都跑到扬州来了？就好像非得跟我作对似的。

但是后人解读这首诗，把意思反转了，变成了"最喜小儿无赖，溪头卧剥莲蓬"的"无赖"，把它解释为可爱，但是人家徐凝自己当时的心情是很糟糕的。

蒙曼：“无赖”这两句，其实就是嗔怪之意，也不能说是糟糕，也不能说是可爱。虽然说男性诗人“嗔怪”不太好，但意思就是嗔怪之情。这里面有没有爱？肯定有。有没有无可奈何之意？也是有的。

对于唐朝后期的诗人来说，扬州就是这样的。扬州谁不爱？“腰缠十万贯，骑鹤上扬州”，扬州是烟柳繁华地，这繁华就是大运河带来的。

到唐朝“尽道隋亡为此河，至今千里赖通波”的时候，杜牧在淮南，淮南的财富源源不断地供应中央。当时有好多藩镇已经从中央割裂出去了，在这种状态下，朝廷还能够维持天下的运营，其中淮南的漕运是非常重要的。这是扬州的一次高光时刻，天下文士有一半都在扬州。

另外一个高光时刻是清朝。清朝的漕运中心还是在扬州，两淮盐运中心也是在扬州。当时扬州厉害到什么程度？康熙时，国库每年的收入是两千万两白银，而扬州盐商的盈利是每年一千万两白银。康熙皇帝、乾隆皇帝都感慨过，说自己真是比不上扬州的富家翁。

　　曹雪芹写江南甄家，说他们接驾五次。那其实就是曹家本体，他们也是一共接驾五次。大家都知道曹家任江宁织造，是为皇室供应织品的皇商，可是江宁织造后来亏空了，朝廷也觉得对不起人家：皇帝总往那儿跑，人家总是往皇室身上花钱，最后钱都花没了怎么办？所以给曹家江宁织造又加了一个两淮巡盐监察御史，其实就是明目张胆地让他收盐税的钱来补亏空。

　　这两次高光时刻，诞生了好多关于扬州的诗。那么后来为什么扬州没有那么高光了？因为清朝后来改海运了，大运河逐渐衰落，盐的专卖制度也逐渐取消，京沪铁路畅通之后，整个漕运就不行了。我们从诗中看到了一个地方的兴亡，诗背后有实业，有地理风光的改变，有人力的运河修造等等，这些叠加在一起，才构建出一个二分明月之城。

　　"天下三分明月夜，二分无赖是扬州"，其实是分数的概念，几分之几。"天下才共一石，子建独得八斗"，那就是十分之八。还有说商朝和周朝的关系，商有三分之二已经属于周了，周还是在服侍商。

助力千人团·小艾的书房

　　大家好！我是小艾，你们猜猜我在哪里呀？没错，我在我的书房里！这是小艾的书桌，书桌上有笔墨纸砚，我在这里看书习字。在书房里，小艾还经常和朋友下棋，不但可以消磨时光，偶尔还能悟得一些人生的道理。这里是小艾练琴的地方，弹上一曲，心情也会沉静很多。我的书房里还有茶台，平日里读书品茶，生活得悠闲又自在。你们觉得小艾的书房如何呢？小艾现在想问问大家，如果用诗词中的元素给我的书房起个名字，你觉得这里应该叫什么名字好呢？

肖丹婧楠：我的答案是"绿野堂"。这个名字出自唐代白居易的《奉和令公绿野堂种花》："绿野堂开占物华，路人指道令公家。令公桃李满天下，何用堂前更种花。"这首诗的意思是说绿野堂建成之后，路人就说那是裴令公的家，可是裴令公的学生遍布天下，哪里需要在门前屋后再种花呢？

我认为诗中占尽万物的精华，就是说小艾的智能书房功能多样。这里的令公自然指小艾，桃李满天下就是说小艾的智能书房功能十分全面，就像亲爱的老师一样，教书育人，为祖国培育了一代又一代优秀的人才，所以我的答案是绿野堂。

陈曦骏：我的答案是"如梦书房"，有两个出处。第一个出处就是词牌名《如梦令》，如果要说一定出自哪一首诗词，那就是后唐庄宗李存勖的《忆仙姿·曾宴桃源深洞》，无论是"如梦令"，还是"忆仙姿"，它的两个意象非常唯美，用它作为书房的名字特别适合承载小艾这颗粉红色的少女之心。

此外，"如梦令"和少女两个元素一结合，非常容易可以想到另外一位诗人的少女时代，她就是李清照。李清照在回忆自己十四五岁时写过两首《如梦令》，一首有"惊起一滩鸥鹭"的黄昏，同样也有"昨夜雨疏风骤"后的"绿肥红瘦"的清晨。我在这里的寓意就是希望小艾除了能享受读书之乐的同时，在如梦书房中也可以成为像李清照这样的才女。

最后我想说，有的时候读书和少女之梦是一个人的事，但是有的时候独乐乐不如众乐乐。我们可以看到小艾书房这么大，功能这么齐全，她可以把自己的少女朋友们一起请到如梦书房来，在这里她们可以调素琴、阅诗卷、品香茗，一起分享读书之乐。希望如梦书房能成为承载她们少女之心的空间。

蒙曼：我想的是"子云居"——"草生元亮径，花暗子云居"。子云是谁？扬子云，扬雄。"寂寂寥寥扬子居，年年岁岁一床书。"所以这里面书很多。而且又是"花暗子云居"，小姑娘会对花花草草感兴趣，在书房里种一些花，有点绿肥红瘦的意思。

康震：直接就叫"小月亮"，符合虚拟人物书房的特点。反正她也不看书对不对？小月亮出自很多诗句，比如"小时不识月，呼作白玉盘"。

龙洋：还不如叫"可爱屋"——"可爱深红爱浅红"，因为小艾穿的是小粉色，屋子里也有桃花瓣。

蒙曼：真正做少女的时候，那些女诗人没有那么可爱。李清照书房叫什么？归来堂，更小的时候叫"有竹堂"。也不见得少女就一定得把可爱说得那么直白，那么直白就不是诗心了。

🌤 助力千人团·留学生的思乡情 🌤

中国诗词大会的各位朋友大家好，我是正在意大利留学的侯跃男。现在正是过年的时候，也是千家万户团圆的时候，独自在万里之外求学，我想念远在湖北的家人，想念妈妈包的饺子、奶奶做的汤。在这时，作为留学生，满腔的思乡之情不知从何说起，只想到一句"每逢佳节倍思亲"，请问百人团的选手，还有没有更好的诗词来帮助我们，表达他乡游子的思乡之情。

向芝谊：我的答案是"旅饭二年无此味，故园千里几时还"。这首诗出自宋代诗人张耒的《春日》。看到这道题的时候，我在心里想了这样一个问题：对于远在异国他乡的游子而言，家乡究竟意味着什么？可能对于有些人来说，家乡是我们踏上故土的那一刻所呼吸到的第一口久违的空气。对于有的人来说，家乡是我们在回家路上经过的一条条熟悉的街道。

但是相信对于很多人而言，心中都有这样一个答案，家乡是我们放下行李，推开家门就能够尝到的那一顿热腾腾的年夜饭，是离家越远越久，就越难以割舍的家的味道。远在异国他乡，平常的一日三餐里我们总会觉得少了点什么滋味，也许这大概就是我们所说的"旅饭二年无此味"了。

有人说过胃是离心脏最近的地方，胃满足了，心就温暖了。我相信那些远在他乡的羁旅游子们，当他们再度端上那一碗满溢着妈妈味道的米饭时，他们的心才会真正地告诉自己，我回家了。故园千里，归心似箭，只为这一碗家的味道。所以我的答案是"旅饭二年无此味，故园千里几时还"。

江敬红：我的答案是"多少天涯未归客，尽借篱落看秋风"。不管是因为新冠疫情，还是其他特殊的原因，游子回家的脚步被抵挡住了，但是这抵挡不住他们思念家乡的深情。异国他乡的风景再美，也抵不过祖国的山山水水，远游在外的游子就像天涯的未归客，他想念的永远是最美的故乡人，最想念的情是故乡情，最想念的味道是故乡的味道。

第三环节
个人追逐赛

一、身临其境

1.大家好，此时此刻我正站在甘肃省武威市天祝藏族自治县明长城的一处烽燧遗址，烽燧在古代社会传递信息方面发挥着巨大的作用。那么问题来了，下边哪一联诗与烽燧密切相关？

A.白日登山望烽火，黄昏饮马傍交河
B.校尉羽书飞瀚海，单于猎火照狼山
C.城阙辅三秦，风烟望五津

答案：A

嘉宾点评

康震：我们首先来看选项 A，"白日登山望烽火，黄昏饮马傍交河"，出自盛唐著名诗人李颀的《古从军行》。这里的"烽火"就指的是从烽燧里面冒出来的烽火、烽烟，所以选项 A 毫无疑问是正确的。

选项 B "校尉羽书飞瀚海，单于猎火照狼山"，出自盛唐大诗人高适的《燕歌行》。这里的"猎火"指的是打仗时的战火，并不专指从烽燧里面冒出来的烽火。选项 C "城阙辅三秦，风烟望五津"，出自初唐大诗人王勃的《送杜少府之任蜀州》。这里的"风烟"指的是水边迷茫的云烟雾气。

2. 我现在正在虚拟的海底世界，色彩斑斓的鱼群从身边游过，更有水草摇曳，水母绚丽。其实在古诗词中，也充满了对海底世界的想象和描绘，请问以下诗句中，海底世界的哪一种景象完全出于诗人的想象，在现实中并不存在？
A. 海底灵龟，侬从鼻吸呼
B. 鲛人潜织水底居，侧身上下随游鱼
C. 珊瑚宝树生海底，光射洪涛千丈水

答案：B

嘉宾点评

蒙曼：鲛人有两个宝贝，一个是能织出入水不湿的鲛绡，另外一个是滴泪成珠，"沧海月明珠有泪"说的就是这一个。另外海底有龙，必有龙珠，所谓"探骊得珠"。这两个是关于海底的最重要的想象。海底有龙宫，龙宫有宝贝，宝贝就包括珠子和珊瑚这类东西。这些在唐朝时是由波斯人带来的，波斯人从海上来，经过海上丝绸之路，慢慢就演变成他们的宝贝从海底龙宫来。

当时人认为龙宫里好东西多极了，太阳和月亮也是从海底出来的。那时候说温泉其实是日头从海底出来时沸腾的水，偶然流出来。

唐宋时期很多诗人都有过这样的想象。

3. 大家好，我是张伯礼。这次新冠疫情给全世界带来了前所未有的公共卫生危机，但同时也向全社会普及了卫生防疫工作的重要性。在我国古代，瘟疫也经常发生，古人也采取了各种力所能及的防疫手段。请问以下诗词描述的行为，哪一项与防疫风俗有关呢？

A. 团扇，团扇，美人病来遮面
B. 翰林未用汝脱靴，不知何为勤洗手
C. 爆竹声中一岁除，春风送暖入屠苏

答案：C

嘉宾点评

蒙曼："团扇，团扇，美人病来遮面"，一下子让我们想到了口罩是不是？"不知何为勤洗手"，在疫情期间经常说，一个是戴口罩，一个是勤洗手，但疫情期间从来没有宣传过喝酒，结果正确答案是"春风送暖入屠苏"。
龙洋：屠苏酒是用屠苏草浸泡的一种药酒。古时候在正月初一这天，全家人按年纪从小到大饮用屠苏酒，以求躲过瘟疫的侵袭，所以说

有防疫的作用。

蒙曼：古代认为很多重大节令都有防瘟疫的功效，比如端午节的雄黄酒是这样，春节的屠苏酒还是这样。屠苏酒、放鞭炮最早都跟抗瘟疫的思想有关系。

"翰林未用汝脱靴，不知何为勤洗手。"这诗里说的是宋徽宗时期的宦官梁师成，好多人说他跟苏轼有着不解之缘，可能是苏轼的侍妾之子。是不是不重要，总之他是当时的六监之一，是所谓"隐相"，或者"内相"，是宦官里面最有权势的人。

所以那些大臣们都去巴结他，做了好多我们现在很不齿的事情，诗人就讽刺他们这些人："翰林未用汝脱靴，不知何为勤洗手。"说高力士为翰林学士李太白脱靴，你又没有脱过靴，洗什么手啊？所以跟现在抗疫不是一回事。

"团扇，团扇，美人病来遮面"也是。为什么遮面？不是怕打一个喷嚏传染给别人，而是因为"玉颜憔悴三年"，自己觉得憔悴了。美人过去之所以能得到君恩是因为她美，如果色衰，就会爱弛。所以遮面是为了不让别人看见她憔悴的样子。

比如汉武帝和李夫人的故事。李夫人一生病就坚决不让汉武帝去看她，汉武帝非要去看她，她先把脸蒙起来，再看就把脸侧过去。总之她说，只有让皇帝记住我最美的那张脸，他才能照顾我的家人，我死后才能有哀荣。

二、趣味知识

1. 毛泽东诗"踏遍青山人未老，风景这边独好"，请问：诗中"这边"指的是今天的哪里？

A. 江西会昌

B. 湖南韶山

C. 陕西延安

答案：A

嘉宾点评

康震：这首诗的写作应该是在 1934 年的 7 月前后，主席在 1958 年给这首诗作注，说当时形势很危险了。

这首诗写道："东方欲晓，莫道君行早。踏遍青山人未老，风景这边独好。会昌城外高峰，颠连直接东溟。战士指看南粤，更加郁郁葱葱。"

"风景这边独好"已经成为我们形容国际局势时常用的一句话，中国人民不断地用这样的诗句来激发自己的热情。而这首词写完之后不久，主席就接到了中央的通知，很快地返回了瑞金。

我们说主席的诗就是战士的诗、学者的诗，同时也是一个能够洞察历史、俯察时态的战略家的诗，这样的诗人从古到今是非常罕见的。主席的诗词不仅在中国革命史上是一个瑰宝，在中国诗歌史上也是让我们不断学习的瑰宝。

2. 我是苏轼。人生在世，难保顺遂。宦海浮沉，在所难免。我就像一只失群的大雁，飞来飞去，不知往何处栖息？半生浮沉，原因何在呢？我得好好反思一下了。被贬了，那就过好被贬的生活。饭菜之味，是人世间的极乐。但是，享受美食，重点在于态度，而不计较吃什么。有肉我固然喜欢，素食我同样兴趣盎然。下列诗句中，哪一项描写了素食的美味？
A. 功成头白早归来，共借梨花作寒食。
B. 莫将南海金齑脍，轻比东坡玉糁羹。
C. 可使食无肉，不可居无竹。

答案：B

嘉宾点评

康震：选项 C 是苏轼很著名的一句话。苏轼说："可使食无肉，不可居无竹。无肉令人瘦，无竹令人俗。人瘦尚可肥，俗士不可医。旁人笑此言，似高还似痴。若对此君仍大嚼，世间那有扬州鹤？"他在杭州做通判的时候，下乡去考察，认识了一位叫慧觉的僧人。慧觉在自己住的僧舍、寺庙里种了很多竹子，看上去非常清雅。

苏轼本人很喜欢竹子，看了之后非常高兴，就把这首诗送给了这位僧人。苏轼是个老饕，喜欢吃肉，吃红烧肉，吃羊肉，吃羊蝎子，等等。所以他说人不能没有肉，但是也不能没有竹子。这里也用了一个典故，东晋王徽之到朋友家里去住，说这周围没竹子怎么行，都种上竹子。

这故事反映了魏晋时期的士人很随性。一方面他确实很有钱，实现了财务自由；另一方面，被他要求种竹子的人居然也就答应了，从这种性情之交，能看出当时人的个性和风情，魏晋风流往往体现在这方面。

苏轼这首诗用了王徽之的典故。最后说"人瘦尚可肥，俗士不可医"，意思是人要是瘦了，多吃点就能胖起来，但人要是俗了，可不单单是种竹子就能变得雅起来。"旁人笑此言，似高还似痴"，别人听了你这话，就觉得你既要追求高雅，又离不开吃肉，雅俗之间到底怎么选择呢？

他就说："若对此君仍大嚼，世间那有扬州鹤。"这里又用了一个典故，"腰缠十万贯，骑鹤上扬州"——官也做得，财也发得，美食也吃得，人生就圆满了。但是苏轼在反问：有这样圆满的事吗？

你对着竹子大嚼，既想高雅，又想满足口腹之欲，天下没有这样便宜的事。所以看似两全之事，其中必然已有取舍。舍的肯定是你的雅，而不是你想要抛弃的俗。

苏轼做杭州通判的时候不到四十岁，写的一些诗非常深刻。他在思考一些很重大的问题，可能不是治国平天下，但是关系到一个人的修养。

任何的高雅都要付出代价，任何的俗气都意味着你要放弃生命中很重要的东西，这实际上是苏轼想告诉大家的，只不过他用这样一个类似于散文诗的方式展示给我们而已。

蒙曼：选项 B 提到的"玉糁羹"不是苏轼的创造，而是他儿子的创造。苏轼说这东西好得不得了，其实就是山芋粥，用山芋泥做的粥。但这好歹是儿子的孝心，所以他说得特别好，"莫将南海金齑脍，轻比东坡玉糁羹"，说连金齑脍都比不上玉糁羹。

金齑脍是什么东西？这名词最早出现在北齐贾思勰的《齐民要术》里。他说金齑脍是用白色的精米饭，加上金色的栗子泥，再加上白梅、橘皮、盐、蒜等调味品，弄成一个混合的似粥似饭的东西。这是北齐的金齑脍。

后来到隋炀帝的时候，金齑脍就变得高端大气上档次了，用到了鲈鱼。鲜鲈鱼很难得，皇帝也只能吃鲈鱼干。隋炀帝是把晾晒成干的鲈鱼慢慢泡发，泡发之后的味道接近鲜鲈鱼。然后还用到香薷花叶，其实就是《红楼梦》里林黛玉解暑喝的香薷饮，它的花是紫色的，能制造出一个五彩斑斓的效果。所以既有鲈鱼的美味，又有颜色的搭配，这是隋炀帝版的金齑脍。

当然后来人们生活条件更好了，鲈鱼也不用干的，而是用鲜鲈鱼配上香薷花叶，那当然就是色香味俱全的好吃的东西。再后来只要是好吃的，就可以叫金齑脍了。

在苏东坡那个时代，用的应该还是隋唐时代那个金齑脍的意思——别看它是肉，而且是皇帝喜欢吃的那种肉，还不如我儿子苏过用芋头熬的粥好喝。这就说明在他心目中，素食也很美味。

至于选项 A 的"共借梨花作寒食"，提到了寒食节，虽然说含有饮食的因素，但那天不管是纪念介子推，还是因为其他什么原因，都是不能烧火吃热饭的。这句诗主要写过节，寒食节的时候梨花开，虽然中国古代有吃花的传统，梨花、菊花、梅花都可以吃，但这里也不一定是吃着梨花过寒食节，只是说我们与梨花相伴，一起过寒食节，所以也谈不上肉食素食的问题。

康震：苏轼在海南的时候，与他其他阶段有本质的不同。他原来被贬谪到黄州，并没有那么绝望，因为那会儿他四十五六岁，年纪不大，被贬了大概五年。那时候宋神宗并不讨厌他，只是有点烦他，想教训他一下——别总是乱喊乱叫，影响大家的工作。

苏轼内心知道自己并不是没有起复的可能，他也不是个绝望的人。所以他离开黄州时，专门去南京拜会了退居在家的王安石，这都是很意味深长的动作。可是赶巧了，他刚拜完没多久，也不打算去汝州了，就打算在常州住。宋神宗去世，司马光上台，他自然就回去了。

结果后来哲宗亲政，他被贬到惠州，事情就麻烦了。他这是连锁贬谪，还没到目的地，又下来了新的贬谪，一共是五道，这时候他就觉得有点不对劲。但惠州毕竟还在大陆，离广州很近，广州知州跟他是朋友。

再到儋州（海南岛）海南岛，心境完全改变了。苏轼在给他儿子信里说，我是扛着棺材到儋州的，这是我们的家风，我就打算埋在这儿了。因为他知道朝廷这会儿心思全变了，就是要置他于死地。但是因为祖宗家法不让杀士大夫，所以又不敢公开说。

哲宗把年号改成"绍圣"，意思是承继他父亲神宗的理想和事业。苏轼一看这劲头，就知道皇帝没打算让他活着回去。但是最后哲宗早逝，他又回去了。如果哲宗没有死的话，苏轼是不可能回内陆的。

但其实他在儋州的时期，我认为是他生命中作为一个自然人最真实的状态。他彻底想开了，不就这么回事吗？反正也回不去了，就跟他儿子抄抄诗，在儋州写了四百多首诗。

他这个阶段特别顺应自然，因为除了自然没别的好顺应。这并不表明他不想回大陆，他天天都想回去。他在儋州回忆默写自己的作品，对他儿子说，如果这篇我写得一个字都不错，肯定就能回去。果不其然，一个字都没错，过了几天朝廷的诏书就来了。

苏轼不折腾自己，还积极养生，早上起来磕牙齿、揉鼻子、梳头发，

洗脚还要写首诗，剪指甲还要写首诗，全面尽可能地热爱生活，让自己比生活更美好，他就能活着回去。

龙洋：苏轼也是一个不折不扣的点铁成金手，他自己的贬谪史被他作成了美食史，美食史又成了一部文化史。

康震：在黄州是吃猪肉，到了惠州是吃羊肉，到了儋州吃海鲜。

3. 宋人有诗吟咏一件生活用品："重重叠叠有来由，热汗通身未肯休。直得变生为熟去，方知胡饼是馒头。"请问这件用品是？

A. 浴桶

B. 灶台

C. 蒸笼

答案：C

嘉宾点评

蒙曼：宋朝的"方知胡饼是馒头"，是不是我们现在理解的馒头，还真不一定。中国古代两大系统的饮食，一个是米，一个是面。米是做成饭，面做成什么？古人认为只要是面做的就叫饼。现在理解的饼是圆圆的、薄薄的，像烧饼那样。

古人不一定，比如发面的饼，晋朝的时候叫面起饼，唐朝的时候叫蒸饼，宋朝的时候叫炊饼，其实都不是圆圆薄薄的，而是像现在的馒头。宋朝才有了馒头和炊饼的实质性区别——馒头有馅儿，炊饼没有馅儿。

所以你看武大郎做炊饼，他说做十屉炊饼，那就是十屉馒头。但是如果他要说做十屉馒头，那就是孙二娘做的馒头，里头是有肉馅的了，类似于我们现在肉馅儿的包子。但最早的包子里是菜，菜的是包子，肉的是馒头。

　　再后来这些就都混了，我们看馒头，现在除了上海的生煎馒头还有肉馅儿之外，大部分人说的馒头都是没有馅儿的。还有现在说的饼，像过去所说的胡饼那样，是圆圆的、薄薄的，不管是烙出来也好，蒸出来也罢，至少它的形状改变了。

　　馒头和炊饼真实的区别在哪儿？当时人最看重哪个？宋朝的国子学和太学，都是国家给做饭吃，春秋两季吃炊饼，夏天吃冷淘，也就是面条，冬天吃馒头。按当时学生的想法，就觉得冬天吃得最好，因为炊饼和面条都没有馅儿，只有馒头里有肉馅儿，所以当时很多孝顺的学生还要把馒头偷偷地装起来拿回家去。

龙洋：今天的很多生活习惯都跟宋朝很像。宋朝的时候人们已经开始一日三餐制，当然唐朝也有，但是宋朝跟我们今天更像，早上要吃流食，要喝粥，中午偏主食。

蒙曼：炒菜也是宋朝开始的。

康震：宋朝是个经典的时代，不是所有的时代都能够沉淀经典。

第四环节
飞花令

花名

❀百人团：**春色满园关不住，一枝红杏出墙来。**——宋·叶绍翁《游园不值》

❀曾翎洧：**小楼一夜听春雨，深巷明朝卖杏花。**——宋·陆游《临安春雨初霁》

❀百人团：**唯有牡丹真国色，花开时节动京城。**——唐·刘禹锡《赏

牡丹》

🌸曾翎洧：人间四月芳菲尽，山寺桃花始盛开。——唐·白居易《大林寺桃花》

🌸百人团：桃花潭水深千尺，不及汪伦送我情。——唐·李白《赠汪伦》
🌸曾翎洧：人面不知何处去，桃花依旧笑春风。——唐·崔护《题都城南庄》

🌸百人团：梅定妒，菊应羞，画栏开处冠中秋。——宋·李清照《鹧鸪天·桂花》
🌸曾翎洧：桃花流水窅然去，别有天地非人间。——唐·李白《山中问答》

🌸百人团：念桥边红药，年年知为谁生。——宋·姜夔《扬州慢》（淮左名都）
🌸曾翎洧：桃李春风一杯酒，江湖夜雨十年灯。——宋·黄庭坚《寄黄几复》

🌸百人团：庭前芍药妖无格，池上芙蕖净少情。——唐·刘禹锡《赏牡丹》
🌸曾翎洧：忽如一夜春风来，千树万树梨花开。——唐·岑参《白雪歌送武判官归京》

🌸百人团：采菊东篱下，悠然见南山。——晋·陶渊明《饮酒二十首》（其五）
🌸曾翎洧：画栏桂树悬秋香，三十六宫土花碧。——唐·李贺《金铜仙人辞汉歌》

🌸百人团：有桃花红，李花白，菜花黄。——宋·秦观《行香子》（树绕村庄）
🌸曾翎洧：沧海月明珠有泪，蓝田日暖玉生烟。——唐·李商隐《锦瑟》

鸟 名

- 🌸 百人团：晴川历历汉阳树，芳草萋萋鹦鹉洲。——唐·崔颢《黄鹤楼》
- 🌸 陈曦骏：竹外桃花三两枝，春江水暖鸭先知。——宋·苏轼《惠崇春江晚景二首》（其一）

- 🌸 百人团：长风万里送秋雁，对此可以酣高楼。——唐·李白《宣州谢朓楼饯别校书叔云》
- 🌸 陈曦骏：万里归船弄长笛，此心吾与白鸥盟。——宋·黄庭坚《登快阁》

- 🌸 百人团：又闻子规啼夜月，愁空山。——唐·李白《蜀道难》
- 🌸 陈曦骏：杨花落尽子规啼，闻道龙标过五溪。——唐·李白《闻王昌龄左迁龙标遥有此寄》

- 🌸 百人团：绿遍山原白满川，子规声里雨如烟。——宋·翁卷《乡村四月》
- 🌸 陈曦骏：朱帘绣柱围黄鹤，锦缆牙樯起白鸥。——唐·杜甫《秋兴八首》（其六）

- 🌸 百人团：雁过也，正伤心。——宋·李清照《声声慢》（寻寻觅觅）
- 🌸 陈曦骏：雁字回时，月满西楼。——宋·李清照《一剪梅》（红藕香残玉簟秋）

- 🌸 百人团：两个黄鹂鸣翠柳，一行白鹭上青天。——唐·杜甫《绝句四首》（其三）
- 🌸 陈曦骏：漠漠水田飞白鹭，阴阴夏木啭黄鹂。——唐·王维《积雨辋川庄作》

- 🌸 百人团：听杜宇声声，劝人不如归去。——宋·柳永《安公子》（远

岸收残雨）

🌸陈曦骏：白鸥没浩荡，万里谁能驯。——唐·杜甫《奉赠韦左丞丈二十二韵》

🌸百人团：因思杜陵梦，凫雁满回塘。——唐·温庭筠《商山早行》
🌸陈曦骏：青雀西飞竟未回，君王长在集灵台。——唐·李商隐《汉宫词》

🌸百人团：一代天骄，成吉思汗，只识弯弓射大雕。——毛泽东《沁园春·雪》
🌸陈曦骏：朱雀桥边野草花，乌衣巷口夕阳斜。——唐·刘禹锡《乌衣巷》

🌸百人团：打起黄莺儿，莫教枝上啼。——唐·金昌绪《春怨》
🌸陈曦骏：绿阴不减来时路，添得黄鹂四五声。——宋·曾幾《三衢道中》

🌸百人团：旧时王谢堂前燕，飞入寻常百姓家。——唐·刘禹锡《乌衣巷》
🌸陈曦骏：鸟雀呼晴，侵晓窥檐语。——宋·周邦彦《苏幕遮》（燎沉香）

🌸百人团：大鹏一日同风起，扶摇直上九万里。——唐·李白《上李邕》
🌸陈曦骏：九万里风鹏正举，风休住，蓬舟吹取三山去。——宋·李清照《渔家傲》（天接云涛连晓雾）

🌸百人团：满地芦花和我老，旧家燕子傍谁飞。——宋·文天祥《金陵驿二首》（其一）
🌸陈曦骏：燕子飞时，绿水人家绕。——宋·苏轼《蝶恋花·春景》

🌸百人团：落花人独立，微雨燕双飞。——五代·翁宏《春残》
🌸陈曦骏：大鹏飞兮振八裔，中天摧兮力不济。——唐·李白《临路歌》

🌸 **百人团：** 凤凰台上凤凰游，凤去台空江自流。——唐·李白《登金陵凤凰台》

🌸 **陈曦骏：** 黄鹤一去不复返，白云千载空悠悠。——唐·崔颢《黄鹤楼》

🌸 **百人团：** 黄鹤之飞尚不得过，猿猱欲度愁攀援。——唐·李白《蜀道难》

植 物 + 叠 字

🌸 **陈曦骏：** 离离原上草，一岁一枯荣。——唐·白居易《赋得古原草送别》

🌸 **曾翎洧：** 漠漠水田飞白鹭，阴阴夏木啭黄鹂。——唐·王维《积雨辋川庄作》

🌸 **陈曦骏：** 青青园中葵，朝露待日晞。——汉《长歌行》

🌸 **曾翎洧：** 蒹葭苍苍，白露为霜。——《诗经·秦风·蒹葭》

🌸 **陈曦骏：** 青青河畔草，郁郁园中柳。——汉·佚名《青青河畔草》

🌸 **曾翎洧：** 昔我往矣，杨柳依依。——先秦·佚名《诗经·小雅·采薇》

🌸 **陈曦骏：** 杨柳青青江水平，闻郎江上唱歌声。——唐·刘禹锡《竹枝词二首》（其一）

🌸 **曾翎洧：** 黄梅时节家家雨，青草池塘处处蛙。——宋·赵师秀《约客》

🌸 **陈曦骏：** 飒飒东风细雨来，芙蓉塘外有轻雷。——唐·李商隐《无题四首》（其二）

🌸 **曾翎洧：** 谁念西风独自凉，萧萧黄叶闭疏窗，沉思往事立残阳。——清·纳兰性德《浣溪沙》（谁念西风独自凉）

🌸 **陈曦骏：** 萧萧梧叶送寒声，江上秋风动客情。——宋·叶绍翁《夜书所见》

🌸 曾翎洧：无边落木萧萧下，不尽长江滚滚来。——唐·杜甫《登高》

🌸 陈曦骏：亭亭山上松，瑟瑟谷中风。——汉·刘桢《赠从弟三首》
（其二）

🌸 曾翎洧：渭城朝雨浥轻尘，客舍青青柳色新。——唐·王维《送元二使安西》

🌸 陈曦骏：郁郁涧底松，离离山上苗。——晋·左思《咏史》

🌸 曾翎洧：风飒飒兮木萧萧，思公子兮徒离忧。——战国·屈原《九歌·山鬼》

🌸 陈曦骏：树树皆秋色，山山唯落晖。——唐·王绩《野望》

第五环节

擂主争霸赛

一、根据康老师的画作内容猜出一联诗句。

1.提示字：卧

答案：红颜弃轩冕，白首卧松云

2. 提示字：苦

答案：衙斋卧听萧萧竹，疑是民间疾苦声

3. 提示字：开

答案：驿外断桥边，寂寞开无主

4.提示字：笑

答案：尘世难逢开口笑，菊花须插满头归

赠孟浩然　唐·李白

吾爱孟夫子，风流天下闻。
红颜弃轩冕，白首卧松云。
醉月频中圣，迷花不事君。
高山安可仰，徒此揖清芬。

潍县署中画竹呈年伯包大中丞括　清·郑燮

衙斋卧听萧萧竹，疑是民间疾苦声。
些小吾曹州县吏，一枝一叶总关情。

卜算子·咏梅　宋·陆游

驿外断桥边，寂寞开无主。已是黄昏独自愁，更著风和雨。　无意苦争春，一任群芳妒。零落成泥碾作尘，只有香如故。

九日齐山登高 唐·杜牧

江涵秋影雁初飞，与客携壶上翠微。
尘世难逢开口笑，菊花须插满头归。
但将酩酊酬佳节，不用登临恨落晖。
古往今来只如此，牛山何必独霑衣。

二、安史之乱平定后，杜甫喜出望外，他在诗中说"白日放歌须纵酒，青春作伴好还乡"。在他计划的还乡路线上可能看到的风景是？

A. 巫山云雨

B. 峨眉山月

C. 庐山瀑布

答案：A

闻官军收河南河北 唐·杜甫

剑外忽传收蓟北，初闻涕泪满衣裳。
却看妻子愁何在，漫卷诗书喜欲狂。
白日放歌须纵酒，青春作伴好还乡。
即从巴峡穿巫峡，便下襄阳向洛阳。

三、汉乐府《陌上桑》有诗句"耕者忘其犁，锄者忘其锄"。请问农夫忘记干农活的原因是什么？

A. 想亲人

B. 睡午觉

C. 看美女

答案：C

陌上桑（节选）汉·佚名

罗敷喜蚕桑，采桑城南隅。
青丝为笼系，桂枝为笼钩。
头上倭堕髻，耳中明月珠。
缃绮为下裙，紫绮为上襦。
行者见罗敷，下担捋髭须。
少年见罗敷，脱帽着帩头。
耕者忘其犁，锄者忘其锄。
来归相怨怒，但坐观罗敷。

第十期

钟山风雨起苍黄，百万雄师过大江。
虎踞龙盘今胜昔，天翻地覆慨而慷。

1949 年的中国，"天翻地覆慨而慷"，毛泽东的这首《七律》，写出了新中国的气派，唱出了新中国的气象！这是中国诗歌史上的惊世名篇，也是新时代的叙事华章。

今天，在中国共产党百年华诞之际，中华民族正向着伟大复兴的中国梦阔步前进。"多少事，从来急。天地转，光阴迫。一万年太久，只争朝夕"，我们责任重大、使命光荣，即使前途险姐，也风雨无惧，因为坚信"雨后复斜阳，关山阵阵苍"，因为笃定"世上无难事，只要肯登攀"。

一路走来，我们相互鼓励，彼此扶持，我们以诗会友，肝胆相照，此乐何极！就让我们再一次把酒临风、登高远眺，向着光荣的时刻迈进，期待着"装点此关山，今朝更好看。"

第一环节

三人对抗赛

一、挑战多宫格

1. 请从以下十二个字中识别一句诗词。

思	月	无	相
灰	阴	明	金
一	寸	一	寸

答案：一寸相思一寸灰

无题　唐·李商隐

飒飒东风细雨来，芙蓉塘外有轻雷。
金蟾啮锁烧香入，玉虎牵丝汲井回。
贾氏窥帘韩掾少，宓妃留枕魏王才。
春心莫共花争发，一寸相思一寸灰！

2. 请从以下十二个字中识别一句诗词。

处	了	楼	何
思	月	无	相
灰	阴	明	金

答案：何处相思明月楼

春江花月夜（节选） 唐·张若虚

白云一片去悠悠，青枫浦上不胜愁。
谁家今夜扁舟子，何处相思明月楼？
可怜楼上月徘徊，应照离人妆镜台。
玉户帘中卷不去，捣衣砧上拂还来。

3. 请从以下十二个字中识别一句诗词。

直	骨	道	益
处	了	楼	何
思	月	无	相

答案：直道相思了无益

无题 唐·李商隐

重帏深下莫愁堂，卧后清宵细细长。
神女生涯原是梦，小姑居处本无郎。
风波不信菱枝弱，月露谁教桂叶香。
直道相思了无益，未妨惆怅是清狂。

嘉宾点评

康震：三首诗都堪称"骨灰级"的爱情。李商隐告诉你，不要玩命去爱，爱到最后相思成灰。"一寸相思一寸灰"是告诫自己切莫轻易

动心，切莫轻易去爱。可"直道相思了无益，未妨惆怅是清狂"，终究是逃不开痴情缠绕。

我经常在想，李商隐是在写一种执着。有的人擅长用咏史诗来表达自己，有的人擅长用山水田园诗来表达自己，而李商隐就擅长以"无题"，用爱情来表达自己。他一直都在奋斗，一直都在追求，但是始终没有追求到，而且追求的心最后都会化成一股灰。我想他是通过写不断受伤又持续追求爱情的执着，来表达自己对于事业、对于理想、对于人生的一种执着。

龙洋：所以我们初读李商隐，以为是"情不知其所起，一往而深"，但当我们懂得了李商隐后就知道，原来"无题"有时候不是无话可说，而是一言难尽。

蒙曼："相思"在现在说来就是"我想你"。我总是觉得古代人讲相思比现代人讲得深情、美好，为什么呢？

我们可以从答案的三句诗里看。首先，"谁家今夜扁舟子，何处相思明月楼？"古人对相思的态度跟今人有一个很大的不同，今人若是相思，可以视频一下，马上就能知道对方在哪儿、在做什么，相思也就能得到缓解。然而古人因为受落后的通讯所限，不能知道自己思念的人当下的确切所在，所以这份相思更显厚重。

再看"春心莫共花争发，一寸相思一寸灰"。想啊想啊，想得心都成灰了。这是想要达到什么样的目的呢？其实可以用另一个诗句补上："直道相思了无益，未妨惆怅是是清狂。"我想你与你无关，我就是要这样痴狂地去想。相思真的是一定在思念一个姑娘或者一个小伙子吗？不一定，可能是思君，思理想之实现。所以这个时候是完全不妨单相思的，而且是九死不悔。

郦波：《无题》在中国诗史上可以说是非常重要的创举。在此前，从严格意义上讲是没有"无题"的，李商隐是第一个以"无题"为题目的。中国的诗或文一定要有题目，哪怕原来没题目，那么就取第一句的两个字。比如《诗经》中的"蒹葭苍苍，白露为霜"，就叫《蒹葭》；"关关雎鸠，在河之洲"，就叫《关雎》。因为中国的诗学有一个总的原则叫作"诗言志"。我要表达什么样的思想，一定要让人知道。而李商隐作《无题》，我们只有通过文字本身去解读诗人所要表达的生命状况、情感状况。我写出来后，别人怎么解读就已经与我无关了。当他不明确向世人道明的时候，也就创造了中国诗歌的另一种方式，就是转而叩问自我的内心。

龙洋：所以也有很多人说李商隐的诗很像后来宋人写的词。王国维说"诗之境阔，词之言长"，不管当初他为什么写了那么多《无题》，有一点可以肯定，他对于幽微心理的描写、对于人性的复杂心理的表现，对精神矛盾性的描绘，贡献实在很大。

4. 请从以下十二个字中识别一句诗词。

答案：今夜月明人尽望

十五夜望月寄杜郎中 唐·王建

中庭地白树栖鸦，冷露无声湿桂花。
今夜月明人尽望，不知秋思落谁家。

5. 请从以下十二个字中识别一句诗词。

江	思	千	明
春	今	月	夜
故	里	知	乡

答案：故乡今夜思千里

除夜作 唐·高适

旅馆寒灯独不眠，客心何事转凄然。
故乡今夜思千里，霜鬓明朝又一年。

6. 请从以下十二个字中识别一句诗词。

气	谁	暖	偏
春	今	月	夜
故	里	知	乡

答案：今夜偏知春气暖

月夜 唐·刘方平

更深月色半人家，北斗阑干南斗斜。
今夜偏知春气暖，虫声新透绿窗纱。

嘉宾点评

王立群：这一组题目写的都是思乡，都是写月夜。高适的《除夜作》是个特定的时段——除夕之夜。节日是一个文化符号，它传承着文化记忆，除夕夜的符号意义就在于除旧迎新。但是在最欢乐的节日中，却有一个伤心人，他守着孤灯，独自一人在远方。我想，家的温暖是支持孤独者的一种力量，也就是我们"每逢佳节倍思亲"的最深层的原因。

刘方平的《月夜》倒是写得十分别出心裁，前两句是写失眠，一夜都没睡着。

但是这首诗的后两句，他却在不眠之夜发现了一份美好，这个美好是什么？"今夜偏知春气暖，虫声新透绿窗纱"，简单来说就是四个字——虫声报春。早春到来，给人们带来了希望，带来了一个崭新的季节。

蒙曼："今夜月明人尽望，不知秋思落谁家"，这是八月十五中秋节秋日未眠；"故乡今夜思千里，霜鬓明朝又一年"，这是除夕之夜冬日未眠；"今夜偏知春气暖，虫声新透绿窗纱"，这是春日未眠。就差一个夏日未眠了。《十五夜望月寄杜郎中》是中秋节；《除夜作》是除夕，这两个都是节日，但是刘方平的《月夜》不一样，这根本不是一个特定的日子，它是春天的一个特别普通的日子。普通的日子能够被我们记住，靠什么？靠诗。

唐朝也罢，宋朝也罢，有哪些普通的日子，因为有诗而被我们记住了？我想起了白居易的"可怜九月初三夜，露似真珠月似弓"。我们永远记住了那个九月初三夜，那天下午是"半江瑟瑟半江红"，到了晚上"露似真珠月似弓"，一想起那天就觉得天气真好，是一个朗朗晴天。还知道陆游的《十一月四日风雨大作》，我们就永远记住了"夜阑卧听风吹雨，铁马冰河入梦来"。这些日子能够被我们永远记住，凭的是什么？是诗人这一句又一句的锦心绣口的词章。所以诗人了不起的地方就是让平常变得不平常，让普通变得不普通。

二、联想对对碰

1.请根据以下三个关键词，和一个提示字，说出诗词名句：

关键词：花　鸟　乐器
提示字：笑

						笑

答案：昆山玉碎凤凰叫，芙蓉泣露香兰笑

李凭箜篌引　唐·李贺

吴丝蜀桐张高秋，空山凝云颓不流。
江娥啼竹素女愁，李凭中国弹箜篌。
昆山玉碎凤凰叫，芙蓉泣露香兰笑。
十二门前融冷光，二十三丝动紫皇。
女娲炼石补天处，石破天惊逗秋雨。
梦入神山教神妪，老鱼跳波瘦蛟舞。
吴质不眠倚桂树，露脚斜飞湿寒兔。

2.请根据以下三个关键词，和一个提示字，说出诗词名句：

关键词：乐器　苦闷　美女
提示字：生

						生

答案：别有幽愁暗恨生，此时无声胜有声

琵琶行（节选）唐·白居易

冰泉冷涩弦凝绝，凝绝不通声暂歇。
别有幽愁暗恨生，此时无声胜有声。

3.请根据以下三个关键词，和一个提示字，说出诗词名句：
关键词：美女　舞蹈　打扮
提示字：似

						似

答案：借问汉宫谁得似，可怜飞燕倚新妆

清平调三首（其二）唐·李白

一枝秾艳露凝香，云雨巫山枉断肠。
借问汉宫谁得似，可怜飞燕倚新妆。

嘉宾点评

杨雨：我很喜欢这道题，因为我自己喜欢乐器。其实我们现在读诗歌，更多的是诉诸视觉，是欣赏一种文字的表现力。但是这三道题里面提到的箜篌也好，琵琶也好，主要是诉诸听觉。用文字怎么来表达听觉产生的艺术效果？这对诗人提出了非常高的要求。所以有人说，在古典诗歌里面描写声音之至文，写得最好的三首诗，一首就是白居易的这首《琵琶行》，一首是李贺的《李凭箜篌引》，另外一首就是韩愈的《听颖师弹琴》。

　　有人说韩愈的诗"足以惊天"，李贺的诗"足以泣鬼"，白居易

的诗"足以移人",都能够达到特别震撼的艺术效果。

王立群:写音乐非常难,难在什么地方?音乐是诉诸听觉的,把诉诸听觉的东西转换成文字以后,必须要经过作者的联想、想象,把看不见、摸不着的感受变成读者能够体验到的感受。所以怎么样由虚到实,这是对诗人最大的考验。

虽然我们经常把《李凭箜篌引》《琵琶行》《听颖师弹琴》合在一起说,但是就写音乐来说,写的比较集中的应当是李贺的这首《李凭箜篌引》和韩愈的《听颖师弹琴》。李贺的《李凭箜篌引》,只有第一句"吴丝蜀桐张高秋",是讲乐器的材料、演奏的季节,其余都是写乐声的,这是十分难得的。

白居易和韩愈写的都是人间之乐,李贺用的意象,写出来的是仙中之乐、鬼中之乐。比如啼竹的江娥,还有善哭的素女,都是写的仙界、鬼界的故事。所以由于它的意象非常独特,给人的感觉刺激就不一样了。

4. 请根据以下三个关键词,和一个提示字,说出诗词名句:
关键词:李商隐　宴会　游戏
提示字:暖

								暖

答案:隔座送钩春酒暖,分曹射覆蜡灯红

无题 唐·李商隐

昨夜星辰昨夜风,画楼西畔桂堂东。
身无彩凤双飞翼,心有灵犀一点通。
隔座送钩春酒暖,分曹射覆蜡灯红。
嗟余听鼓应官去,走马兰台类转蓬。

5.请根据以下三个关键词，和一个提示字，说出诗词名句：

关键词：游戏　苏轼　佳人

提示字：墙

墙							

答案：墙里秋千墙外道。墙外行人，墙里佳人笑

蝶恋花·春景 宋·苏轼

　　花褪残红青杏小。燕子飞时，绿水人家绕。枝上柳绵吹又少。天涯何处无芳草。　　墙里秋千墙外道。墙外行人，墙里佳人笑。笑渐不闻声渐悄。多情却被无情恼。

6.请根据以下三个关键词，和一个提示字，说出诗词名句：

关键词：佳人　爱情　游戏

提示字：知

			知				

答案：玲珑骰子安红豆，入骨相思知不知

南歌子词二首（其二） 唐·温庭筠

　　井底点灯深烛伊，共郎长行莫围棋。
　　玲珑骰子安红豆，入骨相思知不知？

嘉宾点评

龙洋：康老师，这三道题是不是把古代的几种游戏给放到了一起？

康震：的确是。"隔座送钩春酒暖，分曹射覆蜡灯红"，"送钩"与"射覆"是两种游戏。"墙里秋千墙外道"，这是打秋千。"共郎长行莫围棋"，"长行"与"围棋"，这也是当时很流行的游戏。

这三首诗词都跟爱情有关，但是其实有人是真的在写自己的爱情和自己的心；有的看上去是在写情爱，其实还是在写自己的士大夫之心。还有的其实也没写爱情，比如李商隐的这首诗，还是在写他的执着。李商隐的诗可以连起来看作一个人面对爱情的不同阶段。"春心莫共花争发，一寸相思一寸灰。"先在接触爱情之前，告诫自己说使不得，回头心要成灰。然后"身无彩凤双飞翼，心有灵犀一点通"，明明知道要伤心，但是吸引力太大，还想试一下，试了以后觉得很美妙。到第三个阶段是什么呢？就已经开始有点吃不住了，"春蚕到死丝方尽，蜡炬成灰泪始干"，这说什么呢？

龙洋：死了都要爱。

康震：对，死了也要爱，就是一定要坚持到底。所以连起来看，李商隐的很多诗，我觉得肯定是写爱情的，这是毫无疑问的，而且是真的爱情，是把自己写进去了。然而苏轼这首我觉得不是那么回事儿，虽然有人拿朝云来说事儿，但我觉得苏轼是情中有思。这个思，不是思念的思，是思想的思。

很多名句往往是不经意间流出来的。"墙里秋千墙外道。墙外行人，墙里佳人笑"，一直到"多情却被无情恼"，我觉得这是一个关于沟通的话题，墙外这位听得如痴如醉，生了情愫，墙里那位啥都不知道。但你能说是谁的错呢？这里面没有任何一个人犯错，有的时候虽然近在咫尺，却宛若千里。

我在想，什么叫有情呢？有情就是心里动了意，有了烦恼。这个情可能指的是相思之情，但也可能是眷恋之情，也有可能是执着之情。以往人们总将这首词跟朝云联系在一起，我觉得这是误解了苏东坡，这首词中流露出来的依然是士大夫之情。

再说温庭筠，恨不能把他知道的东西全都弄成"谐音梗"。"井底点灯深烛伊"，"烛"是"嘱"的谐音。"共郎长行莫围棋"，"长行"是"长别"的隐喻，"围棋"是"违期"的谐音。我觉得温庭筠到科举考场上真没白混，技巧很高。但是你说其中有情吗？肯定也有情。如果把这诗写给一个姑娘，姑娘起码认为，你为我费了这么多心思，读了这么多书，玩了这么多游戏。

蒙曼：我们先来盘点一下，古代这些佳人都玩点啥，这三首诗中有很多室内和室外的游戏，像藏钩、射覆，还有掷骰子（也叫抢红）这种很无聊的游戏，这些都是能在室内进行的游戏。室外的游戏佳人们玩什么？佳人的室外第一游戏就是打秋千；清明节又叫秋千节。还有放风筝，这个游戏在诗词中也经常出现；还有斗百草，这也是在室外玩的游戏。

我们总说玩物丧志，但也有人玩游戏玩出了真气象。比如李清照，李清照一辈子好赌博，一赌博就废寝忘食。而且她说自己逢赌必赢，为什么呢？她在《打马图序》中说："慧则通，通则无所不达；专则精，精则无所不妙。"最重要的是她《打马赋》的最后几句："木兰横戈好女子，老矣不复志千里，但愿相将过淮水。"你看她的层次，比苏轼还要高了吧。这也是一种士大夫之情，怀有故国之思，其实这种相思对她来讲是了无益的，但是仍然怀有刻骨铭心的故国之思。我觉得游戏上升到这个程度才能称作佳人。

杨雨：现在总说"诗和远方"，好像诗只有在远方才能够得到，一定从日常的琐碎中跳出来才能够得着诗意。但这三道题恰巧告诉我们，诗不用去远方，在日常的游戏中就能够找到诗意。

我觉得不管是温庭筠、苏东坡，还是杜甫、李商隐，这种游戏的心态其实可以帮助他们在困顿、逆境中始终保持笑容，保持乐观的心态，这也是一种力量的来源。

三、身临其境

1. 此时此刻我所在的地方是在四川阿坝藏族羌族自治州松潘县著名的黄龙五彩池。毛主席的诗说得好啊："一年一度秋风劲，不似春光。胜似春光，寥廓江天万里霜。"我身后的五彩池，深秋时节如大地花开五彩斑斓。现在我的问题来了，下面三个选项当中，有哪一联诗所说的"水色"与我们五彩池的"水色"是相近的？

A. 石潭积黛色，每岁投金龙
B. 山尽五色石，水无一色泉
C. 清溪清我心，水色异诸水

答案：B

嘉宾点评

康震："石潭积黛色，每岁投金龙。""投金龙"在古代是道教的一种斋醮仪式，是为了酬谢天地水三观神灵。金龙不是真的龙，而是铜制的书简，在上面写上消灾消难的祈福话，然后用青丝捆起来，扔到湖里或是埋入土中。

2.这里是安徽马鞍山市当涂县东南的青山，这个"青山"是专有山名，不是泛指，南朝诗人谢朓曾居住过此山，故又名谢公山。李白崇拜谢朓,曾说自己百年之后要葬于此山。这里山峦叠翠，环境清幽，李白长眠于此，遂其所愿了。请问以下哪联诗中的"青山"离这里最近？

A.今古长如白练飞，一条界破青山色
B.青山一道同云雨，明月何曾是两乡
C.两岸青山相对出，孤帆一片日边来

答案：C

嘉宾点评

蒙曼：这道题其实是历史地理题。李白死在哪儿？安徽当涂。这三个选项中，哪个在这个地方呢？选项A，"千古长如白练飞，一条界破青山色"，这是徐凝的《庐山瀑布》，庐山在江西。选项B，"青山一道同云雨，明月何曾是两乡"，这是王昌龄的《送柴侍御》，第一句是"流水通波接武冈，送君不觉有离伤"。王昌龄当时被贬龙标，龙标治所在今湖南黔阳，所以武冈也在湖南。而李白的《望天门山》

中的天门山才是在安徽当涂。所谓天门山是东梁山和西梁山的合称。这个地方离青山是比较近的。

李白一生见过多少山了,为什么最后会葬在这个青山?因为青山曾经住着他一生需要低首的那位——谢宣城(谢朓),所以李白在年纪比较轻的时候就有这样的一个愿望,以后也要留在这个地方。后来他经过人生的种种颠簸之后,最后投奔了他的族叔李阳冰。李白死后,李阳冰也不是完全没有考虑他的心愿,但是也没有直接葬在青山,而是葬在跟青山隔河相对的龙山,因为实际上李白当时就住在龙山。后来白居易还去参拜过李白坟,"采石江边李白坟,绕田无限草连云。可怜荒垄穷泉骨,曾有惊天动地文……"(《李白墓》)那时李白坟应该还是在龙山。

后来怎么就改到青山去了呢?李白有一个老朋友叫范伦,他的儿子范传正后来当了宣歙观察使,是这个地方的父母官。这个人感念他父亲的故交李白,就去寻找李白的故人,结果发现李白的儿子早已不知所终,只剩下两个孙女都已经嫁人了。范传正就问她们还有什么心愿。这两个孙女就说,葬在龙山非其祖父之志,他祖父志在青山,所以范传正就和当地的县令一起又给他迁了坟,迁到了青山。

康震:蒙曼老师特别提到范传正的这段故事,这个故事非常令人感动。范传正还有这个心,想着为他心中的文化偶像去修一修坟。甚至对李白的两个孙女说帮你们改嫁吧,嫁给有钱有地位的人。但她们还不愿意,说我们穷的时候人家收留我们,难道现在我们能把人家抛弃吗?范传正又开始多管闲事,还免了这两家的赋税,这都是古仁人之心。

所以说什么叫薪火相传?薪火相传要靠人们不断传承、不断守护,这是很令人感动的。

龙洋:所以那些伟大的诗人有过两次生命,一次是真真切切地活过,一次是深深印在后人的记忆里。

3.我现在身处甘肃省金塔县，河西走廊的西北端，这里有全世界最大的人工种植胡杨林。数十万亩胡杨金黄璀璨，仿佛身披金甲的卫士，守护着身后的万家灯火。胡杨是沙漠中最顽强的植物。传说，它活着，千年不死；死后，千年不倒；倒下，千年不朽。它在地球上最艰苦的环境里，倔强地绽放着强大的生命力。如果用一联诗来赞美胡杨的精神，以下哪一项最为贴切？

A.但愿苍生俱饱暖，不辞辛苦出山林

B.千磨万击还坚劲，任尔东西南北风

C.愿得此身长报国，何须生入玉门关

答案：B

嘉宾点评

杨雨：人工胡杨林我是第一次看到，之前看到过新疆的野生胡杨林，没有这么大的面积。这几十万亩的胡杨林植下去之后，确实改善了当地的生态环境，这里的雨水、雨量每年逐渐增多，土地的出产相对来说比以前丰富多了。

我去到那儿的时候，最喜欢甚至可以说是迷恋的感觉，就是一

步一步踩在层层铺着的金黄的落叶上面，感觉跟自然完全融为了一体，沙沙的声音就是我聆听到的自然的心脏跳动。那种感觉，让我沉醉又迷恋。

我还在那儿认养了一棵胡杨树，再到那个地方去就会有一种去寻根的感觉。以后我带着我的家人去看，这就是我认养的那棵胡杨树，希望有更多的人来关注西北生态环境的改造。

四、趣味知识题

1. 传为唐代周昉所画的《簪花仕女图》描绘了五位衣着华丽、妆容精致的唐代贵族女子和一位侍女的形象，现收藏于辽宁省博物馆。仔细观赏，可以发现画中女子的眉形都是经过精心设计的。请问下列选项中，哪一项提到了图中美人的眉形？

A. 桂叶双眉久不描，残妆和泪污红绡
B. 寿阳公主嫁时妆，八字宫眉捧额黄
C. 学画宫眉细细长，芙蓉出水斗新妆
答案：A

嘉宾点评

蒙曼：这幅画是辽宁省博物馆的镇馆之宝。周昉这个人在当时不得了，他画仕女当时号称古今之冠。当时还有这么一个小故事。

　　说郭子仪请周昉和韩幹两个人给自己的女婿画像。两人画完后，大家比较哪个好，觉得都挺好。这时候郭子仪的女儿回娘家了，于是就让女儿自己来说，女儿看了半天也说两个都好，但如果只挑一个的话，就是周昉那幅画好。为什么？她说韩幹把我丈夫的容貌画出来了，但是周昉把我丈夫的精神都画出来了。

　　这幅《簪花仕女图》中也有精神，什么样的精神呢？就是没精神。因为宫廷贵妇首先就是"深宫美人百不知，饮酒食肉事游嬉"（《周昉画美人歌》）。这就是宋代苏辙看到周昉画宫廷仕女的时候写的两句诗。

　　另外周昉所处的时代是安史之乱以后了，唐朝的精气神走了下坡路。你看这些美人，美则美矣，但是就感觉她不活泼、不灵动，没有朝气。其实把没有精神的人，没有精神之处给画出来了，本身就说明他抓到了人物的特点，也抓到了时代的特点。

　　这道题考的是眉毛，画上眉毛很有意思。大家一看就发现它的特点是短而粗。那么哪个选项符合短而粗的特点呢？

　　从选项C看起，"学画宫眉细细长，芙蓉出水斗新妆"，"细细长"更像蛾眉或者柳叶眉，肯定不是短而粗的。选项B，"寿阳公主嫁时妆，八字宫眉捧额黄"，八字眉是什么？写一个"八"就知道了。八字眉流行于元和年间（806—820），比周昉所处的年代偏后一点。"双眉画作八字低"，整个眉毛是向下的，像哭一样，所以又叫啼妆。

　　选项A，"桂叶双眉久不描，残妆和泪污红绡"。桂叶，桂树的叶，又短又宽，这样的眉型是什么时候的？在唐玄宗梅妃那个时候就有这种桂叶宫眉了。唐玄宗的大哥李宪的墓中的棺椁上面不是有彩绘吗？彩绘中的人物就有像这样的眉毛。后来这种眉型到中晚唐的时候又风行起来了。

　　我们现在化妆的重点是画眼睛，其实中国古代化妆的重点一直是画眉毛。古人说"面之有眉，犹屋之有宇"，脸上有眉毛就好像房屋有屋檐一样，能够把人的精气神传达出来，所以"蛾眉"也可以代称美女。我们说眉毛跟人的喜怒哀乐直接联系在一起，像"扬眉吐气""愁眉苦脸"，都是由眉毛来表达情绪，我觉得这也是我们的民族特色。唐玄宗时代有"十眉图"，十种眉毛的画法，其实当时的眉型三十种都不止。

王立群：眉妆很受中国古人的重视，比如说"眉目传情""眉清目秀""眉飞色舞"，这些成语都强调了眉的重要。古人把眉妆看作是七情之虹，哪七情呢？喜、怒、忧、乐、悲、惊、恐，这七种感情最重要的表现是眉。

我们从古代文学典籍中能看出眉妆的发展脉络。在《诗经·卫风·硕人》中写庄姜之美的时候，就有"螓首蛾眉"的形容。选项 B 中的寿阳公主是南朝宋武帝的女儿，她画的是八字眉，同时她也是梅花妆的发明者。到了初唐，眉妆有四个字，叫"去眉开额"，就是把眉毛全部剃光，然后让额头显得很大，再在上面画眉，从这里就能看出当时人对眉妆的重视程度了。

杨雨：白居易写过一首诗，叫《上阳白发人》："小头鞋履窄衣裳，青黛点眉眉细长。外人不见见应笑，天宝末年时世妆。"就是写幽居在上阳宫里的那些老宫女，因为几十年不知道外面的沧海桑田，所以她们画的眉还是细细的、长长的蛾眉形状，那是天宝末年唐代巅峰时期的眉妆。白居易在这里透露出了一种非常浓厚的对历史兴衰的感慨。所以画眉在中国的古典诗歌里，绝对不只是美女的颜值担当。

"蛾眉"变成了美女的代名词，应该是归功于屈原的"众女嫉余之蛾眉兮，谣诼谓余以善淫"。而且由此还象征才华、品德兼美的一种贤人君子，具有了一种政治含义。所以你可以不关心女朋友的唇膏是用的哪个色号，但是你要关注古典诗歌当中的女性的眉妆。

2. 毛泽东词曰："指点江山，激扬文字，粪土当年万户侯。"请问"当年万户侯"在这里指的是？

A. 汉代食邑万户的侯爵

B. 清代的皇亲国戚

C. 民国的大军阀、大官僚

答案：C

嘉宾点评

郦波：选项 A 其实是一个混淆项。"万户侯"在汉代成为"侯"这一爵等的最高级，食邑万户。在中国古代，最重要的资源一个是土地资源，另外一个就是人口资源。所以在这里很容易混淆。但是若是知道毛主席是什么时间写的这首词就很清楚了。

　　这首词是他在 1925 年的晚秋时写的。那时，他回到韶山，建了韶山的第一个党支部，年底他要回到广州的农民运动讲习所，路过长沙的时候，在橘子洲头写下了这首《沁园春·长沙》。橘子洲最高处的海拔是 38.4 米，其实地势非常低，但毛主席往那儿一站，居然能说"看万山红遍，层林尽染"，说"书生意气，挥斥方遒。指点江山，激扬文字，粪土当年万户侯"，这个气势不得了。诗词真正的高度是什么？是诗人内在的胸怀。

龙洋：一个世纪过去了，时代的接力棒已经来到了今天的九零后和零零后手里。今年是中国共产党成立一百周年，习近平总书记说："中国共产党立志于中华民族千秋伟业，百年恰是风华正茂。"如果今天我们全场再度来齐诵这一首词，或许就能再一次在经典当中汲取信仰的力量！

助力千人团·中国最南端的邮局

　　大家好，我现在所在的位置是中国最南端的邮局，位于永暑岛上的三沙市南沙群岛邮政局。"是中国的地方，一定有中国邮政"，在远离大陆的南海上，我们每日与大海相伴，守卫着祖国万里海疆，也传递着亲朋好友的思念与祝福。有时候，我想回信给朋友们，寄给他们一张来自祖国最南端邮局的明信片，并在上面写上一句诗。你们能帮帮我，选择一句诗词么？

李佰聪：我给出的是一句词："欲寄彩笺兼尺素，山长水阔知何处。"首先南沙群岛位于我国版图的最南端，与首都北京的距离可以用"山长水阔"来形容。随着我们国家互联网科技的蓬勃发展，现在即使在南沙群岛，也能很快地找到祖国首都的坐标，可以达到"山长水阔知何处"。南沙群岛邮局的这封明信片和我国古代的彩笺、尺素都有通信的功能，它可能并不是现在最方便、最快捷的通讯方法，但是它带给我们的感动和情意是现在这个信息时代，网络电波所无法代替的。

陈曦骏：我选择了一首汉代的乐府诗："有所思，乃在大海南。"我们的海洋国土非常辽阔，在南沙群岛生活的人可以把自己的相思传递到祖国大陆。明信片上写上"有所思，乃在大海南"，既能反映海南三沙市的人们对内地朋友的思念，同时也能反映出它的地理位置。

黄嘉伟：我给出的也是一句词："天涯地角有穷时，只有相思无尽处。"三沙市邮政局是我国最南端的邮政局，用天涯海角来形容这里毫不过分，他们用一封封信件告诉人们，在祖国的最南端依旧有这样一所邮局矗立在这里。他们的信里承载着的是属于他们自己的相思，这个相思既有对家人和朋友的思念之情，也有对祖国和亲人们的无限祝福。

第二环节

飞花令

数字

🌸 杨宗郁：一去二三里，烟村四五家。——宋·邵雍《山村咏怀》

🌸 向芝谊：一二三四五六七，万木生芽是今日。——唐·罗隐《京中正月七日立春》

🌸 陈曦骏：故人西辞黄鹤楼，烟花三月下扬州。——唐·李白《黄鹤楼送孟浩然之广陵》

🌸 黄嘉伟：今逢四海为家日，故垒萧萧芦荻秋。——唐·刘禹锡《西塞山怀古》

🌸 杨宗郁：五花马，千金裘，呼儿将出换美酒，与尔同销万古愁。——唐·李白《将进酒》

🌸 向芝谊：毕竟西湖六月中，风光不与四时同。——宋·杨万里《晓出净慈送林子方二首》（其二）

🌸 陈曦骏：七月七日长生殿，夜半无人私语时。——唐·白居易《长恨歌》

🌸 黄嘉伟：八月秋高风怒号，卷我屋上三重茅。——唐·杜甫《茅屋为秋风所破歌》

🌸 杨宗郁：可怜九月初三夜，露似真珠月似弓。——唐·白居易《暮江吟》

🌸 向芝谊：去年花里逢君别，今日花开又一年。——唐·韦应物《寄李儋元锡》

🌸 陈曦骏：不知细叶谁裁出，二月春风似剪刀。——唐·贺知章《咏柳》

🌸 黄嘉伟：解落三秋叶，能开二月花。——唐·李峤《风》

🌸 杨宗郁：辛苦遭逢起一经，干戈寥落四周星。——宋·文天祥《过零丁洋》

🌸 向芝谊：五月五日午，赠我一枝艾。——宋·文天祥《端午即事》

🌸 陈曦骏：上有六龙回日之高标，下有冲波逆折之回川。——唐·李白《蜀道难》

🌸 黄嘉伟：北斗七星高，哥舒夜带刀。——唐·西鄙人《哥舒歌》

🌸 杨宗郁：南朝四百八十寺，多少楼台烟雨中。——唐·杜牧《江南春绝句》

🌸 向芝谊：一封朝奏九重天，夕贬潮州路八千。——唐·韩愈《左迁至蓝关示侄孙湘》

🌸 陈曦骏：问君能有几多愁，恰似一江春水向东流。——五代南唐·李煜《虞美人》（春花秋月何时了）

🌸 黄嘉伟：两个黄鹂鸣翠柳，一行白鹭上青天。——唐·杜甫《绝句四首》（其三）

🌸 杨宗郁：三月三日天气新，长安水边多丽人。——唐·杜甫《丽人行》

🌸 向芝谊：四海无闲田，农夫犹饿死。——唐·李绅《悯农二首》（其一）

🌸 陈曦骏：黄鹤楼中吹玉笛，江城五月落梅花。——唐·李白《与史郎中钦听黄鹤楼上吹笛》

🌸 黄嘉伟：此日六军同驻马，当时七夕笑牵牛。——唐·李商隐《马嵬二首》（其二）

🌸 杨宗郁：七夕今宵看碧霄，牵牛织女渡河桥。——唐·林杰《乞巧》

🌸 向芝谊：方宅十余亩，草屋八九间。——晋·陶潜《归园田居五首》（其一）

🌸 陈曦骏：飞流直下三千尺，疑是银河落九天。——唐·李白《望庐

山瀑布水二首》（其二）

🌺 黄嘉伟：一生一代一双人，争教两处销魂。——清·纳兰性德《画堂春》（一生一代一双人）

🌺 杨宗郁：花自飘零水自流，一种相思，两处闲愁。——宋·李清照《一剪梅》（红藕香残玉簟秋）

🌺 向芝谊：谁言寸草心，报得三春晖。——唐·孟郊《游子吟》

🌺 陈曦骏：黄四娘家花满蹊，千朵万朵压枝低。——唐·杜甫《江畔独步寻花七绝句》（其六）

🌺 黄嘉伟：五月天山雪，无花只有寒。——唐·李白《塞下曲六首》（其一）

🌺 杨宗郁：六军不发无奈何，宛转蛾眉马前死。——唐·白居易《长恨歌》

🌺 向芝谊：七月在野，八月在宇。九月在户，十月蟋蟀入我床下。——《诗经·豳风·七月》

🌺 陈曦骏：八月湖水平，涵虚混太清。——唐·孟浩然《望洞庭湖赠张丞相》

🌺 黄嘉伟：九月寒砧催木叶，十年征戍忆辽阳。——唐·沈佺期《古意呈补阙乔知之》

🌺 杨宗郁：一枝秾艳露凝香，云雨巫山枉断肠。——唐·李白《清平调词三首》（其二）

🌺 向芝谊：娉娉袅袅十三余，豆蔻梢头二月初。——唐·杜牧《赠别二首》（其一）

🌺 陈曦骏：烽火连三月，家书抵万金。——唐·杜甫《春望》

🌺 黄嘉伟：池上碧苔三四点，叶底黄鹂一两声。——宋·晏殊《破阵子·春景》

🌺 杨宗郁：绿阴不减来时路，添得黄鹂四五声。——宋·曾幾《三衢道中》

❀ 向芝谊：太平天子朝元日，五色云车驾六龙。——唐·王建《宫词一百首》（其九十一）

❀ 陈曦骏：泠泠七弦上，静听松风寒。——唐·刘长卿《弹琴》

❀ 黄嘉伟：待到秋来九月八，我花开后百花杀。——唐·黄巢《不第后赋菊》

❀ 杨宗郁：我失骄杨君失柳，杨柳轻扬，直上重霄九。——毛泽东《蝶恋花·答李淑一》

❀ 向芝谊：故乡今夜思千里，霜鬓明朝又一年。——唐·高适《除夜作》

❀ 陈曦骏：草长莺飞二月天，拂堤杨柳醉春烟。——清·高鼎《村居》

❀ 黄嘉伟：三日入厨下，洗手作羹汤。——唐·王建《新嫁娘词三首》（其三）

❀ 杨宗郁：如何四纪为天子，不及卢家有莫愁。——唐·李商隐《马嵬二首》（其二）

❀ 向芝谊：自是不归归便得，五湖烟景有谁争。——唐·崔涂《春夕》

❀ 陈曦骏：吾欲揽六龙，回车挂扶桑。——唐·李白《短歌行》

❀ 黄嘉伟：北斗七星横夜半，清歌一曲断君肠。——唐·沈佺期《古歌》

❀ 杨宗郁：坐地日行八万里，巡天遥看一千河。——毛泽东《七律·送瘟神二首》（其一）

❀ 向芝谊：鲲鹏展翅九万里，翻动扶摇羊角。——毛泽东《念奴娇·鸟儿问答》

❀ 陈曦骏：山中一夜雨，树杪百重泉。——唐·王维《送梓州李使君》

❀ 黄嘉伟：两岸猿声啼不尽，轻舟已过万重山。——唐·李白《早发白帝城》

❀ 杨宗郁：举杯邀明月，对影成三人。——唐·李白《月下独酌四首》（其一）

❀ 向芝谊：万物静观皆自得，四时佳兴与人同。——宋·程颢《秋日

偶成二首》（其二）

🌸 陈曦骏：一箫一剑平生意，负尽狂名十五年。——清·龚自珍《漫感》

🌸 黄嘉伟：十五弹箜篌，十六诵诗书。——汉乐府《孔雀东南飞》

🌸 杨宗郁：慈恩塔下题名处，十七人中最少年。——唐·白居易《句》
　　（其一）

🌸 向芝谊：天台四万八千丈，对此欲倒东南倾。——唐·李白《梦游天姥吟留别》

🌸 陈曦骏：鹤鸣于九皋，声闻于野。——《诗经·小雅·鹤鸣》

🌸 黄嘉伟：万一禅关砉然破，美人如玉剑如虹。——清·龚自珍《夜坐二首》（其二）

🌸 杨宗郁：天下三分明月夜，二分无赖是扬州。——唐·徐凝《忆扬州》

🌸 向芝谊：重湖叠巘清嘉，有三秋桂子，十里荷花。——宋·柳永《望海潮》（东南形胜）

🌸 陈曦骏：梦断香消四十年，沈园柳老不吹绵。——宋·陆游《沈园二首》（其二）

🌸 黄嘉伟：辽东小妇年十五，惯弹琵琶解歌舞。——唐·李颀《古意》

人 物

🌸 向芝谊：白也诗无敌，飘然思不群。——唐·杜甫《春日忆李白》

🌸 陈曦骏：清新庾开府，俊逸鲍参军。——唐·杜甫《春日忆李白》

🌸 黄嘉伟：李白乘舟将欲行，忽闻岸上踏歌声。——唐·李白《赠汪伦》

🌸 向芝谊：桃花潭水深千尺，不及汪伦送我情。——唐·李白《赠汪伦》

🌸 陈曦骏：知章骑马似乘船，眼花落井水底眠。——唐·杜甫《饮中八仙歌》

🌸 黄嘉伟：李白斗酒诗百篇，长安市上酒家眠。——唐·杜甫《饮

中八仙歌》

🌸 向芝谊：苏晋长斋绣佛前，醉中往往爱逃禅。——唐·杜甫《饮中
八仙歌》

🌸 陈曦骏：至今思项羽，不肯过江东。 ——宋·李清照《夏日绝句》

🌸 黄嘉伟：平生不解藏人善，到处逢人说项斯。——唐·杨敬之《赠
项斯》

🌸 向芝谊：左相日兴费万钱，饮如长鲸吸百川。——唐·杜甫《饮中
八仙歌》

🌸 陈曦骏：闻道阊门萼绿华，昔年相望抵天涯。——唐·李商隐《无题》

🌸 黄嘉伟：谁敢横刀立马？唯我彭大将军。 ——毛泽东《六言诗·给
彭德怀同志》

🌸 向芝谊：一代天骄，成吉思汗，只识弯弓射大雕。——毛泽东
《沁园春·雪》

🌸 陈曦骏：赣水那边红一角，偏师借重黄公略。——毛泽东《蝶恋
花·从汀州向长沙》

🌸 黄嘉伟：坑灰未冷山东乱，刘项元来不读书。——唐·章碣《焚书坑》

🌸 向芝谊：雾满龙冈千嶂暗，齐声唤，前头捉住了张辉瓒。——
毛泽东《渔家傲·反第一次大"围剿"》

🌸 陈曦骏：茂陵多病后，尚爱卓文君。——唐·杜甫《琴台》

🌸 黄嘉伟：李杜文章在，光焰万丈长。——唐·韩愈《调张籍》

🌸 向芝谊：李杜诗篇万口传，至今已觉不新鲜。——清·赵翼《论诗》

🌸 陈曦骏：谁人得似张公子，千首诗轻万户侯。——唐·杜牧《登池
州九峰楼寄张祜》

🌸 黄嘉伟：天下英雄谁敌手？曹刘。生子当如孙仲谋。——宋·辛
弃疾《南乡子·登京口北固亭有怀》

🌸 向芝谊：千古江山，英雄无觅，孙仲谋处。——宋·辛弃疾《永遇乐·京口北固亭怀古》

🌸 陈曦骏：万里忆归元亮井，三年从事亚夫营。——唐·李商隐《二月二日》

🌸 黄嘉伟：长卿牢落悲空舍，曼倩诙谐取自容。——唐·李贺《南园十三首》（其七）

🌸 向芝谊：千金纵买相如赋，脉脉此情谁诉。——宋·辛弃疾《摸鱼儿》（更能消几番风雨）

🌸 陈曦骏：梁王宫阙今安在，枚马先归不相待。——唐·李白《梁园吟》

🌸 黄嘉伟：借问汉宫谁得似，可怜飞燕倚新妆。——唐·李白《清平调词三首》（其二）

🌸 向芝谊：君莫舞，君不见，玉环飞燕皆尘土。——宋·辛弃疾《摸鱼儿》（更能消几番风雨）

🌸 陈曦骏：中有一人字太真，雪肤花貌参差是。 ——唐·白居易《长恨歌》

🌸 黄嘉伟：往事越千年，魏武挥鞭，东临碣石有遗篇。——毛泽东《浪淘沙·北戴河》

🌸 向芝谊：惟有知情一片月，曾窥飞燕入昭阳。——辽·萧观音《怀古》

🌸 陈曦骏：羊公碑尚在，读罢泪沾襟。——唐·孟浩然《与诸子登岘山》

🌸 黄嘉伟：吾爱孟夫子，风流天下闻。——唐·李白《赠孟浩然》

🌸 向芝谊：昨夜上皇新授篆，太真含笑入帘来。——唐·张祜《集灵台二首》（其一）

🌸 陈曦骏：襄阳好风日，留醉与山翁。——唐·王维《汉江临泛》

🌸 黄嘉伟：谁解乘舟寻范蠡，五湖烟水独忘机。——唐·温庭筠《利州南渡》

🌸向芝谊：李白前时原有月，惟有李白诗能说。——明·唐寅《把酒对月歌》

🌸陈曦骏：王濬楼船下益州，金陵王气黯然收。——唐·刘禹锡《西塞山怀古》

🌸黄嘉伟：闭门觅句陈无己，对客挥毫秦少游。——宋·黄庭坚《病起荆江亭即事十首》（其八）

🌸向芝谊：山抹微云秦学士，露花倒影柳屯田。——宋·苏轼《残句》

🌸陈曦骏：羊权须得金条脱，温峤终虚玉镜台。——唐·李商隐《中元作》

🌸黄嘉伟：丞相祠堂何处寻，锦官城外柏森森。——唐·杜甫《蜀相》

🌸向芝谊：诸葛大名垂宇宙，宗臣遗像肃清高。——唐·杜甫《咏怀古迹五首》（其五）

🌸陈曦骏：宜将剩勇追穷寇，不可沽名学霸王。——毛泽东《七律·人民解放军占领南京》

🌸向芝谊：何逊而今渐老，都忘却春风词笔。——宋·姜夔《暗香》

🌸陈曦骏：世无洗耳翁，谁知尧与跖。——唐·李白《古风五十九首》（其二十四）

🌸黄嘉伟：茂陵刘郎秋风客，夜闻马嘶晓无迹。——唐·李贺《金铜仙人辞汉歌》

🌸向芝谊：休问梁园旧宾客，茂陵秋雨病相如。——唐·李商隐《寄令狐郎中》

🌸陈曦骏：种桃道士归何处，前度刘郎今又来。——唐·刘禹锡《再游玄都观》

第三环节

冠军争夺赛

一、根据康老师的画作内容猜出一联诗句。

1. 提示字：作

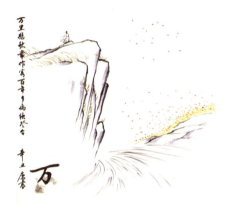

答案：万里悲秋常作客，百年多病独登台

2. 提示字：音

答案：少小离家老大回，乡音无改鬓毛衰

3. 提示字：梦

答案：醉里挑灯看剑，梦回吹角连营

4. 提示字：霜

答案：月落乌啼霜满天，江枫渔火对愁眠

登高　唐·杜甫

风急天高猿啸哀，渚清沙白鸟飞回。
无边落木萧萧下，不尽长江滚滚来。

万里悲秋常作客，百年多病独登台。
艰难苦恨繁霜鬓，潦倒新停浊酒杯。

回乡偶书二首（其一）唐·贺知章

少小离家老大回，乡音无改鬓毛衰。
儿童相见不相识，笑问客从何处来。

破阵子·为陈同甫赋壮词以寄之 宋·辛弃疾

醉里挑灯看剑，梦回吹角连营。八百里分麾下炙，五十弦翻塞外声，沙场秋点兵。　　马作的卢飞快，弓如霹雳弦惊。了却君王天下事，赢得生前身后名。可怜白发生！

枫桥夜泊 唐·张继

月落乌啼霜满天，江枫渔火对愁眠。
姑苏城外寒山寺，夜半钟声到客船。

二、请根据以下线索，说出一个四字成语。

A. 它最早出现在一首唐诗中

B. 这首诗关乎一个好消息

C. 作者曾在长安策马狂奔

D. 成语中包含"春风"

答案：春风得意

登科后　唐·孟郊

昔日龌龊不足夸，今朝放荡思无涯。
春风得意马蹄疾，一日看尽长安花。

三、根据以下线索说出一位诗人。

A. 他的书法和他的诗歌一样有名

B. 他曾说：三日不读书，则面目可憎，语言无味

C. 他曾评价陈师道"闭门觅句"，秦观"对客挥毫"

D. 他有名句"桃李春风一杯酒，江湖夜雨十年灯"

答案：黄庭坚

四、请根据以下线索，说出一对好朋友。

A. 他们都经历过盛唐

B. 他们当时的名气并不相称

C. 他们曾共游皖南山水

D. 他们离别之时有踏歌之声

答案：李白与汪伦

五、根据以下线索说出一种植物。

A.《红楼梦》中众姊妹曾咏过它

B. 元好问借它劝诫孩子对待感情要慎重

C. 苏轼曾深夜燃烛只为不错过它

D. 李清照描述它"绿肥红瘦"

答案：海棠

六、请根据以下线索说出一个词牌名。

A. 它与战争有关

B. 它原来是歌颂唐太宗李世民的

C. 辛弃疾曾用这个词牌写了一首词给陈亮

D. 太平宰相晏殊曾用此词牌写过"燕子来时新社"

答案：破阵子

《中国诗词大会》（第六季）电视节目主创人员

出品人　慎海雄

总策划　薛继军　田学军

总监制　阚兆江

制片人　颜　芳

总导演　刘　磊

学术顾问　叶嘉莹　周笃文　钟振振　康　震

学术总负责　李定广

题库专家　方笑一　李小龙　李南晖　谢　琰　刘青海　辛晓娟

　　　　　李天飞　莫道才　田　率　王　聪　笪颢天　王笑非

　　　　　江　英

电视策划　时统宇　靳智伟　胡智锋　俞　虹　冷　凇　徐　川

媒体支持　央视网　央视频　云听

合作单位　教育部　国家语言文字工作委员会　共青团中央

主办单位　中央广播电视总台